後宮の百花輪❷

瀬那和章

JN054591

双葉文庫

目次

後宮の百花輪②

登場人物

明羽（めいう）……芙蓉宮・來梨の侍女。飛鳥拳の使い手で〝声詠み〟の能力を持つ。
莉來梨（りらいり）……北狼州代表。引き籠り癖のある芙蓉宮の貴妃。
小夏（シャオシイ）……芙蓉宮・來梨の侍女。明羽の同僚。
炎紅花（えんホンファ）……南虎州代表。武芸に秀でた孔雀宮の貴妃。
朱波（しゅは）……孔雀宮・紅花の侍女。猫を思わせる目の持ち主。
梨円（りえん）……孔雀宮・紅花の侍女。無愛想だが武術の腕が立つ。
万星沙（まんシンシャ）……東鳳州代表。知性あふれる黄金宮の貴妃。
雨林（ユーリン）……黄金宮・星沙の侍女。経済に深い造詣を持つ。
阿珠（あじゅ）……黄金宮・星沙の侍女。武術の心得がある。
陶玉蘭（とうぎょくらん）……西鹿州代表。絶世の美姫と名高い翡翠宮の貴妃。
幽灰麗（ゆうはいれい）……皇領代表。溥天廟の巫女であった水晶宮の貴妃。
寧々（ねいねい）……十三妃。生家が薬屋の妃嬪。
白眉（はくび）……小さな翡翠の佩玉。〝声詠み〟の力で明羽と話せる相棒。
李鷗（りおう）……宮城内の不正を取り締まる秩宗部の長。
兎閣（とかく）……華信国皇帝。
相伊（そうい）……華信国将軍。兎閣の弟。

第一話　揺れる勢力図

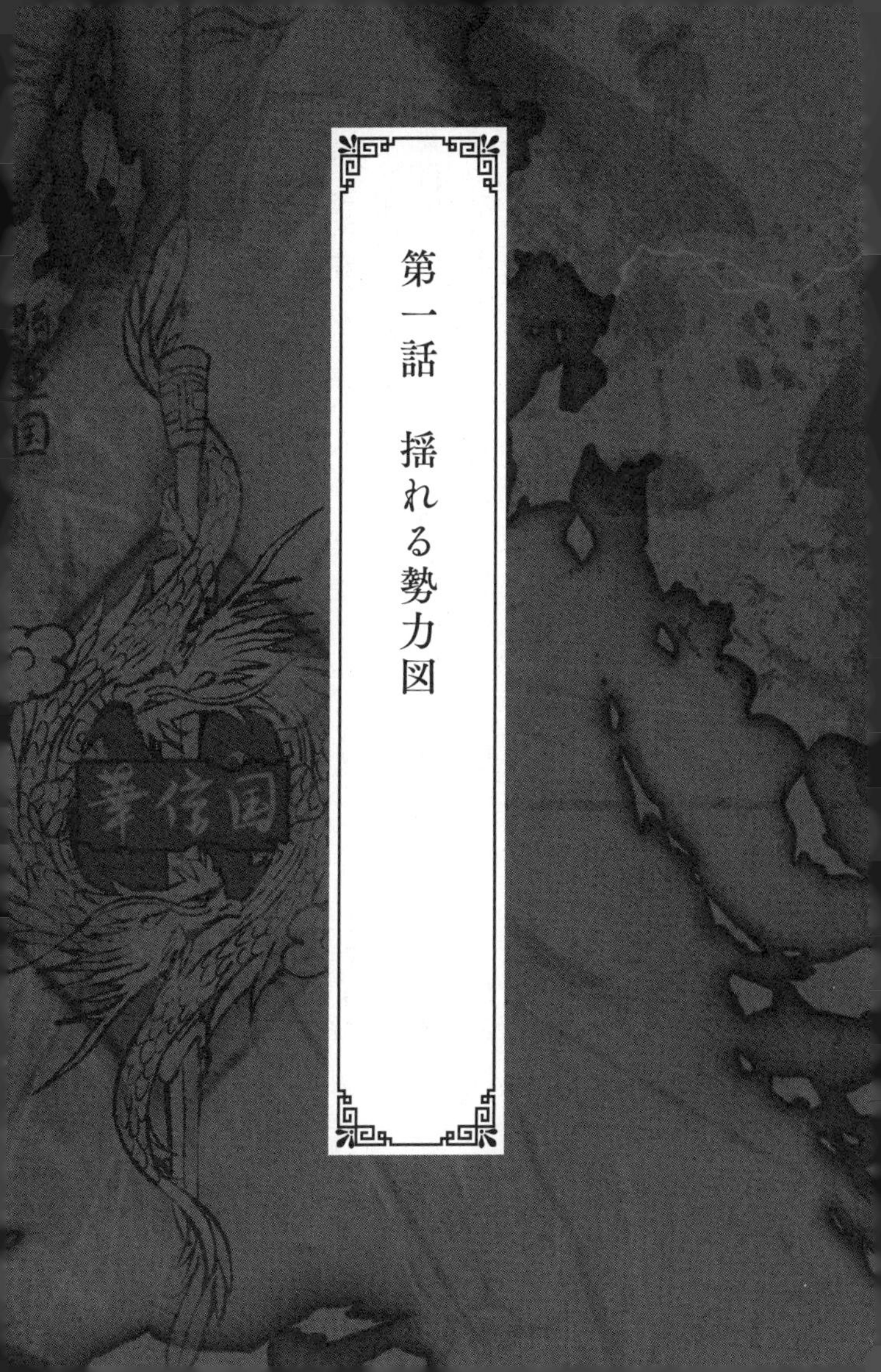

後宮の最奥には、梔子（くちなし）の香りが漂（ただよ）っていた。

梔子は、その実が熟れても開かないことから口無しと名付けられたという。

星沙（シンシャ）は、心の中で呟（つぶや）いた。

美しさの盛りをすぎ、人としての盛りをすぎてもなお後宮に居座り続ける魔物の住処（すみか）には、相応（ふさわ）しいわね。

華信（かしん）国の後宮の中央には、栄花泉（えいかせん）と呼ばれる人工の池があり、その周囲を皇妃の舎殿が囲むように建てられている。

けれど、過去三十年にわたり後宮を支配している人物の住居は、さらにその奥にあった。

鳳凰（ほうおう）宮。白亜の瓦（かわら）屋根に覆われた舎殿は、他のどの皇妃の住居よりも広く、豪奢（ごうしゃ）な装飾品で飾り立てられていた。

星沙は三人の侍女を連れ、舎殿の長廊を歩いていた。

東鳳（とうほう）州の貴妃、黄金宮の主・万（まん）星沙。

歳は十六と貴妃の中ではもっとも歳下で、整った目鼻立ちに幼さを残している。頭上で左右に輪を描くように結い上げられた髻(たぶさ)が、若く瑞々(みずみず)しい容貌に似合っていた。

身に纏(まと)うのは黄瑠璃(きるり)の布地に艶やかな初夏の花々が描かれた長衣(ちょうい)、手首につけた黄金の腕輪と種類の違う宝石を三連に垂らした耳飾りが目を引く。

幼い頃より経済、言語、医学、法学とあらゆる学問に秀でると言われた才女だった。

先を進む鳳凰宮の侍女が立ち止まり、応接間に着いたことを告げる。

星沙が中に入ると、二十人を超える侍女が左右に道を作るように並んでいた。鳳凰宮は、後宮の女官を受け容れない。広い舎殿を維持するために、どこよりも多くの侍女を抱えていた。

居並ぶ侍女たちの先、一段高くなった場所に館の主が座っている。それは客を迎えるというよりも謁見(えっけん)のようだった。高みより訪問者を見下ろす女は、玉座に座る女王であった。

皇太后・寿馨(じゅけい)。舎殿の名から凰太后(おうたいごう)とも呼ばれる初老の女は、幼子を慈しむような笑みを星沙に向けていた。

白を基調とした襦裙(じゅくん)には、銀糸で波濤文様(はとうもんよう)が描かれている。捺染(なっせん)もなく刺繍(ししゅう)も控えめだが、それが身の内の慎ましさを表すものではないことは、この舎殿の様子を見ただけでも明らかだった。

「お呼びに応じて、参上いたしました」

星沙は片膝をつくと、頭を下げて拱手を行う。

「もっと近くに。顔を、よく見せておくれ」

童に語り掛けるような優しい声。星沙は静かに立ち上がり、玉座に歩み寄る。

「よい目じゃ。皇后の手並みを見てやろうと、百花輪には手を出さず遠くからしばらく眺めてきた。だが、それも少しばかり飽いた。やはり縁故だけで皇后に選ばれた蓮葉は、儀式の本質を理解しておらぬ。さらには妾へのあてつけのつもりか、朝礼などという児戯を始める始末じゃ。そろそろ誰かに手を貸してやろうと思っての。どの貴妃に手を貸すのがよいか迷っておったのじゃが、そなたに決めた」

凰太后は笑いながら、右手を空に伸ばす。すぐに近くに控えていた侍女が歩み寄り、焼き菓子ののった盆を差し出した。

「理由をお聞かせいただいてもよろしいでしょうか？」

「同じ東鳳州の出自のなじみじゃ。それに、そなたは若いころの妾によく似ている」

「それは、光栄にございます」

「他の貴妃はだめじゃ。北狼の貴妃は愚か者のうえ、妾が好きな白蛇を殺しよった。西鹿の貴妃の澄ました顔も気に入らぬ」

菓子を美味しそうに食べながら、毒の混じった言葉を吐き出す。

「皇領の貴妃は見どころがあるが、溥天廟は嫌いじゃ。溥天は、息子を守ってくれなかった」

　息子とは、即位から一年足らずで病により崩御した先帝・万飛（まんひ）のことだった。長きにわたり後宮を思いのままにしてきた女が、唯一、思い通りにならなかったものだ。

「南虎（なんこ）はいかがでしょう？」

　凰太后の表情が歪（ゆが）む。目の周りに皺（しわ）が集まり、瞳が濁（にご）る。そこに浮かぶのは、剝（む）き出（だ）しの嫌悪だった。

「論外じゃ。南戎（なんじゅう）族が皇家に入るなど、考えただけで吐き気がする。他の誰が皇后になろうと、あの娘だけは駄目じゃ。だから、こうして潰してやることにした」

「最近、孔雀（くじゃく）宮の噂が芳（かんば）しくないと思っておりました。後宮のことはすべて手のひらの上なのですね」

　凰太后は人の好い老婆の顔に戻ると、手の中で潰れていた焼き菓子を、侍女が掲げる盆に戻す。それから、静かに微笑んだ。

「今のは冗談じゃ。さて、ここからが本題じゃが、妾が手を差し伸べれば、そなたはこの手を取るか？」

「もちろんでございます。凰太后さまにご助力いただけるなら、これ以上に心強いことはございません」

　星沙の言葉に、凰太后は満足そうに頷（うなず）く。それから、下がってよい、というように手を振った。

けれど、若い貴妃はすぐには立ち上がらず、新たな問いを口にする。

「そういえば、最近、後宮内に阿片が出回っているという噂を耳にするのですが、皇太后さまはなにかご存じですか？」

それを耳にした途端、凰太后の表情がまた変わる。

「ふむ。そのことについてじゃが、関わらぬ方がよいとだけ言っておこうか」

「ご存じだということですね」

「知らぬ。妾は、冗談は言うが嘘はつかぬ」

その顔は、人の好い老婆のものでも、嫌悪を剥き出しにしたものでもなかった。細い目の奥に宿るのは、洞穴の奥に浮かび上がる不気味な影のように、見るものの神経を逆撫でする得体の知れないなにかだった。

その瞳は、幼い頃より海千山千の貴族や商人を相手にしてきた星沙にさえ、寒気を覚えさせた。


黄金宮に戻り、周りに人気がないのを確認してから、侍女の一人が声をかける。

「ようございましたね。後宮の半分を支配している皇太后の後ろ盾を得られれば、百花皇妃への道は近づきましょう」

声をかけたのは雨林だった。長身で、星沙と並ぶと大人と子供のように見える。黒髪に黒瞳、表情にも声にも官僚然とした理知的な雰囲気を持つ侍女であり、経済について深い知識を持つ黄金妃の右腕だった。

「あれは、使えないわ」

侍女の言葉に、星沙は商談用の作り笑いを壊した。

「下手に借りを作ろうものなら、骨までしゃぶり尽くされる。けれど、差し出された手を振り払って恨みを買っても面倒になる。やっかいな相手に目をつけられたわね」

星沙はそう呟くと、右手の薬指に嵌めた指輪を、左手できつく握る。滅多にないことだが、彼女が思案するときの癖だった。

「皇太后さまを相手にするのは、皇后に選ばれたあとでいい。今は、百花輪の儀の貴妃たちとの競い合いに集中したいわ。私はそう簡単に思い通りになる女ではないとわからせたうえで、互いに干渉しあわない関係を築くのが理想ね。あの方にはもうしばらく、高みの見物を決めこんでおいていただきたいの」

「相手は、皇太后さまですよ」

「私は、黄金宮の星沙よ。こんなところで躓くものですか」

生き残るための知略を巡らせる貴妃の顔に浮かんだのは、年相応の少女のような無邪気な笑みだった。

◇◆◇◆◇

四月も終わりに差し掛かり、日差しは初夏の暖かさを帯びていた。

庭園では桃や躑躅といった春の花々が盛りをすぎ、日ごとに花弁を落としている。代わりに視線を彩るのは新緑の若葉だった。

明羽はそれを見ながら、後宮に来たばかりのころを思い出し、ずいぶんと貴妃の住まいらしくなったものだと改めて思う。

一月ほど前、明羽の暮らす舎殿は、名を未明宮から芙蓉宮に改めた。花名の宮を名乗るからには、芙蓉が咲かないわけにはいかない。

芙蓉宮の侍女たちは、後宮入りしてから手つかずの侘しかった庭園に、夏に花開く芙蓉を中心としてさまざまな花を植えた。他宮に比べて資金の乏しい北狼州の貴妃には庭師を雇う余裕はなく、明羽と小夏の二人で手入れをしている。

後宮に来てすぐは、侍女長であった慈宇が罠に嵌められて追放されたり、七芸品評会での皇后暗殺騒ぎに巻き込まれたりと散々だった。

百花輪の儀の陰の側面を知り、寝られない夜も過ごした。

百花輪の儀とは、一領四州よりそれぞれの代表となる貴妃を後宮に迎え、皇帝よりもっとも寵愛（ちょうあい）を受けた一人が百花皇妃となり、次期皇后に選ばれるという儀式だった。

だが、それは陰陽（おんみょう）思想における陽の側面でしかない。

陰の側面は、集められた五妃により、それぞれが持てる知略や財力を用い、三人のみと決められた侍女の命を賭け札にして競わせ、華信の後宮を束ねる皇后に相応しい人物を選び出すための蠱毒（こどく）に似た儀式でもあった。

貴妃たちは日々、派閥を広げるために砕身し、皇帝の寵愛を手にするため計略を巡らせている。

だが、芙蓉宮は、七芸品評会のあとはずいぶん落ち着いていた。

貴妃たちの競争から取り残され一人低迷しているため、奸計謀略（かんけいぼうりゃく）にさらされることもなく穏やかな日々が続いている。

もちろん、芙蓉宮も努力をしているが、財力もなければ後ろ盾もない貴妃に加担する者はいなかった。

「さて、やりますか」

明羽は感傷を打ち切ると、背後を振り返る。

長机には、帝都の名店より取り寄せた甘露（かんろ）に北狼州から届いた棗菓子（なつめがし）や月餅（げっぺい）が並んでいる。

今日は、芙蓉宮に妃嬪（ひひん）を招待して茶会が行われることになっていた。

「お湯もすぐに沸（わ）かせるようにしてあるし、お土産（みやげ）も揃えてある。お花は小夏が取りに行ってくれてるから、あとはもう少し椅子を用意した方がいいかな」

お茶会が行われる部屋をうろうろしながら、準備に漏れがないかを口に出して確認する。

妃嬪は皇妃よりも下位の妃だが、決して身分が低いわけではない。多くは名家や豪商の娘であり、貴妃と変わらない財力を持っていたり宮城（きゅうじょう）への影響力を持っていたりする。

百花輪の貴妃の間では、妃嬪の囲い込みが行われていた。派閥が作られ、派閥に入った妃嬪たちは他の貴妃との接触を禁じられる。

妃嬪と懇意にしていれば、それだけ皇帝や宮城の情報が集まってくる。調略の幅も広がり、後宮内での権力が増す。多くの下級妃を従えることは、百花輪の儀における基本戦略といってよかった。

「そんなに気張らなくていいですの。どうせ誰も来ないですよ」

振り向くと、同僚の小夏が花束を抱えて戻って来るところだった。

背が低く顔立ちにも幼さを残しているが、北狼州でもさらに豪雪地域として知られる留端（るたん）の狩人（かりうど）一族の出身で、芯の強さと逞しさを持つ少女だった。

「これでもう四回目ですよ。茶会を開いても準備が無駄になるだけ。こうして摘まれる花も可哀想ですの」

「大丈夫、今日こそ誰か来てくれるって。そんな予感がする。来なかったら――花は、私たちが愛でればいい」

薄紅と白が混ざった芍薬を受け取りながら、明羽は自分に言いきかせるように答える。

これまでに開かれた茶会には、誰もやって来なかった。都合が悪いと断られるならまだいい方で、返信すらない妃嬪がほとんどだった。

「七芸品評会のあとは少しは評判がよくなるかと期待したけど、妃嬪の方々には野蛮な行為にしか映らなかったみたいですの」

「そうだよね。白蛇妃だもんねぇ」

七芸品評会で、來梨は身を挺して皇后の暗殺を阻止した。

暗殺者によって品評品の中に忍びこまされていた大蛇を、自ら刺し殺したのだ。それはしばらく宮城中の話題になったが、派閥を広げるには至らなかった。すぐに野蛮で貴妃に相応しい行いではなかったとの声が上がり、白蛇妃などというあだ名が囁かれるようになった。悪い噂ばかりが広まるのは何者かによって故意に操作されているからに違いなかったが、それを止めることができないのも芙蓉宮の力のなさを証明している。

「だいたい白蛇妃っておかしいですの。それじゃ來梨さまが蛇使いみたい。むしろ蛇殺妃とかにすべきですの」

「そっちの方が、ひどいと思うけど」

「こうなったら、ここにあるお菓子、私たちで食べちゃいましょう」

「だめだよ。今日こそ、誰か来てくださるかもしれないんだから」

「来ないですの。ほとんどの妃嬪は玉蘭（ぎょくらん）さまか星沙さまの派閥に入っていますの。私が妃だったとしても、芙蓉宮だけは選ばないです」

「まぁ、私が妃だったとしても選ばないけど」

　自虐を言いながら、芙蓉宮の侍女は笑い合う。

　七芸品評会が終わり、百花輪の貴妃の勢力図は少しずつ変わっていた。

　もっとも多くの妃嬪たちに慕われているのは西鹿州の貴妃・陶（とう）玉蘭だった。天女と呼ばれる美しさと清廉（せいれん）な人柄で人望を集めている。また、皇帝の渡りの多さからも有力な皇后候補とみなされ、取り入ろうとする官僚や貴族も増えていた。

　次いで多くの妃嬪を派閥に取り込んでいるのは東鳳州の貴妃・星沙だった。五妃の中でも随一の財力を持つ万家の後ろ盾と、数多くの学問に精通した貴妃の才覚にあやかろうと、多くの商人や貴族の支持を受けている。

「孔雀妃さまは、最近、あまりいい噂を聞かないね」

「あの方のご気性ですから、孔雀宮はきっと今ごろ荒れてますの」

小夏の呟きに、顔を合わせるたびに憎まれ口を叩き合っている孔雀宮の侍女・朱波を思い出す。ここ数日は顔を見ていないが、きっと主に振り回されて右往左往しているだろう。

少し前までは南虎州の貴妃・炎紅花も、玉蘭や星沙と肩を並べていた。けれど、最近になってその評判は下がり調子だった。

もともとの苛烈な気性のせいか、他宮の貴妃の謀略か、紅花の派閥に入っていた妃嬪たちが相次いで他の貴妃に鞍替えしている。また、宮城の有力者たちがかつて敵国であった南戎族が皇家に入ることに反発しているとの噂を耳にするようになり、貴族や商人たちからも敬遠されているようだった。

女官たちの紅花に対する噂も、最近になって急激に悪化している。後宮作法をわかっていないこと、先帝への敬意を欠いた言動をしたことなどが毎日のように耳に入る。明羽はそれを聞くたび、紅花自身の行いというより、誰かが意図的に噂を流しているのを感じた。

極めつきが、三日前の後宮を震撼させた事件だ。

後宮勤めの女官たちが住まう飛燕宮の中で、数名の女官が禁制品として定められている阿片を所持していた罪で捕らえられた。その後、女官たちの証言からもう一人、阿片の所持者が明るみに出た。それが孔雀宮の侍女・優仙だった。

宦官たちが孔雀宮を調べると、優仙の持ち物から阿片が見つかった。侍女が阿片を所持していたという事実により、孔雀妃の評判は地に落ちた。

「まぁ、それでも七芸品評会のあとは話題にすらならない芙蓉宮よりはましだけどね。それで、うちの貴妃さまはどこにいるの？」

「また引き籠り中ですの。どうせ今回も誰も来ないのでしょう、また笑いものにされるわ、と言って拗ねていらっしゃいます」

「最近、ちょっと変わられたかと思ったのに、引き籠り癖は相変わらずね」

二人の侍女は、主への親しみを込めて笑う。

孔雀妃が落ち目になったといっても、芙蓉宮とは比ぶべくもなかった。

來梨を支持する妃嬪は一人もおらず、商人や貴族からの支援の申し出も一件もない。

状況を変えようと來梨も侍女二人も奔走しているが、他の貴妃との差は広がるばかり。

定期的に催している妃嬪を招いた茶会は、そんな実りのない努力の一つだった。

「あー。なんか、話してると悲しくなってきましたの。やっぱり、私たちでお菓子食べましょう」

「駄目だって。忘れたの？　來梨さまに百花皇妃になってもらわないと、私たちは北狼州に帰されるんだよ？」

「そう、ですよね。私たちに帰る場所はないんですよね。それはそうと、おいしい」

「あーっ。食べるなって言ったのに！」

二人とも、それぞれに過酷な事情を抱えて侍女になったもの同士だった。來梨への親しみは確かにあったが、帰る場所がないことが活力の源でもあった。

「あら、元気のいい侍女たちね。楽しそうだわ！」

入口の方から声が聞こえる。

二人が振り向くと、青地に細やかな花紋が刺繡された襦裙に身を包んだ美しい女性が立っていた。背後には、年配の侍女が一人付き従っている。

明羽と小夏は、目を丸くして来客を見つめた。

「十三妃の寧々（ねいねい）です。今日、ここで茶会があると聞いて参上したのだけれど……あら、そんなに驚かれた顔をして、日を間違えたかしら？」

二人は、互いの頰を抓（つね）りたくなるのを押しとどめ、弾けるように立ち上がった。

一瞬前とは人が変わったように、芙蓉宮の侍女の顔に戻り歓迎の笑みを浮かべる。

「ようこそお越しくださいました。さぁ、こちらにお掛けくださいませ」

「すぐに來梨さまを呼んできますの」

明羽が丁寧にもてなし、小夏が主のもとに急ぐ。

冷茶を注ぎ入れながら、明羽は無礼にならない程度に寧々を見やった。

歳は來梨よりも少し上、二十歳を過ぎた頃だろうか。瑞々しい輝きの黒瞳に元気のよさそうな太い眉。整った顔立ちには、好奇心旺盛な子犬を思わせる活発さが見える。右目の下には泣き黒子（ほくろ）があり自然と視線を引き寄せた。

侍女長だった慈宇が残してくれた手記には、妃嬪について調べた情報も書かれていた。

十三妃・寧々は、この冬に後宮入りした妃嬪だった。皇帝に望まれたわけではなく、重臣たちの強い推挙により迎え入れられた。もっとも現皇帝が自ら望んで後宮に迎えた女性は皇后・蓮葉ただ一人だけだ。

出自は薬を取り扱う商家だった。重臣たちから推挙されたということは、それに値するだけの寄付をしたか、政（まつりごと）に貢献をしたかのいずれかだ。それだけで、生家がよほどの豪商であることがわかる。

「まずは、こちらをどうぞ。今日は初夏の陽気ですので、喉を潤（うるお）してくださいませ」

「ありがとう。あなたが、明羽ね」

突然名前を呼ばれ、明羽の手が止まる。

「どうして、私の名を？」

「どうして、ですって。あなた、自分が思っているより有名よ。後宮では、誰がなにをしたかはすぐに広がる。尾鰭（おひれ）と飾羽をつけてね！」

思い当たることはいくつかあった。慈宇の無罪を晴らそうと立ち回ったこと、七芸品評会で暗殺者に襲われたこと。けれど、妃嬪にまで知れ渡っているとは考えてもいなかった。

明羽の反応を楽しそうに見つめながら、寧々は嬉しそうに続ける。

「ねぇ、あなたの推理力にはなにか秘密があるの？　どうして宦官や秩宗部が気づかなかった真実がわかったの？　私、とても興味があるわ！」

「あの……いえ、ただ必死に考えただけです」

「ほんとうに？　ねぇ、なにか秘密はないの？　私、隠し事は嫌いよ」

身を乗り出すようにして迫ってくる。よほど噂好きでお喋り好きらしい。澄んだ黒瞳は、無邪気な好奇心で煌めいていた。

助けを求めるように背後に控える年配の侍女を見るが、いつものことだというように澄まし顔をしているだけだった。

そこで、背後から近づいてくる足音が聞こえる。

「ようこそお越しくださいました、寧々さま。びっくりしました。まさか、来てくださる方がいるなんて」

芙蓉宮の主・來梨が客庁に入ってくる。さっきまで不安から部屋に引き籠っていたとは思えない笑顔だった。

歳は十九。白い肌に丸く柔らかな瞳、木造りの簪でまとめられた栗色の髪が色香を漂わせている。

身に纏うのは薄藍と薄桃色に染め分けられた長衣に、さらに淡い藍色の裙だった。薄藍は北狼州で好まれる蒼天の色、薄桃は芙蓉の色、最近になって來梨はこの二つの色を好んで身に着けている。

明羽はその姿に、自らの主が変わったことを実感する。

貴族たちの対立が激しい北狼州の政治抗争の結果として、なんの後ろ盾もなく後宮に送り込まれることになった來梨は、初めは母から離された幼子のように泣き言をいっては引き籠るばかりだった。引き籠り癖は抜けないけれど、七芸品評会の前から少しずつ貴妃らしくなってきたように見える。

「お招きいただきありがとうございます、來梨さま。ご自分で招待されたのに、おかしなことを言うのですね」

「だって、これまでの三回のお茶会には、誰も来なかったんですもの。あ、あなたを責めてるわけじゃないの。私だって同じ立場なら、他の貴妃さまと仲良くしたいと思いますもの」

ふと、そこで今更ながら気づいたように、いったん言葉を止める。

「むしろ寧々さまは、このお茶会に来てよかったのですか？　他の貴妃さまに目をつけられるのでは？」

「來梨さまは、噂通り正直で面白い方ですね」

寧々は口元を押さえながら笑い声を上げる。さっきまで明羽に向けていた好奇心いっぱいの視線を、今度は來梨に向けていた。

「まず、私がお茶会に来た理由をお話ししましょう。七芸品評会のご活躍を見て以来、ずっと來梨さまのことが気になっていました。どんな方なのだろう、どうしてあんなことができたんだろう、それが我慢できなくなったのが半分です。私、昔から、いちど気になりだすと止められないのですよ！」

寧々はまたしても身を乗り出すように話し出す。あと少し机の幅が狭ければ、そのまま正面に座った來梨の手でも握りそうな勢いだった。

「それからもう一つの理由は、言うなれば、賭けですね。私は後宮に入ってから日が浅く、陛下からのお渡りは一度もありません。ゆえに、他の妃嬪の皆さまからは大変軽んじられています」

小夏が用意していた菓子とお茶を差し出すと、寧々は勢いよく喋ったせいで喉が渇いたのか、呷(あお)るように一口飲んでから続ける。

「私はこれまで、玉蘭さまの派閥に入っておりました。玉蘭さまはそれはそれは素晴らしい方でしたが、同じ派閥の妃嬪には私よりも上位妃が数名いまして。その方々は私のことを蔑ろにし、追い出そうとしました。さまざまな嫌がらせを受け――そして、思ったのです」

寧々はついに立ち上がり握り締めた拳を机にのせる。どうやら、お喋り好きなだけじゃなく、熱しやすい性格でもあるらしい。

「このままもし玉蘭さまが皇后さまになられたとしても、私は他の妃嬪に軽んじられたまま後宮内での地位はなにも変わりません。それならばいっそ、大穴に賭けてみようかと。來梨さまの派閥にはまだ誰もいらっしゃいません。今なら私が一番、來梨さまが百花皇妃に選ばれれば、後宮内の地位も跳ね上がるというものです！」

「……大穴だなんて、本当に正直なのですね」

來梨が呟くと、寧々はすぐに失言に気づいたらしい。

顔を赤くして慌てて言葉を足す。

「も、申し訳ありませんっ。つい、口が滑ってしまいました。つい、本音がっ」

まったく言い繕えていない。後ろでは年配の侍女が呆れたようにため息をつく。

明羽も呆れが顔に表れそうになるのをぐっと堪える。この人、よく後宮で生きてこれたな。いや、上手く生きてこれなかったから、ここにいるわけか。

「私もよく侍女たちに嘘がつけないと言われますが、寧々さまには負けてしまいそうですね」

來梨は怒るわけでも落ち込むわけでもなく、純粋に感心したように頷く。

十三妃はその反応になにか通じるものを感じたようだった。黒い瞳を來梨に向け、姿勢を正して宣言する。

「來梨さま、今度の朝礼のときは、ぜひ私を随伴してくださいませ」

朝礼とは、七芸品評会の後で皇后・蓮葉の命により始まった集会だった。

百花輪の貴妃たちは自らの派閥の妃嬪を連れて参上する。つまり、朝礼に随伴するということは、派閥に入るということだ。

急に茶会にやってきて、こんなにもあっさりと負け皇妃の派閥に入るなんて、なにか裏があるのではないか。

明羽がそう考えている横で、來梨は無邪気にぱちんと手を叩く。

「嬉しいわ。よろしくお願いしますね、寧々さま」

それから二人は、出会ったばかりとは思えないほど仲が良さそうに、後宮内の愚痴や生家への不満で盛り上がり、侍女たちを呆れさせた。

◇◆◇◆◇

風に揺れる笹の葉が擦れ合い、押し寄せる波のような音色を降らせている。

竹に囲まれた人気のない庭園は、雰囲気そのままに竹寂園と呼ばれていた。

芙蓉宮のほど近くにあり、昼の休憩時間にこの場所で武術の型の練習をするのは、すっかり明羽の日課になっていた。

生まれ育ったのは飛鳥拳という流派の拳法道場で、父はその師範だった。明羽も幼い頃から武術を叩き込まれ、実戦経験は少ないものの、型だけならば達人並みの技の切れを宿している。

「ねぇ、昨日の寧々さまのことどう思う?」

明羽は、右足を真っすぐ蹴り上げながら話しかける。

答えは、すぐに頭の中に返ってきた。

『後宮では誰をも疑ってかかれ、だよ。他の貴妃から間諜として送り込まれた可能性は、捨てきれないよね』

「それ、誰の格言?」

『僕の実体験だよ。でも、まぁ、嘘をついているようには見えなかったけど』

「私も。演技にしては真っ正直すぎたよね」

明羽の手には、佩玉と呼ばれる丸い玉のついた帯飾りが括りつけられていた。翡翠の玉には丸まって眠る狐が彫られており、眉が白濁していることから白眉と名付けられている。北狼州では子供が七歳になると贈り物をもらう風習があり、明羽が七歳になったときに母親が古物店で見つけて買ってくれたものだった。

明羽には〝声詠み〟と呼ばれる力があった。

長年使用されてきた道具に触れることで、そこに宿る声を聞くことができる。もっとも、伝統ある後宮の中でも、声が聞こえるほどの思いが宿っている道具はそう多くない。聞こえたとしても断片的な呟きがほとんどで、白眉のように会話ができる物となるとごくわずかだった。

『だけど、あの人が派閥に加わってくれるのは心強いね』

「まぁね。これまで朝礼に、來梨さまだけ一人の妃嬪も連れずに参上していたのは、痛々しかったからね」

『それだけじゃない。慈宇さんの手記にも寧々さまの生家は薬屋で、薬について深い造詣を持っているって書いてあったよね。後宮で生き抜く上で、薬の知識は大切だよ』

「なるほど。今度、來梨さまから勉強会を開いてくれるようお願いしてもらおう」

感心しながら、拳を真っすぐに突き出す。

そこに、背後から竹の葉を踏みしめる音が聞こえた。

「相変わらず、精が出るな」

竹藪から姿を見せたのは、後宮でも評判の優男だった。

後宮に出入りを許された警護衛士の緑衣を纏っているが、その雰囲気は軍人とはかけ離れている。中性的な細い輪郭に整った目鼻立ち、優れた書家が一筆で書き上げたような形の良い眉、長く伸ばし背後で結い上げられた髪からは男女問わず虜にするような色香が漂っている。

なにより目を引くのは、愁いを帯びた瞳だった。明羽はその目を見るたび、美しさと冷たさを併せ持つ天藍石の輝きを思い出す。

「また、こんなところに。李鷗さまも相変わらずお暇なのですね」

明羽は型を止めると、心のこもっていない拱手をする。

李鷗は、秩宗部と呼ばれる宮城内の不正や揉め事を調停する律令の番人の長だった。本来であれば話しかけるのも憚られる三品位の高級官僚だが、明羽の声にはうんざりした感情が滲んでいた。

「暇なものか。ただ、執務室からお前が見えたのでな、息抜きに、不機嫌そうな顔でもからかってやろうと思っただけだ」

「勝手に、息抜きの道具にしないでください」

李鷗の執務室は、外廷と内廷の間にある律令塔の三階だった。そこからは、竹藪に囲まれた竹寂園の様子が丸見えとなる。

「でも、少し心配しておりました。このあいだの阿片の件で、さぞや大変なのではないかと」

「あぁ、まったくだ。後宮で阿片が見つかるなど、現皇帝の代になって初めてのことだ。しかもそれを見つけたのは宦官たちでな、相変わらず秩宗部に関わらせないようあの手この手を尽くしている。そんなことをしている場合ではないというのに」

宦官とは、浄身し後宮で働く黒衣の男たちのことだ。女官の手が足りないときは、芙蓉宮にも手伝いに来ることがある。明羽が関わるのはその程度だが、後宮内には数多くの宦官たちが働いていた。

『仲が悪いのは相変わらずだね。秩宗尉は宮城の秩序維持を任されてる。一方で宦官は後宮内の治安を守るのも自分たちの役目だと言っている。後宮は二つの法によって支配されている状態さ。どちらの法で裁くかは、どちらが罪人を見つけたかによる』

白眉が、明羽の理解の足りない部分を補うように付け足してくれた。

「今回の阿片は、明らかに後宮だけの問題ではございません。そんな勝手が許されるのですか？」

「宦官たちの背後にいるのは皇太后だ。ゆえに、俺たちもあまり強引な手は使えない」

李鷗は苦労の滲んだ言葉を吐き出す。

「皇太后は各地の貴族に強い影響力を持っている。それは、一つの軍を動かせるほどの力だ。陛下は即位後、その力を削いできたが、未だこの国に深く根を張っている。真っ向から戦えば負けはしないが、国は揺らぐだろうな」

これまでの歴代皇帝は、自らの手中に権力を集め、他を支配してきた。それゆえに反発する者が後を絶たず、内紛を繰り返していた。

だが、現皇帝の兎閣(とかく)は違う。自らに力を集中させるのではなく、官僚や貴族たち、州守や郡主たちの力の均衡を保つことで、即位後の平和な時代を保ってきた。並々ならぬ政治力であることは明らかだが、旧権力の遺産である皇太后に対しては、その政策が裏目に出ている。

「それに、あの女は、嫌がらせをさせれば大陸随一だ。本当に怒らせるのは、もっと力を削いでからでないとやっかいなことになる」

「私にできることはございますか？　もちろん、見返りはいただきますけど」

これまで明羽は、李鷗から後宮内の事件について何度か調査を頼まれていた。

秩宗尉に先んじて事件を見通すことができるような明晰(めいせき)さがあるわけではないが、〝声詠み〟の力と、白眉の知識を駆使していくつもの事件を解決している。七芸品評会の後も、たびたび依頼を受けては調査をこなしていた。その見返りが、李鷗から芙蓉宮の利益となるような情報をもらうことだ。

だが、李鷗は天藍石の瞳を曇(くも)らせ、明羽に向き直る。

「今回は不要だ。むしろ調査などするな。もし異変に気づいたら、それ以上は首を突っ込まずに俺に知らせろ」

「それでは、見返りがいただけませんね。他宮との差が開くばかりで困っているのですが」

「冗談ではない。阿片が絡んでいるということは、この事件の背後には華信国の暗部がある。深入りすると、命の保証はないぞ」

肩を強く摑(つか)まれ、その痛みに明羽はわずかに顔を歪めた。

はっとした様子で、李鷗は手を放す。顔を逸(そ)らし、すまない、と呟いた。

「やはり、お疲れのようですね」

「確かに、今回の阿片のことでずいぶん苦労をさせられているのは事実だ」

弱さを見せまいと強張(こわば)っていた表情が、ふっと緩む。

「先ほど、息抜きにお前の不機嫌そうな顔をからかいにきたと言ったのは本心だ。どういうわけかは知らないが、お前と話していると少し落ち着く。陛下が最近、來梨妃のもとに嬉しそうに通われるのがわかる気がする」

「こんな仏頂面でもお役に立てて、ようございました」

明羽は両手の小指で口の端を持ち上げて笑顔を作った。それを見て、李鷗の曇っていた天藍石の瞳にささやかな光が戻る。

馬鹿にされているようで素直に喜べはしないが、それでも、李鷗の気がひと時でも休まるなら悪くはない気がした。

風に吹かれた笹の葉が擦れ合い、波のような葉音で辺りを包む。

明羽にとって李鷗は、芙蓉宮に貴重な情報を与えてくる相手だ。けれど、依頼がなくても、こうしてたびたびやってきては皮肉を言って去っていく。そのせいもあり、身分や立場の差とは別に、どこかで通じているような奇妙な距離感を覚えていた。

明羽は、後宮に来るまで男という生き物が嫌いだった。

故郷で暮らしているあいだ、身勝手で不愉快な仕打ちばかりを受けたせいで、男は糞で肥溜めだとさえ思うようになっていた。

けれど、李鷗との奇妙な距離感だけは、嫌いにはなれなかった。

◇◆◇◆◇

朝礼が開かれる琥珀宮の広間には、沈丁花の香りが漂っていた。

艶やかな被服に身を包んだ美しい妃たちが一堂に会する様子は、貧村で生まれ育ち『後宮小説』に憧れ続けていた明羽にとって、天上の宴にでも招かれたかのような心の躍る光景だった。後宮に来てから二月が経過しても、その感動が薄れることはない。

だが、朝礼は美しさを競うだけの場ではなかった。

現在の後宮には、五人の百花輪の貴妃の他に、十七人の妃嬪がいる。

貴妃たちは、自分の派閥に入った妃嬪とその侍女たちを伴って参上する。それはそのまま、貴妃たちの後宮内での力を示していた。

朝礼が開かれるのは七日に一度、すべての皇妃と妃嬪が皇后の住まう琥珀宮に集まり、伝達事項や後宮が抱える問題について話し合いが行われる。

近年は廃れていた風習だったが、七芸品評会の後、皇后・蓮葉により再開が告げられた。皇太后を蚊帳の外に置き、百花輪の儀に関わるのを牽制するのが目的なのは、誰の目にも明らかだった。

明羽が、來梨の後に続いて広間に入ってきたときには、皇領の貴妃・幽灰麗を除いた貴妃はすでに揃っていた。

西鹿州の貴妃・玉蘭の背後には、八人の妃嬪とその侍女たち。

東鳳州の貴妃・星沙の背後には、六人の妃嬪とその侍女たち。

南虎州の貴妃・紅花の背後には、二人の妃嬪とその侍女たち。

それが現在の後宮内の勢力図だ。

これまで來梨の背後に続いていたのは、侍女二人だけだった。だが、今日は寧々も連なっている。その様子を見て、広間にはほんのひと時だけざわめきが広がった。

玉蘭に付き従う妃嬪からは裏切り者を見るような視線が向けられ、他の派閥の妃嬪からは愚かな選択をしたと嘲るような忍び笑いが漏れるが、寧々はそれらをそよ風のように受け流している。

來梨は、これまでずっと一人で参上していたことを思い出しているのか、得意げな顔をしていた。明羽はそれを見ながら、相変わらずお気楽でわかりやすい主だと思う。まだ、勢力争いの最下位であることには変わりないのに。

それぞれの貴妃が顔を合わせるのは前回の朝礼ぶりだが、言葉を交わす時間はなかった。

広間の奥に、皇后・蓮葉が現れる。

現皇帝とは幼い頃から共に育ち、皇后となってから十年、この後宮を統率してきた女傑だった。華信伝統の美女像を体現したような切れ長の目に整った鼻梁（びりょう）。齢（よわい）は三十。目じりや首の皺に年齢を感じさせるが、それすらも彼女の纏う美貌と厳（おごそ）かな佇（たたず）まいの一端となっている。

「皇后さま、本日もごきげん麗しく、お慶（よろこ）び申し上げます」

朝礼は、皇后への挨拶から始まる。

貴妃たちが口にし、背後に控える妃嬪が頭を下げて一揖（いちゆう）する。

「ありがとう。楽にしてちょうだい」

皇后がそう答え、皇后と貴妃たちが席につく。皇后の席は広間の奥にあり、貴妃たちは向かいに並べられた椅子に座る。明羽たち侍女は貴妃のすぐ傍に控えるようにしゃがみ、妃嬪は貴妃の背後で立ったまま話を聞くのが仕来りだった。

「本日も、灰麗さまはお見えにならないのですね」

玉蘭が辺りを見回しながら告げる。

西鹿州の貴妃、翡翠宮の主・玉蘭。

天女の生まれ変わり、絶世の美妃、彼女の美しさを表す言葉は数多ある。美しい女たちが集められた後宮の中でも、その美貌は際立っていた。

歳の頃は來梨とそう変わらないだろう。瑠璃のような瞳に桃の蕾のような唇、白木蓮のような肌に白磁の取っ手のように滑らかな鼻筋、すべてが絶妙な均衡で組み合わされていた。

身に纏うのは玉緑色の長衣に極彩色の花紋が描かれた裙。黄金妃ほどではないものの、身に纏う衣服や装飾は日に日に豪奢になっていた。それは、彼女に取り入ろうとする商人や貴族からの支援が増えている証だった。

「体調がすぐれないと連絡があったわ」

「あの方が朝礼に出ているのを、私はまだ一度も見たことがありません。そんなに体が悪いなら、百花輪から降りるべきですわ」

星沙が棘のある言葉を発すると、彼女の派閥の妃嬪たちが口を押さえて笑う。

「さぁ、朝礼を始めるわ。まずは、面白くない話から片付けてしまいましょう。この後宮で、阿片を所持していた女官たちが捕らえられたのは知ってるわね？　宦官たちが調べた結果を伝えるわ」

蓮葉の言葉を受け、その背後に控えていた宦官が前に歩み出てくる。

宦官の官服である黒衣に幞頭、その腕には三品位であることを示す銀の腕輪が嵌められている。李鷗と同じ三品の官位を持つ宦官は一人だけ、後宮内で働くすべての宦官の長である内侍尉・馬了だった。

年齢は四十を過ぎたほどで、髪はすべて白く染まっている。頬や目元は病人のようにやつれていたが、口元に蓄えられた口髭と鋭い眼光のせいで弱々しさは全くない。その顔にはもう一つ、目に付く特徴があった。幞頭がかかりはっきりと見えないが、両側のふくらみの違いから左耳がないことがわかる。

片耳の宦官は、低いがよく通る声で調査結果を告げる。

四人の女官と一人の侍女が、禁制の薬物・阿片を所持しているのが明らかになった。阿片を配っていたのは砂小老という名の老いた後宮医であり、受け取っていた女官たちは、初めは痛み止めの薬と言われて渡されていたという。その後、阿片特有の中毒症状が出てくると値を吊り上げられ、言われるままに金を払っていた。

阿片を所持していた女官と孔雀宮の侍女・優仙は百杖叩きの刑罰のうえで後宮から追放が決まったが、肝心の砂小老は事態が発覚すると同時に失踪しており未だ見つかっていない。

「貴妃の侍女が阿片に手を出すなんて、嘆かわしいこと」

星沙は汚いものでも目にしたように口を手で覆う。それに合わせ、背後の妃嬪たちも声を潜(ひそ)めて嘲るように囁き合う。

「紅花、申し開きはあるかしら？」

蓮葉が呼んだのは、孔雀宮の主の名だった。

貴妃の中で頭一つ抜けて背丈が高く、一軍の将のような覇気を纏っている。我の強そうな顔立ち、豹(ひょう)を思わせる釣り目に大きな口、褐色の肌と赤髪は南虎州の民の特色だが、紅花の髪はひと際鮮やかで背後に炎を背負っているかのようだった。

武勇の誉れ高く、弓術と馬術にかけては天才的な腕前だという。胸元を見せるように気崩した装いは、彼女の艶やかな美しさをなにより引き立てていた。

「皇后さまに申し上げます。優仙は、捕らえられた女官たちから頭痛を和らげる薬と言われて受け取った、一度も使用したことはない、と宦官たちに捕まる直前に私に打ち明けました」

「阿片は所持しているだけで罪よ。どういう経緯で手にしたのかは関係ない、たとえ騙(だま)されただけだとしても、そこにあることが許されない。迂闊(うかつ)に受け取った侍女が愚かだったということよ」

「ええ、このような侍女の愚かな行いを止められなかった私もまた愚か者です。優仙が阿片を所持していたこと自体については、申し開きはございません」

「他に言いたいことがあるような物言いね。いいわ、続けて」

「この紙は、その時、優仙が持っていた阿片が包まれていたものです」

宦官の一人がそれを受け取ると、蓮葉に手渡す。明羽の場所からは紙に変わったところは何一つ見えなかった。

「これがどうしたというの？」

「この紙は、黄金妃の生家である万家の薬包紙として使われているものです。右下に、透かし技法で万家の紋が刻まれている。阿片を包むのになぜ使われていたのか、気になっているのですよ」

丁寧な言葉を使ってはいるが、紅花の深紅の瞳には、目に映るものすべてを焼き尽くすような炎が宿っていた。

だが、黄金妃はそれをあっさりと受け止めて淡々と答える。

「私の店で扱っている紙で間違いないですわね」

「認めるんだな」

「ええ。万家は、薬から武器までさまざまなものを扱っていますわ。この薬包紙も、私の店の商品の一つ。誰だって買うことができ、誰だって使うことができる。柔らかく破れにくいと評判ですわ」

　星沙は無邪気な笑みを浮かべると、続く言葉に毒を交ぜる。

「こんなもので、私に罪を着せられると思ったのですか？　いつぞやの芙蓉宮の侍女がやった時のように、私を糾弾できるとでも？　だとしたら――向いていませんわ。知慮も証拠も根回しもなにもかも足りない。後宮から出て在野で軍隊でも率いるのがお似合いですわ」

　黄金妃の背後にずらりと並ぶ妃嬪たちも、冷たい目で紅花を見つめた。妃嬪たちは誰一人として孔雀妃と渡り合える器ではないが、前に立つ星沙が、紅花から放たれる紅蓮の覇気を彼女たちに届く前に撥ね除けていた。

　紅花は目を逸らさないが、返答に窮して押し黙る。会話が続けられなくなれば、それは敗北を意味する。

「星沙さま、あまり強い言葉を使うのはおやめください。紅花さまは、ただ可能性を示しただけ。そしてそれは否定された。お二人とも、それでよろしいですね？」

　玉蘭が間に入ると、星沙は余裕たっぷりに頷いて顔を背ける。

「すべての原因は、後宮内へ阿片をばら撒いた砂小老が見つかっていないことです。宦官から秩宗部へは情報が塞き止められているとも聞いています。これはもはや宦官だけの手には負えぬこと、宦官と秩宗部が協調することが必要ではないでしょうか？」

玉蘭はさらに皇后に向き直って進言する。清廉な貴妃の言葉は、凜とした鈴のように広間に響いた。それに応えるように、馬了が半歩前に出る。

「失礼ながら、お答えをお許しください。此度の阿片を見つけたのは我々。後宮で起きた不祥事を正すのも、また我々の役目にございます」

「すでにことは後宮内だけの話ではないわ。これは宮城の、ひいては華信国を揺るがしかねない一大事よ」

「玉蘭さまのお言葉はよくわかりました。国を思うその御心、この馬了、感服いたしました。ご進言は、責任を持って皇太后さまにお伝えします」

「皇太后さま?」

「ええ。この件を宦官のみに任せるとお決めになったのは皇太后さまです。秩宗部と協調することで得られるものもありましょうが、黒幕に情報が洩れる可能性がある。皇太后さまは、浄身していない男を信じておられませんので」

慇懃な喋り方だが、自らの居場所をわずかでも譲る気がないようだった。口元に浮かぶ笑みは、皇太后の威を借り、貴妃を見下しているようでもある。

玉蘭の表情に、わずかに迷いが生まれる。皇太后は、後宮内で最も権力を持っている。その言葉に反論することは、虎の尾を踏むに等しい。

間髪をいれず、蓮葉が二人の話に割り込む。

「――それには及ばないわ。馬了、引き続き励みなさい。まずは一刻も早く、砂小老を見つけ出すことよ。玉蘭、いいわね？」

馬了は慇懃な仕草で、皇后に深く頭を下げると、勝ち誇ったような嫌らしい笑みを俯（うつむ）き隠したまま後ろに下がる。

「さて、嫌な話はこれでおしまい。今日は他に、慶事の報がある」

馬了の残した澱（おり）のような空気を吹き払うように、蓮葉が良く通る声で告げる。

「国境で我が国と小競り合いを続けていた威那（いな）国と、和平を結ぶことになった。国境はこれまでと変わらず、宣武（せんぶ）帝がお引きになった通りよ」

吉報に、妃嬪たちが沸く。

威那国との小競り合いは、先々帝の代から続く火種だった。威那は華信に比べれば小国だが、国境を争う西鹿州双甲山（そうこうざん）の威那国側には密林地帯が広がっており、逃げ込まれれば屈強な華信軍でも追うことはできない。威那軍の神出鬼没な戦い方に、華信軍は長年に渡って苦しめられ、西鹿の民は脅かされてきた。

「……それにしても、どうして急に」

來梨がぽつりと呟く。

そこで、明羽は気づく。來梨以外の貴妃は、すでにこの報を知っていた。

またしても、芙蓉宮の情報収集力の弱さを思い知らされる。貴妃たちは、後宮内だけではなく、宮城の外に対しても蜘蛛(くも)の巣のように諜報の網を張り巡らせているのだろう。

「国境の相伊(そうい)将軍が、威那の勇将・千辛(せんしん)を討ち取ったそうですわ。威那の国境軍の士気は、英雄である彼の武勇のみで保たれていたようなものだから当然でしょう」

答えたのは星沙だった。背後に控える妃嬪たちが「まぁ」「そうでしたの」と口々に感嘆の声を上げ、彼女の見識の高さを演出した。

「吉報はもう一つ。相伊将軍が、受勲のために帝都に来られる。その際に、桃源殿(とうげんでん)で祝賀会が開かれることが決まったわ。貴妃と十位以上の妃嬪には出席してもらう、いいわね」

皇后が続けると、妃嬪たちから戦勝報告とは比べ物にならない歓喜の声が上がった。

その理由は、すぐに蓮葉の次の言葉で知れた。

「相伊将軍は軍閥の道を選ばれたけれど、皇家の血を引く御方よ。それから、その容姿の美しさから将軍麗人とも言われているわ。せいぜい心を奪われないように気をつけることね」

明羽は、女官たちが李鷗のことを、仮面の三品、美しすぎる官吏、と呼んで日夜噂にしているのを思い出す。

官吏だろうが軍人だろうが、後宮の女たちは美しい男に弱いらしい。

うんざりするように広間を見回す。

吉報に沸く琥珀宮の広間の中でただ一人、紅花だけが燃え滾るように拳を握り締めていた。

◇◆◇◆◇

朝礼を終えて芙蓉宮に戻ると、來梨の生家である北狼州・莉家から手紙が届いていた。留守を預かっていた女官から知らせを受け、芙蓉宮の主と二人の侍女は思わず顔を見合わせる。

莉家からの支援の増加を期待していたわけではない。三人とも、他宮の奸計によって後宮を追放された侍女長のことが、ずっと気になっていた。

侍女長であった慈宇が莉家に送還されてから、すでに一月以上が経っている。慈宇が邯尾まで戻り、邯尾からの手紙が帝都に届くには十分な月日だった。

來梨が後宮入りした時の邯尾から帝都・永京までの道程は、莉家の護衛に守られていた。けれど、慈宇一人の帰路にはさまざまな危険が付きまとう。彼女が無事に着いたかさえ、確かめようもなかったのだ。

來梨が手紙を読み始めるのを、明羽と小夏は緊張を抑えながら見守る。

「慈宇は、無事に邯尾まで帰れたようね」

來梨が呟き、その表情に笑みが浮かぶのを見て、明羽は胸を撫でおろす。

だが、次の瞬間には、來梨の顔は訃報を受け取ったかのように曇っていた。

「……これは、なんの冗談かしら」

読み終えた手紙を、侍女たちに向ける。

明羽と小夏は、顔を並べるようにしてそれを読んだ。

手紙の送り主は、來梨の腹違いの弟であり、莉家の次期当主である莉宝楊だった。

書き出しは姉への形式的な挨拶と、慈宇が無事に莉家に戻り息災にしていることだった。本題は、その後に続いている。

「……お父さまが、州兵に捕らえられたそうよ。なんでも、納税額を過少に報告していた疑いをかけられているとか。そんなことをする人ではないのに」

手紙には納税額の報告は正確であり、事実無根の理不尽な言いがかりをつけられていると憤りが綴られていた。

「それに、宝楊はどうして私にこんな手紙を送ってきたのかしら。あの子は、私のことを軽んじていて、相談してくるようなことはなかったのに」

莉家にいたころの來梨は、別邸でひっそりと引き籠るような暮らしをしていた。次期当主として帝王学を学んでいた弟には、さぞ頼りない姉に映っていただろう。

手紙の最後には莉家の捺印があり、本物であることは疑いようがなかった。

「はっきり手紙に書けないなにかを、私に伝えようとしているのかしら？　お父さま、無事ならよいのだけれど。なにか、嫌な予感がするわ」

「……莉家からの支援まで受けられなくなるってことは、ないですよね？」

「そこまでは書いていないけれど、お父さまが不在となれば、それどころではなくなるかもしれないわね」

州全体が後ろ盾となっている他宮の貴妃と違い、來梨を支援するのは生家である莉家のみだ。それすら失われるとなれば、芙蓉宮が立ち行かなくなるのは目に見えていた。

そこで、女官の一人がやってきて、客人の来訪を告げる。

「……あぁ、寧々が来たのね。ごめんなさい、少し考えなければいけないことができたの。少し客庁で待っていただいて」

朝礼の後、明羽からの提案で、生家が薬屋であり、薬学に詳しい寧々に勉強会を行ってもらうことになっていた。

だが、女官は意外な言葉を返してくる。

「それが――来客は、黄金妃さまです」

ほんの一瞬、凍り付くような沈黙が部屋を満たす。

嫌な予感が、明羽の胸に夕立雲のように広がった。

昼下がりの後宮には初夏を思わせる陽光が降り注いでいた。

明羽たちは、暖かな日差しの中、前を進む屈強な宦官たちに担がれた花輦（かれん）の後を追うように石畳を歩いていた。

芙蓉宮に現れた星沙は、唐突に「花菖蒲（はなしょうぶ）を見に参りましょう」と告げた。

來梨は、星沙があらかじめ用意していた花輦に乗り、侍女たちは輿に揺られる二人の貴妃に続いた。

明羽と小夏の隣には、黄金宮の侍女が並んでいる。

黄金宮の侍女も二人だけだった。雨林という長身に黒髪黒瞳、いつも官僚然とした理知的な表情をしている侍女と、阿珠（あじゅ）という短い亜麻色（あまいろ）の髪に鷹を思わせるような鋭い目をした侍女だった。

明羽は、雨林とは何度か言葉を交わしたことはあったが、阿珠は顔を知っている程度だった。隣を歩くと、侍女にしてはやけに体格がいいのがわかる。

しばらく無言で並んで花輦を追っていたが、阿珠が沈黙に飽きたように話しかけてくる。

「あのさ、白蛇宮の侍女は、毎日自分で蛇を捌（さば）いて食べてるって女官たちが噂してたが、あれって本当か？」

貴妃の侍女とは思えない、下町の井戸端で聞くような粗雑な話し方だった。もちろん正式な場であれば侍女として振舞うことはできるのだろうが、同じ侍女相手に礼節の仮面をつけるつもりはないらしい。

明羽は丁寧な言葉遣いと微笑で返答する。

「白蛇宮などという名ではなく、芙蓉宮です。食べているものは、皆さまと変わりませんよ」

「悪い悪い。でもよ、いきなり蛇の頭を押さえつけるなんて、普通はできることじゃないだろ。すげぇなぁって、あたし、本当に感心したんだぜ」

阿珠の声は、相手をからかいつつも、本当に興味を覚えているようだった。

「やめなさい、阿珠。互いに貴妃に仕える侍女同士、無礼な発言は許しませんよ」

雨林がぴしりと指導するように鋭い声を上げる。阿珠は謝罪の代わりに小さく舌を出してみせた。

明羽は、短いやり取りで黄金宮の二人の侍女の役割を察した。

侍女長である雨林は、黄金妃の右腕と呼ばれ経済に深い造詣を持っていることが知られていた。阿珠にはおそらく武術の心得がある。護衛として傍に置いているのだろう。

雨林の叱責で会話は終わりかと思ったが、背後から小夏の声が聞こえる。

「別に、特別なことはなにもありません。あの時、來梨さまと私は、あの場にいるどなたよりも皇帝陛下をお守りしようと必死だっただけですの」

同僚の返答に、明羽は思わず吹き出す。普段は大人しい小夏も、白蛇宮などと呼ばれたことに苛立っていたのだろう。

「それから、蛇は、皆さんが想像しているより美味しいですの」

極寒の地の出身で元狩人の彼女は、蛇を日常的に食べていたのだろう。小夏の返答が気に入ったのか、今度は阿珠が声を上げて笑う。大きく開いた口からは、獣のように鋭い八重歯が覗いていた。

もう少し話したいようだったが、雨林に睨まれ、阿珠はもう口を開かなかった。四人は無言のまま、主たちの乗る輿の後を追う。

花輦は、後宮の東側にある庭園の傍で止まった。

到着したのは、仙泉園と呼ばれる庭だった。

明羽は過去に一度、散策のついでにこの場所を訪れていたが、築地塀に囲まれた庭園はさほど広くなく花の種類も少ない、迎賓のために造られた舎殿の庭園とは比べ物にならないほど地味な場所という印象だった。

けれど、その印象は瞬く間に崩れる。目の前の景色に、この庭園がなんのために造られていたかを知った。

仙泉園の池には、花菖蒲が咲き誇っていた。

大きな池の周囲を四角く形作られた石畳が囲み、池には青紫の花菖蒲が今を盛りと花開いている。池には四方から延びた木造の橋が、中央で交差するようにして架けられ、花菖蒲の間を散策できるようになっていた。

花輦から降りた來梨は、ほんの一瞬、花菖蒲の美しさに見惚(みと)れた後、すぐに不安を思い出したように星沙に向き直る。

「どのようなご用件でしょう？」

「この美しい花が見えないのかしら？　花菖蒲を見にきたのよ。栄花泉の北側の舎殿にいる芙蓉妃は、この場所をまだご存じないだろうと思って」

星沙はそう言うと、幼子が年上の女性に懐くような無邪気な笑みを浮かべる。

「最近、見違えたように凛とされているので、ぜひ一緒に花を眺めたくなったの。迷惑だったかしら？」

「それは……ありがとうございます」

來梨は、意外な言葉に戸惑いながらも、照れたように笑う。

星沙が一筋縄ではいかない貴妃であることは知っているが、それでも、本心から口にしたのではないかと思わせるような言動に心を動かされていた。

「さぁ、参りましょう」

星沙は、來梨を誘うように橋に足を掛ける。

不安そうに後に続く來梨の様子は、橋を進むにつれて、わかりやすく華やいでいった。

橋の両側を花菖蒲が覆い尽くす。多くが青紫だが、ところどころに白い花弁も交じり、異なる色調の波が目を楽しませる。普段なら岸辺から眺めることしかできない花を、池の上から眺めているという稀有な体験も合わさって、花はより一層美しく、香りはさらに深く、貴妃と侍女たちの五感に届いていた。

「知りませんでした。このような場所に、花菖蒲が咲いているなんて」

來梨が、憎からず思っていた男性に言い寄られたような、うっとりした声で呟く。

花の美しさには賛同するが、明羽の頭の中は不安と警戒でいっぱいだった。助言を求めるように、腰にぶら下げた眠り狐の佩玉を握り締める。

『確かに素敵な場所だね。この場所は、密談をするにはうってつけだ。黄金妃は誰かに見張られているのかも。よっぽど他人に聞かれたくない話があるとみえるね。たとえば、今日の朝礼のこととか』

頭の中に響いた声に、はっとして辺りを見回す。

池の真ん中にいるのは、貴妃と侍女だけ。他の者が近づいたり潜んでいたりすればすぐにわかる。さらには、二人でいるところを誰に見られたとしても、盛りの花菖蒲を見に来たと説明することができる。

池の中央に差し掛かった時、星沙は無邪気な笑顔のまま口にした。

「貴妃同士が話をするには理由が必要よ。花を見るのはちょうどいい理由だわ」

白眉の読み通りだった。わざわざ花輦を用意して迎えに来たのも、道中で余計な詮索をされるのを防ぐためだったのだろう。

「内緒話をするために、私をここに呼んだのですか？」

黄金宮の侍女たちの目にわずかな嘲りが浮かぶ。今気づいたのかという呆れと、内緒話という子供じみた言い方、おそらくは両方に対してのものだろう。

「その通りよ。どんな話題か、そっちの侍女は、察しがついているんじゃない？」

星沙に視線を向けられる。明羽は、白眉とのやり取りを思い出して答えた。

「阿片のことでしょうか？」

「見込んだ通りね。朝礼で孔雀妃が指摘したことは、全てが誤りではなかった。黄金宮から、後宮医を通じて飛燕宮の女官たちに薬を渡していたのは確かよ。その時に、孔雀妃が突き付けてきた薬包紙を使用していたわ」

貴妃同士の会話に、侍女が口を挟めるのは意見を求められた時だけだ。明羽はいったん口を閉じ、代わりに來梨が問いを続ける。

「……それでは、朝礼では嘘をついたということですか？」

「嘘はついていないわ。あの紙は万家の商い品であり、誰もが手に入れられるものだというのは真実ですもの」

孔雀妃が聞いたら怒り狂いそうな言葉を、黄金妃は無邪気な笑みを浮かべながら語る。

「黄金宮が配っていた薬は、阿片ではないのですね？」

「当たり前でしょう。月障散と呼ばれる薬よ。頭や内臓の痛みを和らげる効果があるの。月のものの痛みにもよく効くから、女官たちは大喜びだったわ」

後宮で働く女たちの毎日は過酷だ。朝から晩まで働き通しであり、多少の体調不良では休みなどもらえない。月のものが酷い時の仕事の辛さは明羽もよく知っている。

それゆえに、薬を配ることで黄金妃がどれほどの見返りを女官たちから得ていたのかも容易に想像できた。

「……それが、中身を阿片にすり替えられて配られたかもしれないというわけですね」

「そうよ。薬を配る役割をしていたのが後宮医の砂小老、あの男が行方不明になったのは朝礼で聞いた通りよ。すり替えを行っていたのが砂小老だったのか、他に黒幕がいたのかはわからないけれど」

「どうして、私などにそのような話を？」

「あなたの侍女を、お借りしたいの」

星沙の視線が、來梨を通り過ぎ、背後に控えている明羽に向けられる。

目が合った瞬間、空から大鷲に見つけられた野鼠のような心境になった。

「それは……理由を、聞いてもよろしいでしょうか？」

「あなたの侍女が、良く利く鼻を持っているのは知っているわ。この件の真相を握っているのは砂小老よ。あの後宮医を見つけ出して欲しいの。真相が明らかになるまでは、危なかしくて薬を配ることはできない。月障散が渡せなくなると、多くの女官が困るでしょう。後宮で働く女官たちのために手を貸してちょうだい」

明羽は心の中で舌を出しそうになるのを堪える。本当の理由は、黄金宮の配っていた薬が阿片にすり替えられて広まっていたことが知られ、星沙の評判に傷がつくのを危惧しているのだろう。

「確かに、そのお薬がなくなると困りますね」

來梨がいいように誘導されそうになるのを察し、明羽は仕方なく口を開く。

「僭越ながら、黄金妃さまは私の実力を買い被っておいでです。私にそのような知恵は——」

「黙りなさい。貴妃さまたちが話をされている。侍女が口を挟んでよい場面ではない」

真横から、冷たい声が飛んでくる。隣に立っていた黄金宮の侍女・雨林が凍てつくような目で見下ろしていた。

「明羽、私が発言を求めるわ。正直、私にはどうすればよいのかわからないの。言いたいことを言って」

來梨の言葉に、雨林は無言で視線を逸らした。明羽の発言を邪魔したかったわけではなく、正しく順序が守られていないことが許せなかっただけらしい。

明羽は、改めて來梨のことを変わった主だと思った。あっさりわからないと認めて侍女に丸投げするなど、他の貴妃ならありえない。初めは頼りない負け皇妃だと思ったし、今もそう思うけれど、たまにこの人が皇后になったら面白いのではと思う瞬間もある。

大きく息を吸うと、明羽は覚悟を決めて、黄金妃に向けて口を開く。

「どうして、そのような依頼を私どもに？　星沙さまはお顔が広うございますので、しかるべき者へ頼めばよろしいかと」

貴族に官僚に商人、多くの有力者と繋がりを持っている。他宮の侍女などに依頼するよりも、そちらを頼った方が迅速に情報は集まるはずだ。

「それができないから、こうしてあなたに手の内を見せて頼んでいるの。黄金宮は今、皇太后さまに目を付けられている。今も、私を監視しているはずよ」

「皇太后さまに？　どうしてでしょうか？」

「ただの気まぐれよ。退屈しのぎに、百花輪に関わるきっかけが欲しかったのでしょう。そこで、私を選んだようね」

星沙は表情と言葉が乖離した笑みを浮かべ続けていたが、皇太后と最初に口にした瞬間だけ、その目に嫌悪がよぎる。

「さらに悪いことに、皇太后さまはこの阿片の事件にもなんらかの形で関わっている。

宦官たちだけで調査をさせているのがその証拠ね。黄金宮が下手な動きをすれば、虎の尾を踏む恐れがある。あの方には、できるだけ百花輪の儀には興味を持たないようにしていただきたいの、わかるかしら？」

明羽は、七芸品評会で受け取った毒蜘蛛の入った菓子を思い出す。それだけで、星沙の言葉には十分に共感できた。

「他の者に頼んだところで、誰がどこであの方に繫がっているかわからない。皮肉なものだけれど、信頼できるのは、同じ百花輪の貴妃であるあなただけよ。明羽、あなたなら言いたいことがわかるでしょう？」

「……眠っている虎を起こさぬように、事態を収めたいということですね」

「満点よ、明羽。そのためには、砂小老を見つけだして、秩宗尉に引き渡してしまうのが手っ取り早いわ。それで後宮に阿片を配っていた黒幕が明らかになり、皇太后さまの反感が黄金宮に向くこともない」

「話はわかりましたが、芙蓉宮がそれをお受けする義理はございません。私たちには、なんの益もないことです」

「その答えは、減点だわ。私がこのような相談を、なんの根回しもなく話すわけがないでしょう？」

「……なるほど。そういうことでしたか」

「わかったようね。黄金宮の頼みは断れないわ」

どうやら、身に降りかかる火の粉は自ら払わなければならないらしい。

侍女たちと違い、來梨はまだ理解が追い付かないようだった。星沙はそれを見て取ると、金細工の扇子を取り出して口元を隠しながら笑う。

「あなたの御父上が、州兵に捕まってしまったそうね。万家が一声かければ、疑いは晴れたちまち解放されることを約束するわ」

「まさか……星沙さまが？」

「勘違いしないでちょうだい。あなたの御父上が州兵に捕まったのは自業自得よ。書類の不備でもあったのか、州守の機嫌を損ねたのか。ただ、この万星沙が一声かければ、それを帳消しにできるというだけ。引き受けてくださるかしら？」

「そんなこと、信じられません」

「信じようと信じまいと、あなたの選択肢は一つしかないでしょう？」

來梨はしばらく星沙を見つめていた。闘争心を剝き出しにすることが苦手な貴妃は、抗議を口にすることも睨むこともなかったが、握り締めた拳に、せいいっぱいの悔しさが表れていた。

「その調査に危険はないのですか？　私はもう二度と、侍女たちを危険な目に遭わせたくないのです」

「行方不明になった砂小老という後宮医の行方を捜しだし、秩宗尉へ引き渡すだけ。なにも危険はないと考えますわ」

「……明羽、お願いできる？」

短い沈黙のあと、來梨が振り向いて尋ねてくる。

「畏まりました」

言いたいことはたくさんあったが、どうあがいたところで他に選択肢はないのだ。

「話はついたわね。それでは、期日は、この花菖蒲が散るまでにしましょう。わかったら、今度はあなたの方から花見に誘っていただけるかしら？」

黄金妃は無邪気な笑みのまま告げると、さっと身を翻して岸辺へと歩き出す。花輦に乗り、もう一台の誰も乗っていない輿と共に去っていった。

明羽は、李鷗に言われたことを思い出す。

この事件の背後には華信国の暗部がある。深入りすると、命の保証はないぞ。

どうやら、もう関わらずに済ますことはできそうになかった。

◇◆◇◆◇

「まだ熟れる前の芥子の果実から滴る汁を集めて乾燥させたもの、それが阿片です」

寧々はそう言いながら、手にした巻物を開く。そこには、明羽が見たことのない丸々とした芥子の果実の絵が描かれていた。

星沙より依頼を受けた後、芙蓉宮に戻ると寧々が待っていた。

調査のために阿片に関わる知識が欲しい、明羽はそう來梨に伝え、芙蓉宮の三人は生家が薬屋であった寧々から教えてもらうことになった。

「茶褐色の粉末で、一見しただけでは他の薬と見分けはつきません。ですが、他の薬とはまったくちがう。吸引するとえも言われぬ幸福感に包まれるといいます。体が浮いているようになるとも、この世の苦しみがすべて溶けてなくなるともいいます。そして、この薬の恐ろしいところは、中毒性があること。吸い続けると、もうそれなしでは生きられなくなるのです」

寧々は専門分野だからか、薬についての説明になると、いつもの前のめりで噂好きな態度は影を潜めていた。商人然とした、落ち着いた声で説明してくれる。

「吸引しているあいだは夢見心地になるようですが、効果が切れると飢えと渇きに苛まれます。体も精神も弱り、なにもする気がなくなり、生きる屍のようになっていく。私の生家でも、昔は鎮痛や睡眠導入のために微量ながら取り扱っていたと聞いています。けれど、ご禁制に指定されてからは一切の商いをやめました」

「怖いわねぇ。この世には、こんな恐ろしい薬があるのね」

「薬、と呼んでいいのか迷いますの」

阿片は、北狼州にはほとんど出回っていない。來梨と小夏は、初めて触れた知識にそれぞれ驚きの声を漏らす。

「先々代のころから華信国では阿片の取り扱いを一切禁じていましたが、兎閣さまの代になって取り締まりは一層厳しくなったと聞いています。特に、芥子を育てた者、売った者は即刻死罪だと」

「それほど、恐ろしい物だということですね。国を傾けかねないほどの」

「はい。ところで、もう、よろしいですか？」

一通り話し終えると、急に、寧々は目を煌めかせた。

「よろしいとは、どういうことかしら？」

來梨が尋ねた途端、立ち上がり、ずっと抑えていた好奇心を爆発させたように机に身を乗り出した。

「どうして、急に阿片のことなど知りたいとおっしゃったのです？　女官たちが捕まった事件と関わりがあるのですか？　調査をするおつもりとか？　必要であれば、私も力をお貸しします！」

「ごめんなさい。そういうわけではないの。ただ、今朝の朝礼で気になっただけよ」

「そう……ですか。私には、お話しいただけない事情、というわけですね」

寧々は椅子に座り直すと、さっきよりも力の入った声で話し出す。

「私にできることがこれだけというのなら、もう少しだけお話ししましょう。心して聞いてくださいませ」

右目の下の泣き黒子をひと撫でし、全員を見渡してから続ける。

「阿片は、ご禁制に指定されてから取り扱いは激減しましたが、引き換えに華信国の闇に潜む連中がそれを利用するようになりました。阿片について調べるということは、彼らと遭遇する可能性があるということです」

「後宮に出回っている阿片にも、その者たちが関わっているということ？」

「可能性はございます。その闇に潜む者たちの中で、もっとも凶悪で関わりになってはならない集団が『九蛇楽団（くじゃがくだん）』です」

「……楽団、ですか？」

それまで緊張した様子で聞いていた來梨が、思わず気の抜けた声を上げる。

寧々は、わずかでも吸い込むと死に至る劇薬を扱っているような慎重な面持ちで続けた。

「……名で判断してはいけません。楽団と名乗っていますが、その正体は、この国の暗部を支配する恐ろしい犯罪集団です。強盗に人攫（ひとさら）い、暗殺に密売、あらゆる悪事に手を伸ばしていながら実態は知れない。その歴史は古く、華信国建国以前から存在していたと言います」

「どうして、楽団なのです？」

「元は少数の暗殺組織であり、凶器を楽器袋に入れて演奏家の振りをして行脚していたからだと言われています」

恐ろしい由来だった。芙蓉宮に、体に絡みつくような重たい空気が広がる。

「彼らはどこにでも潜み、どこにでも現れるといいます。目を付けられると、貴妃とて無事ではいられない。ましてや侍女など、皮を剝かれて宣武門の庇に吊るされたっておかしくない――ですので、舎殿の外では、滅多なことを口にせぬようお願いします」

來梨と小夏が、死人を見るような視線を明羽に向けた。

やめて、と思わず叫びたくなるのを、ぐっと堪える。

「どうしました？　皆さま、顔色が優れないようですが」

事情を知らない寧々だけが、不思議そうに芙蓉宮の三人の顔を見渡す。

明羽はそこで『九蛇楽団』という名に聞き覚えがあるのを思い出した。

七芸品評会の後、皇后・蓮葉の舎殿に招かれた時に耳にしたのだ。皇太后に依頼されて皇后を殺害しようとした暗殺者・永青、あの男が属していた組織が九蛇と呼ばれていた。

寧々が帰ってから、明羽は一人で部屋に籠って考えを巡らせた。

話を聞いた後、來梨からは何度も「怖かったらやめていいのよ」「危ないと思ったらすぐに逃げてきなさい」「傷つくことは許さないわよ」と、しつこいくらいに声をかけられた。

まだ、慈宇が後宮を去ったことや、七芸品評会で明羽が暗殺者に襲われたことを引きずっているのだろう。

けれど、莉家の当主が捕らえられたうえ、芙蓉宮への支援も打ち切られかねない危機だ。少し怖いくらいで引くわけにはいかない。

白眉を握り締めて、そっと話しかける。

「どう？　砂小老がどこにいるか、思いついた？」

失踪した後宮医がまだ生きていると仮定すると、隠れる場所は絞られるはずだ。後宮の外に逃げることは難しい。どこかの舎殿に匿（かくま）われているか、誰も近づかない場所に隠れているかだ。

『主のいる舎殿じゃないだろうね。いくらなんでも阿片を扱った罪人を匿うなんて危険すぎる。あとは、どこに隠れているかだけど。僕がいたのは百五十年も前のことだからね』

「地図、持ってくるよ」

明羽は引き出しから、後宮の地図を取り出して床に広げる。

慈宇が残してくれた地図に、自らも歩き回って得た情報を書き足したものだった。まだあちこちに空白が残っているが、考えを整理するための参考にはなる。

『阿片のことは、僕も良く知ってる。王武(おうぶ)と諸国行脚をしていたときに、南虎州の阿片窟を訪れたこともあるよ。阿片の蔓延(まんえん)した町は、踏み入れると気配ですぐにわかる。妙に陽気な人間と無気力な人間が混在し、独特の饐(す)えた空気が漂ってる。あれはね、生きた人の墓場だったよ』

王武は、白眉の三人目の持ち主の名前だった。武人英雄と呼ばれ、国中に数々の武勇伝を持つ伝説のような拳法家だ。

「そういえばさ、飛燕宮で捕まった女官たちはどこで阿片を吸ってたんだろう？　飛燕宮の中で使ったら、臭いですぐに誰かが気づいたはずだよね？」

『使われていない倉庫でも利用してたんじゃないかな。取り調べをした宦官たちは、その情報を掴んでいるはずだけど』

「でも、朝礼での馬了の様子や、黄金妃の話を聞くかぎり、宦官たちの調査は信用できない。まだ放置されているかもしれないね」

『阿片を吸っても誰にも気づかれず、砂小老が隠れていても誰にも知られない場所——

そうか、なんで気づかなかったんだろう』

　急に、頭に響く白眉の声が大きくなる。

『明羽、地図を見て。空白の部分が後宮の四隅に残っているよね。僕のいたころから変わってない。きっと、そのどれかに砂小老は隠れている』

　地図を見ると、確かに後宮の四隅には、なにも記載されていない部分が残っていた。明羽も近くまで行ったことはあるが、人気がなく荒れ果てていたため途中で引き返していた場所だった。

「ここに、なにがあるの？」

『今はもう使われていないみたいだけど、皇妃の牢獄——冷宮（れいぐう）だよ』

白眉の言葉は、得体の知れない不気味さを伴って頭の中に響いた。

◇◆◇◆◇

灰色の分厚い雲が、天と地を隔てる壁のように空を覆っていた。

明羽はどんよりとした空の下、迷路のように入り組んだ築地塀の回廊をたった一人で歩いていた。

辺りに人気はなく、管理する者もいないのか道も荒れている。石畳は黒く汚れ、隙間から生えてきた雑草が生い茂っている。塀を蔦が覆い、上に並ぶ瑠璃瓦は多くがひび割れていた。

「なんだか、後宮とは思えないくらい気味が悪い場所だね」

明羽は冷宮に続く石畳を歩きながら、眠り狐の佩玉に話しかける。

冷宮とは、かつて後宮で罪を犯した皇妃が送られた離宮だった。冷宮に送られた妃は、後宮を追放されるか死を迎えるまで舎殿の外に出ることは許されない。身分の高い妃のために用意された監獄のようなものだ。

『現皇帝になってからは一度も使われていないっていうからね、もう十年は放置されてるってことだよ』

頭の中に、白眉の声がする。

辺りに人がいないため、白眉を握ったまま歩いていた。薄気味悪い回廊の中にいると、話し相手がいるだけでずいぶん気が紛れる。

冷宮に目をつけてから、明羽は地図の中の空白部分を巡っていた。

最初に北東にあった冷宮に向かったが、荒れ果てた舎殿が残っているだけだった。その次に目指しているのが、北西の隅にある冷宮・雷鳥宮だった。

「小夏から聞いた話だと、この近くの回廊で幽霊を見たって女官が何人もいるんだって」

『なるほど。それはいいね』

「よくないでしょ！」

『怖い噂が立っているってことは、それだけ人が近づかないってことだよ。隠れるにはもってこいだ。もしかしたら、砂小老がこの冷宮を利用するために噂を流したって可能性すらある』

「そうかも、しれないけど」

『それに雷鳥宮っていえば、僕がいたころにも幽霊騒ぎがあったよ。麗氏という貴妃が陛下の寵愛を得たい一心で禁制の媚薬に手を出して、冷宮送りになったんだ。失意に沈んだ彼女は、雷鳥宮で侍女たちと一緒に毒を飲んだって事件があってね。それ以来、雷鳥宮には幽霊が出るって噂になって立入禁止になったはずだ。僕の二番目の持ち主だった翠汐は彼女のことをずいぶん気に掛けていたから、せめてもの慰めにと復権させて先帝陵に葬るために、必死で奔走したものだよ』

「……冗談だよね」

『大丈夫だって。僕が後宮にいた時代の話だよ、もう百五十年くらい前の話だって』

「余計なこと言わないでよっ。幽霊に何年経ったなんて関係ないでしょ⁉」

烏が鳴き声を上げ、頭上を飛び去って行く。

明羽は思わずぎゅっと体を縮めた。

『君にもそんな可愛いところがあったんだ。驚いたよ』

「うるさい。まぁ、どっちかっていうと、人間の方が怖いけど」

寧々から聞いた話を思い出しながら、明羽は相棒の眠り狐の佩玉に不満を漏らす。

恐ろしいのは幽鬼だけじゃない。いや、明羽が恐れているのは、いるかいないかわからない幽鬼よりも、後宮に入り込んでいるかもしれない犯罪組織の方だ。

『九蛇楽団は、僕が後宮にいたときからこの国の闇にいた。女子供も容赦しない、恐ろしいやつらだったよ。寧々さまの話を聞く限り、当時よりもさらに強大になっているみたいだね』

「だからなんで、今、そんな余計なことというのよっ」

恨めしく言いながら角を曲がると、正面に門が見えた。

緑色の塗料で塗り固められた門には、太い閂（かんぬき）が掛けられていた。塗料はあちこちが剝（は）がれ落ち、朽（く）ちかけの木材の断面を露（あらわ）にしている。

物（もの）の怪（け）の住処へと続いているような、不気味な門扉だった。

閂を外して扉を開く。

扉の向こうには丸石を敷いた小径（こみち）が延び、その先には広い舎殿があった。

緑を基調としていたのだろう、所々剝がれ落ちた柱も瑠璃瓦も緑色だった。屋根の上には、その宮の名と同じ青銅の雷鳥が雄々しく立っている。

もう人目を気にすることもないと判断し、白眉を手に括りつける。それから、足音を忍ばせて舎殿の中に入った。

かつては豪奢な装飾が施されていたであろう壁や天井に視線を走らせながら、軋む床を静かに歩く。

ふと明羽は気づく。

建物の朽ちた外観や内部の古びた様子に反して、床には砂や埃が積もっていない。まるで、誰かが頻繁に出入りしているかのようだった。

頭の中に、声が響く。

『どうやら、当たりを引いたようだね——奥に、気配があるよ』

白眉の過去の持ち主の一人、伝説的な武人である王武の傍に居続けたためか、白眉は獣のように人の気配を察することができた。

「何人?」

『たぶん一人だけ。息を潜めて隠れてるって感じだね』

明羽には気配を感じるどころか物音一つ聞こえないが、相棒の言葉が確かなことは身をもって知っていた。気を引き締め、舎殿の奥に向かう。

最奥には、分厚い木の扉に閉ざされた部屋があった。

この部屋も外側から閂が掛けられていた。明羽は閂を外してから、そっと開く。

かつては倉庫だったのだろう、手狭な部屋には窓がなく、籠った空気の匂いがする。左の壁際には黒塗りの薬簞笥(くすりだんす)が置かれており、他に物のない部屋で異様な存在感を放っていた。

そして、簞笥と反対側の壁の前には、桂皮色(けいひいろ)の礼服を着た老人が蹲(うずくま)っていた。後宮医は宦官であったが、通常の宦官たちが身に纏う黒衣ではなく、外廷の宮廷医たちと同じく能力に応じて決められた茶や灰色の礼服を着ることが許されていた。

「……あなたが、砂小老ね」

明羽は歩み寄ると、そっと話しかける。

その瞬間、砂小老は勢いよく顔を上げると、大声で叫んだ。

「お、お、おそいじゃないかっ、なにをもたもたやっていた、はやくよこせっ」

老人の表情は、半ば正気を失いつつあった。薄い髪にやせ細った首、逃亡中に伸びた髭が獣の鬣(たてがみ)のように輪郭を覆い、焦点の合わない目が絶えず左右に動く。幽鬼にとり憑(つ)かれてでもいるような異様な雰囲気を漂わせていた。

「……なにを、言ってるの」

「はやくもってこい、ほら、あれだよ。ふざけんな、とぼけんなよっ」

砂小老は立ち上がると、明羽の服の襟首を摑む。やせ細った腕からは信じられないような力だった。

「……阿片のこと？」

「お前、違うのかっ、あいつらの仲間じゃないのかっ」

「あいつらって？」

「お、俺をこんな風にしたやつらだっ。くそ、誰でもいい。あれを、あれを取ってくれ」

「……あそこに、阿片があるの？」

砂小老は答えず、倒れ込むようにその場に座り込んだ。

老人の視線の先には、薬箪笥があった。明羽は砂小老に背を向けて歩み寄る。引き出しにはいずれも鍵がかかっていた。けれど、箪笥の周りの床に、茶褐色の粉が落ちているのに気づく。

しゃがみ込んでから白眉を握り締める。

『間違いないね、阿片だ』

白眉の声が頭に響く。

砂小老が隠れている場所を捜していたが、どうやら後宮に出回る阿片の隠し場所まで同時に見つけてしまったらしい。

薬箪笥は明羽の背より高く、数多くの引き出しがある。これに全部阿片が入っているとしたらかなりの量になるだろう。

『これだけの阿片を、後宮医が一人で入手できるはずがない。あの男も、何者かに利用されていただけだ。阿片中毒になった人間は、なんだってするからね』

それは、外から閂を掛けられ、この部屋に監禁されていたことからも明らかだった。自ら隠れていたわけではなく、何者かに隠されていたのだろう。

明羽の心にわずかな同情が浮かぶ。この男も、黒幕たちに騙されて阿片中毒に陥ったのだとしたら、憐れな犠牲者の一人にすぎないのかもしれない。

「砂小老さん、あなたはいったい誰に言われて阿片を女官たちに渡したの？」

話を聞ける状態かわからないが、振り向いて声をかける。

だが、振り向いた先にいたのは砂小老ではなかった。

宦官の黒衣を着た男が立っていた。宦官にしては体が大きく、だらんと垂れ下がった両腕は異様に長い。顔には不気味なのっぺりとした白面をつけていた。目の部分にのみ穴が開いており、その向こうから暗い瞳が覗いている。

砂小老は、首でも打たれて気を失ったのか、男の足元に倒れていた。

音もなく現れ、音もなく砂小老を気絶させた。白眉さえもその気配に気づかなかった。

それだけで、かなりの手練れであることがわかる。

『……白面連。そうか、この時代にもまだ残ってたのか』

頭の中に、白眉の声が響く。

明羽は、囁くように相棒に尋ねる。

「なに、それ？」

『内侍部が秘密裏に抱える武力集団だ。表向きには存在しないことになっている、汚れ仕事に精通した宦官たちだよ』

「九蛇とかいう犯罪組織じゃないってこと？」

『違うけど、危険な連中であることに違いはないよ。話が通じるなんて思わないで。それから、戦うのもやめた方がいい』

「じゃあ、どうするの」

『逃げる。決まってるよ』

目の前の白面連と呼ばれた男からは、確かに研ぎ澄まされた武の気配が溢れていた。それも、武人というよりは暗殺者の類に近い。七芸品評会で襲ってきた永青と、どこか似た空気を纏っていた。

「……あなたたちの、目的はなに？」

問いかけながら、じりじりと出口の方に後退る。

白面は答えず、ただ白い顔をゆっくり動かして視線で明羽を追いかけるだけだった。

「……話さないなら、それでいい。私はすぐに立ち去る。だから――」

見逃してもらえないかという期待は、一瞬で砕かれた。

答えの代わりに、男の袖の中から隠し持っていた剣の切っ先が滑り出てくる。

「ただで逃がしては、くれなそうね」

明羽が呟くのと、男が飛び出してくるのは同時だった。

『隼(はやぶさ)の型、できるだけ低くっ』

頭に白眉の声が響く。

明羽は即座に反応し、体に染みついた飛鳥拳の型を繰り出す。

膝を曲げ、踏み出した軸足を中心に体を回転させる。真っすぐに突き出された相手の刃の下を潜(くぐ)るようにしてすれ違う。

白眉は武人英雄・王武の持ち物として彼の戦いを経験してきたことにより、英雄から戦闘中の刹那の判断力を受け継いでいた。それは明羽に不足している実戦経験を補ってくれる。白眉の助言に従い、明羽が技を繰り出す。二人が共に稽古を続けるうちに身に付けた戦い方だった。

すれ違うように攻撃を避けたおかげで、扉との間に立ち塞がるものがなくなる。

『走って、早くっ！』

白眉の声が響く。

明羽はほんの一瞬、部屋の隅に倒れている砂小老を気にしたが、連れて逃げることは不可能だった。

部屋の外に飛び出すと、入ってきた時は足音を忍ばせて歩いた廊下を全力で駆ける。

廊下の先に、仮面を被った黒い礼服の男が再び姿を現した。

回り込まれたっ、そんな馬鹿な。

一瞬、明羽に動揺が走るが、すぐに別人だと気づく。

服装も背恰好も似ているが、目の前に現れた男が着けている白面には、三日月を逆さにしたような形の不気味な目が描かれていた。手には武器がなく、腕を垂らしたまま明羽を見ている。

『あいつも手練れだ。挟まれたら終わりだよ』

白眉の声が響く。仮面の男から逃げるように、明羽は近くの広間に飛び込む。そのまま突っ切って、窓から飛び出すように庭に出た。

だが、明羽の動きは読まれていた。

別の部屋を突っ切るように平行に走っていた白面が、明羽の前に立ち塞がる。そして、背後にも、先程の暗器を手にした男が姿を現した。

「挟まれた――どうする？」

『こうなったら、やるしかないね。気をつけて』

白眉の声にはいつもの余裕はない。それだけ危険な状況ということだった。

目の前にいた三日月の白面も、袖口から刃を覗かせる。それは、死を告げるように鈍(にび)

色(いろ)に輝いていた。

次の瞬間だった。

急に、三日月の白面が膝をつく。

どこから飛んできたのか、匕首(ひしゅ)と呼ばれる小型の剣が、男の肩に深々と刺さっていた。


「明羽、こっち！　走って！」


入口から声が響く。その小生意気な声音には聞き覚えがあった。

暗い森の中で、灯(あか)りを見つけた気持ちになる。

白眉に言われるまでもなかった。

目の前の男が怯(ひる)んでいる隙に、横を駆け抜ける。

膝近くまで生えた雑草のせいで走りにくかったが、気にしていられない。草葉で足が切れるのも無視して必死で駆ける。

わずかに開いた緑色の門扉の隙間から、赤髪の侍女が手招きしているのが見えた。

猫を思わせる釣り目に可愛らしい雀斑(そばかす)。やや癖のある赤髪と褐色の肌は、南虎の民のものだ。

孔雀宮の侍女・朱波は、明羽が門の外に出るのを見計らうと、門扉を閉めて外から門を掛ける。

「相変わらず無茶してんのね、あんた」

孔雀宮の侍女は、閂を掛けながら、呆れるように声を上げる。

朱波には、後宮に来たばかりのときに騙されたことがあって以来、顔を合わせるたびに憎まれ口を叩き合うような関係だった。けれど、明羽はなぜか、このお節介で生意気な侍女が嫌いになれなかった。

「ありがとう、助かった。でも、なんでここに?」

明羽の問いに対する答えは、頭上から聞こえてきた。

「話は後だ。まずはここから離れる。追ってくる様子はないけど、安心はできない」

築地塀の上から、声の主が飛び降りてくる。

あまり話をしたことはないが、名前は知っていた。梨円(りえん)という、もう一人の孔雀宮の侍女だった。朱波と同じ赤髪だが、所々に黒髪も交じっている。肌も一般的な南虎州の民よりは薄く、南戎族と華信の民を親に持つことを予想させた。赤い瞳には主とは対照的な凍てつくような青白い炎が揺れ、小柄だけれど佇まいには武の気配を漂わせていた。

その手には、先程、三日月の男に刺さった匕首が見える。手のひらに収まるような小ぶりの投剣で、的確に相手を狙うにはかなりの技術がいるはずだ。彼女に武術の心得があるのは間違いなかった。

明羽は頷くと、三人の侍女は雷鳥宮から駆け出した。

屈強な男たちなら、築地塀を飛び越えるなど造作もないことだっただろうが、大事になるのを嫌ったのか追ってこなかった。

人通りの多い後宮中心部まで戻って来ると、三人は近くの亭子（あずまや）に座り込む。

女官や衛士たちが、息を切らせながら集まっている侍女を不思議そうに見ながら通り過ぎていく。そんな視線すら、命からがら逃げ延びた明羽にはありがたかった。

最初に口を開いたのは、朱波だった。

安心感からか、笑い声を上げる。

「ほんと、あんたって無茶苦茶よね。よくあんな危なそうなところに一人でのこのこ入っていくわよ」

「ありがと。おかげで助かった」

明羽も笑いながら、改めて礼を言う。それから、梨円の方を振り向く。

もう一人の侍女は、長い距離を走ってきたというのに息切れ一つなく、汗さえかいていなかった。

「梨円さんもありがとう。あなたが匕首を投げてくれたんでしょ。すごい技だね」

「大した事はない。南虎では男女問わず物心ついた時から投剣を習う。幼子でもあれで野兎を狩りにいく。私の生まれ故郷では嗜（たしな）みのようなものだ」

『嫌な嗜みもあったもんだね』

頭の中に白眉の声が響く。明羽は、まだ手に括りつけたままの相棒の声に同意しながらも、二人の目に留まらないようにそっと隠す。

「南虎の民が全員やってるように言わないでよ。それは、あんたの故郷だけでしょ。あたしは都会育ちだからそんな野蛮なことできないわよ」

「紅花さまは、私よりも上手に剣を投げる」

「あの人は特別よ。っていうか、そういうの外で言うのやめなさい。また、南虎の貴妃は野蛮だとか言われるわよ。ただでさえ、帝都の人たちにはいい顔されてないんだから」

朱波のうんざりした声には、孔雀宮が置かれている現状が滲んでいた。華信国中央には、未だに南虎への差別意識が色濃く残っている。

「二人は、どうしてあそこにいたの?」

「あんた、砂小老を捜してたんでしょ。あたしたちも同じよ。優仙が阿片をつかまされて後宮を追放され、紅花さまはご立腹よ。優仙は誰かに嵌められた、それを突き止めようとあたしたちも動いてたの」

「それで、冷宮を調べてたのね。考えることは同じだったってことか」

「同じじゃないわよ。あたしたちは仲間だった優仙のために調べてるの。百杖で打たれた後、優仙は右足が自由に動かせなくなってた。許せるわけない。あんたは関係ないでしょ、なんで首つっこんでんのよ。しかも一人で。馬鹿なの？」

「こっちにも、色々と事情があるのよ」

明羽が顔を逸らすと、冷たい声が追いかけてくる。

「なぜあそこにいたのかはいい。教えて、雷鳥宮でなにを見た？」

梨円の声は、朱波とは異なり、遊び心などまったくない冷たいものだった。声からは、青白い炎がゆらゆらと揺らめくような気配が伝わってくる。

誤魔化すことはできないと、直感的に悟る。

明羽は細く息を吐くと、覚悟を決めて告げた。

「……それを語るには、私たちだけでは足りないわ」

これは百花輪の儀だけじゃない、後宮全体に関わる問題だ。気は重いが、やるしかないのだろう。

見上げる空には変わらず灰色の雲が広がり、明羽の気持ちを代弁しているかのようだった。

◇◆◇◆◇

早朝の庭園には、深い霧が立ち込めていた。

本来であればさほど広い池ではないが、霧によって岸辺が見えにくくなっているせいで、橋の上にいると水面がどこまでも広がっているように感じる。

來梨と二人の侍女は、仙泉園の橋の中央に無言で立ち尽くしていた。

辺りには、昨日と同じように花菖蒲が咲き誇っている。霧のせいで多くの花を一度に見渡すことはできないが、色合いはよりいっそう鮮やかに映えて見えた。

やがて、正面から足音が近づいてくる。

霧の向こうから薄い幕を払うように姿を現したのは、黄金妃・星沙だった。背後には、二人の侍女、雨林と阿珠が続いている。

「思ったより早い呼び出しだったわね。花菖蒲が散る前に話が聞けてなによりだわ」

星沙は無邪気な笑みを浮かべながら歩み寄ってくる。

「昨日、砂小老を捜す途中で、私の侍女が襲われました。あなたは、阿片を持ち込んだのが本当は誰か見当がついていたのですね？　まさか、私の侍女の命を、そんな方法で奪うつもりだったのですか？」

來梨は挨拶も抜きに硬い声で告げる。握り締められた拳は小さく震え、臆病な貴妃がせいいっぱい気勢をあげているのが、背後に立つ侍女たちに伝わってきた。

雷鳥宮から戻った明羽から経緯を聞くと、來梨は自らを責めるように「黄金宮の依頼なんて素直に聞くべきじゃなかった」と明羽に謝った。それからすぐに、星沙に話をしたいと遣いを出したのだった。

返答で指定された待ち合わせ場所が、翌朝の仙泉園の橋上だった。

「まさか。わからないから調査をお願いしたのよ。行方不明の後宮医を捜すのが、それほど危険な調べものになるとは思いもしなかったわ。私は、この後宮に二度と阿片が出回らないように真相を明らかにしたかっただけよ。なにがあったのか、詳しく聞かせてもらえるかしら」

「ええ、それが約束ですから。ただ、もう一人、一緒にお話を聞くべき方がいらっしゃいます」

「他に、誰が？」

「つれないことを言うじゃねぇか」

熱を帯びた力強い声が響いてくる。

それを聞いて、今まで余裕たっぷりだった星沙の表情が、わずかに歪む。

北側の橋の向こう、霧を熱で溶かすようにして紅花が姿を見せた。その背後には朱波と梨円の二人が控えている。

紅花の深紅の瞳は、貫くように黄金妃を見つめていた。

「阿片をばら撒くのに使われていた薬包紙は、お前が配っていた薬のものだったんだろう。それで、こそこそ芙蓉宮に調べさせていたんだってな。ずいぶん情けねぇ真似をするじゃねぇか」

星沙は投げかけられた言葉に答えず、來梨に不快そうな視線を向ける。

「どうしてここに、紅花さまが？」

「私の侍女が襲われたのを、孔雀宮の侍女が救ってくれました。孔雀妃さまも、この話を聞く資格がございます」

「それは、あなたが勝手に決めていいことかしら」

「他の貴妃に話してはならないとは約束していません」

この受け答えは、事前に芙蓉宮で練習していたものだった。

來梨は、歳下の貴妃に気圧(けお)されながらも気丈に胸を張っている。駆け引きと呼べるほど洗練されたやり取りではない。けれど明羽には、いつもへらりと笑ってやりすごすばかりだった來梨が毅然(きぜん)と受け答えしているだけで、主の変化を感じた。

「まずは、あたしに言うべきことがあるだろ」

二人のやり取りに、炎を孕(はら)んでいるような声が割り込む。

星沙は視線を孔雀妃に戻すと、謝罪を口にした。

「申し訳ございません、孔雀妃さま。あの後、私の侍女たちに調べさせたところ、あなたのおっしゃっていたことが正しかったとわかりました。あの阿片に使われていた紙は、私から女官たちに渡していた薬を包んでいたものでした。そして、その受け渡しを手伝っていた後宮医が、砂小老だったのです」

「認めるんだな。なら、次の朝礼で謝罪してもらおうか」

「畏まりました」

朝礼での謝罪は、黄金宮の非を後宮全体に見せつけることになる。勢力図が描き変わるほどの効果はないが、影響は小さくない。

紅花はそれで、矛を収めたようだった。眼前に炎を翳(かざ)されていたような圧力が弱まる。

「ですが、私が配っていたのは月障散という薬です。誓って阿片とは関わりありません。真実を審(つまび)らかにしようと、芙蓉宮の侍女に、砂小老の居所を見つけて秩宗部に引き渡す手伝いをお願いしたのです」

「あぁ、そうだな。まずは、そっちの話を聞こうか」

來梨は小さく頷くと、背後に控える侍女に視線を向ける。

「明羽、話してちょうだい」

主に求められ、明羽は貴妃たちに雷鳥宮で起きたことを説明する。以前にも慈宇の疑いを晴らすために貴妃たちの前で話をしたことがあった。喉が干からびていくような緊張は相変わらずだが、それでも前よりは落ち着いて対応することができた。

雷鳥宮での出来事を話し終えると、星沙が、白眉と同じ知識を披露する。

「あなたを襲った白い面の男たちは、おそらく『白面連』と呼ばれる宦官でしょう。内侍部が抱える表向きは存在しないことになっている隠密部隊ですわ。これで、後宮に阿片を持ち込んでいたのが誰か、そして、砂小老を使って阿片をばら撒いたのが誰かがわかりましたわね」

黄金妃の言葉に、貴妃たちのあいだに緊張が走る。

紅花は不愉快な名前を聞いたように顔を顰(しか)め、星沙は嫌な予感が当たったというように首を振る。

宦官を統(す)べる内侍部、その陰の部隊が出てきたということは――その阿片を管理していた黒幕の名を告げたと同じだった。宦官たちは、皇太后の傀儡(かいらい)なのだ。

「いったいなんのために、そんなことをしたのでしょう?」

來梨が口にすると、すぐ隣から火焔(かえん)が立ち上るような気配がする。

「決まっているだろ、優仙を嵌めるためだ。あの婆(ばば)ぁの南虎嫌いは有名だぜ。あたしが百花輪の貴妃として後宮入りしたことが面白くねぇんだろうよ。だから、女官たちを使って優仙に阿片が回るように仕向けた」

「黄金宮の薬も、それに利用されたということですね。明羽が見たという阿片は、もともとあの方が持っていたものでしょう。いい迷惑ですわ」

「あの婆ぁ、ぜったいに許さねぇ」

紅花が怒りに満ちた声で告げる。その拳は、今にも血が滲みそうなほど強く握り締められていた。

「紅花さま、声が大きいです。今はまだ、あの方と敵対すべきではありません」

來梨は、眼前に松明を突き付けられたような熱気に耐えながら、恐怖を抑えて声をかけた。

「私も芙蓉妃と同じ考えだわ。百花輪の儀が終わるまでは、刺激をせずにあまりこちらに興味を持たせないようにするのが得策よ」

紅花は、炎を宿した深紅の瞳で、二人の貴妃を交互に見つめる。

逡巡の後、火焔のような感情を無理やり抑えつけ、焼け爛れた痛みに耐えるような声で告げる。

「あぁ、そうだな。あの婆ぁに罪を償わせるのは、今じゃねぇ。あたしが皇后になったあとで、ゆっくりと追い詰めてやる」

それは、やり場のない怒りの吐露というより、未来の自分への誓いのようだった。

「百花皇妃になるのは、私ですわ。ただ、あなたの考えには同意します」

明羽は、ちらりと主を見る。ここから先の流れも事前に相談済みだった。

臆病な貴妃は、自らを奮い立たせるように唾を飲み込んでから、震える胸をぴんと張って話し出した。

「それでは、この件は私から秩宗部に報告します。雷鳥宮にはすぐに秩宗部の調査が入るでしょう。それで、よろしいですね？」

「ええ、いいわ。あの方を律令で裁くことなどできはしない。真実は闇に葬られるだろうけれど、少なくとも後宮内に出回る阿片を止めることはできるわ」

「気に入らねぇが、今はそれしかねぇな」

紅花はそう呟くと、話は終わりだ、というように二人の貴妃に背を向けた。

その体からは、この場を離れてどこかで炎を吐き出さなければ、内側から燃えてしまいそうな怒りに満ちた覇気が漏れ出ている。

立ち去ろうとする赤髪の後ろ姿に、來梨は声をかける。

「紅花さま、私の侍女を救っていただきありがとうございました」

「貴妃が、簡単に頭を下げるもんじゃねぇぜ」

紅花は振り向きもせず、短く答えて立ち去っていく。

孔雀宮の三人が霧の中に消えていくのを見送ると、黄金妃が歩み寄ってくる。

そして、來梨の耳元で囁くように言った。

「孔雀妃を呼んだのは気に入らないですが、あなたが私の頼み事を果たしてくれたのは認めるわ。あなたの御父上は、すぐに解放されるでしょう」

「ありがとうございます、星沙さま」

「けれど、覚えておいて。今回、私はあなたの家を救うわけだけれど、救うことができるということは、その逆もできるということよ」

年相応の無邪気な笑みを浮かべると、そのまますれ違うように歩き去っていく。

星沙が残した言葉は、明羽も気づいていたことだった。

莉家当主が州兵に捕らえられたのが、黄金宮の奸計だったのかはわからない。一つはっきりしているのは、黄金宮は北狼州の州守を動かすほどの力を持っており、いつだって芙蓉宮を捻（ひね）り潰せるということだ。

「明羽……私、悔しいわ。私は――いったいなんなのでしょう。私には、あの貴妃たちと競えるものがなにもない。私はどのようにして、この百花輪に挑めばよいのでしょう」

來梨の声は、小さく震えていた。

それは、後宮に来たばかりの何も知らなくて震えていた時とは違う。他の貴妃たちの持つ力を理解した上での震えだった。

◇◆◇◆◇

それから來梨は、芙蓉宮に戻ると、次の朝までいつものように自室に引き籠った。

朝の霧が嘘のように、日中は晴天だった。

昼の休息時間を利用して、明羽がいつものように竹寂園で稽古をしていると、李鷗が姿を見せる。

「まったく、お前というやつは――阿片の件には、あれほど関わるなと言ったのに」

仮面の三品と呼ばれ、女官たちからの噂の的になっている美しい官吏は、宮城内では普段見せることのない呆れた表情で近づいてきた。

「事情はお聞きになったでしょう。今回は仕方なかったのです」

「仕方なかった、で済む話ではない。俺が、お前の良く利く鼻を貸せと言ったのは、後宮内の揉め事について調べるためだ。侍女が関わるには限度がある、それを肝に銘じろ」

呆れた表情が、本当に身を案じているような真剣なものに変わる。寂しげな天藍石の瞳が、真っすぐに明羽を見つめた。

「以前にも言ったはずだ。俺は、後宮に流れる血を一滴でも少なくしたい。お前の身にまたなにかあったらと思うと――俺は、心が休まらぬ」

七芸品評会で暗殺者に襲われた後で、同じようなことを李鷗から言われた。

自らが李鷗にとって特別な存在になっていると考えるほど、思い上がってはいない。

李鷗は、後宮に流れる血を少しでも減らそうと奔走している。そして、その血には、貴妃や妃嬪だけでなく、侍女や女官も含まれる。その気高い理想が、きっと自分が目をつけた侍女が傷つくことを許さないのだろう。明羽は、そう考えていた。

「わかりました、努力します。ですが、星沙さまに目をつけられたのも、元はといえば、李鷗さまが私を利用したからです」

「それは――そうだが」

李鷗は真剣な表情を崩すと、もどかしそうに髪に触れる。

「とにかくだ、表立って秩宗部に相談することはできなくとも、秘密裏に俺に相談することはできたはずだ。もっと俺を頼れ」

その言葉に、明羽は無理やり好みではない香水をつけられたような違和感を覚えた。

明羽が、男を嫌うようになった一番のきっかけは、十四歳の時に縁談が持ち込まれ、初めて会った相手に力ずくで襲われそうになったことだ。他にも、これまで生きてきた中で、自らの家族も含めて、ろくな男に会って来なかった。

男という生き物は糞だ。身勝手で卑怯な肥溜めだ。

それが、明羽がこれまでの人生で得た教訓だった。

後宮で働くことに憧れた理由も、男と関わらず、男に頼らずに生きていけるからだ。

この後宮に来て、男から頼れと言われるなどとは思ってもみなかった。

「……わかりました。そうします」

「……あ、あぁ。そうしろ」

後宮に入ってから二ヶ月ほど、こうして時々、李鷗と会って軽口のような会話をしていた。三品という殿上人のような身分の相手であることにも慣れ、すっかり気負うことなく話せるようになっていたはずだった。

けれど、どうにも気まずくぎこちない沈黙が生まれる。

助けを求めるように、さりげなく腰にぶら下げた眠り狐の佩玉に触れる。

『まったく、聞いてられないね。僕には、君が変わってしまうことが悲しいよ。それより、例の件、聞かなくていいの？』

白眉の言葉にはっとする。明羽は話を変えて尋ねた。

「雷鳥宮の調査はどうなったのですか？」

気まずくなった空気は一瞬で消える。李鷗は、いつもの冷たい表情に戻って答えた。

「知らせを受け、すぐに衛士を連れて踏み込んだが——無駄だった。どこかで話を聞きつけたのだろうな。先に、馬丁と宦官たちが調べに入っていた」

その名に、明羽は、朝礼で見た狡猾（こうかつ）そうな目をした男を思い出す。

「馬丁の話だと、なにも見つからなかったそうだ。砂小老の姿はなく、阿片も見つからなかった。お前が見たという床に落ちていたという粉末さえ一切なかったそうだ。芙蓉宮と孔雀宮の侍女は、揃って白昼夢を見たのではないかと笑っていたよ」

「そんなわけ、ございません」

「わかっている。だが、おそらくこの件は、これで終わりになるだろう。次の朝礼で、宦官たちから説明があるはずだ。黒幕は闇に潜んだ。後宮にこれ以上、阿片が出回ることはないだろう」

李鷗の声には、自らの力が及ばなかったことを悔いているような響きがあった。

それは仙泉園で聞いた、來梨の声と似ていた。


次の朝礼では、李鷗の予想通りの報告があった。

まずは黄金宮が配っていた薬の薬包紙が利用されていたことが告げられ、約束通り、星沙から孔雀妃に謝罪がなされた。

その後、馬丁より、砂小老が後宮の井戸に身を投げて自殺しているのが見つかったことが報告された。黄金宮から受け取った薬を入れ替え、後宮中に阿片を広めていたのはすべて砂小老が行ったことであり、この件の調査は終わりとするとの説明であった。

明羽が雷鳥宮で見た大量の阿片が隠されていた簞笥や、『白面連』のことには一切触れられず、その後も女官たちの噂にすらならなかった。

宦官の説明に納得する者はいなかったが、異を唱える者もまたいなかった。

後宮を揺るがした阿片事件は、ひとまず落ち着いた。

だが、明羽の胸には、なにかもっと大きな事件の予兆に過ぎないような嫌な予感が渦巻いていた。

◇◆◇◆◇

鳳凰宮の広間には、今日も梔子の花が香っていた。

黄金妃・星沙は片膝をついて拱手をし、舎殿の主への挨拶を口にする。

「お呼びに応じて参上いたしました。皇太后さまにはご機嫌麗しく、お慶び申し上げます」

初めて訪殿した時も、同じ場所で、同じような言葉を口にしたのを思い出す。

あの時は、鳳凰宮は得体の知れない魔物の住処に思えた。けれど今は、あの時に感じた恐怖は薄れている。恐ろしい魔物の住処であることに変わりはないが、その名を知り、姿形を知れば、恐怖を統べることは容易い。

星沙の正面には、皇太后・寿馨が座っていた。手にした扇子を揺らしながら、品の良い笑みで、孫を愛でるように語り掛ける。

「なぜ、妾がそなたを呼んだかわかっておるの？」

「心当たりがございません。お話の相手であれば、喜んで務めますが」

「お前はそこで、妾が差し出した手を取ると言った。まさか、こんなにも早く馬脚を現すとは思わなんだ」

「なんのことをおっしゃっているのかわかりません」

　星沙の一切の淀(よど)みがない返答に、皇太后は細めていた目を薄く開いた。その目の奥には、黒い澱がうねっている。

「妾の阿片をどこに隠した。芙蓉宮と結託したのは、まぁよい。じゃが、阿片を横から奪ったのは許せぬ。万家の娘が、あれがどれほどの金に替わるかを知らぬわけがあるまい」

「まったく存ぜぬことです」

　次の瞬間、老婆の手から扇子が飛び、星沙の肩に鋭い痛みを与えた。

「妾を謀(たばか)れると思うな。阿片を運び出す前に、妾の可愛い白面たちを殺して奪い去った者がおる。雷鳥宮にあれがあったことを知っておるのは、仙泉園で密談しておったお前らだけじゃ」

　皇太后の声は、直前とは様変わりし、人を脅しつけることに慣れた底冷えのする声へと変わる。

だが、黄金妃はまったく姿勢を変えずに答える。

「皇太后さまは、阿片など知らぬとおっしゃいました。阿片を持ち込んだのは、やはり皇太后さまだったということですね？」

短い沈黙が、鳳凰宮の広間を支配する。

星沙が落ち着いていたのは、皇太后の考えを理解していたからだった。実際には怒り狂ってなどいない、すべては相手を試すための演技でしかない。

その予想が正しかったと示すように、品のいい老婆に戻って優しく微笑む。

「今のは、冗談じゃ。妾は冗談は言うが、嘘は言わぬ」

「ええ、そうでしたね」

「もうよい、去れ。此度のそなたの判断、妾は寛大ゆえに笑って許してやる。じゃが、この手を取らなかったことはいずれ後悔することになる」

星沙は深く一揖すると、静かに背を向けて退室する。

その顔には、思い通りに事が運んだことに満足げな笑みが浮かんでいた。

◇◆◇◆◇

星沙の去った鳳凰宮の広間で、皇太后は久しぶりに愉快な芝居を観たように、嬉しそうに笑っていた。

「生意気な娘じゃ。じゃが、あの娘が一筋縄ではいかぬことはわかった。まだまだ温(ぬる)いが、百花輪で生き残ることができれば、よい遊び相手になるやもしれぬ」

寿馨が右手を伸ばすと、傍に控えていた侍女が、数種類の焼き菓子ののった盆を持って近づいてくる。

寿馨は無言で小窩頭(シャオウオートウ)を摑むと、童が瓜に齧(かじ)りつくような仕草で口に入れた。

「次は、どのような手を使いますか？」

盆を持った侍女が、静かに尋ねる。

「もうよい。しばらく高みの見物に戻ろう。南戎の女には、火種をくれてやった。やがて激しく燃えるじゃろう。これであれが、皇后に登ることはない」

老婆の細い目が開かれ、黒い澱が溜まったような瞳が辺りを見渡す。

「それにの、もうすぐあの男が戻ってくる。今の玉座に座っておる忌まわしい男とは違って、あいつは可愛いやつじゃからの――しばらくは楽しめるじゃろう」

広い舎殿の中、皇太后の不気味な笑い声が、底冷えのするような残酷さを伴って響き渡った。

第二話　国境の英雄

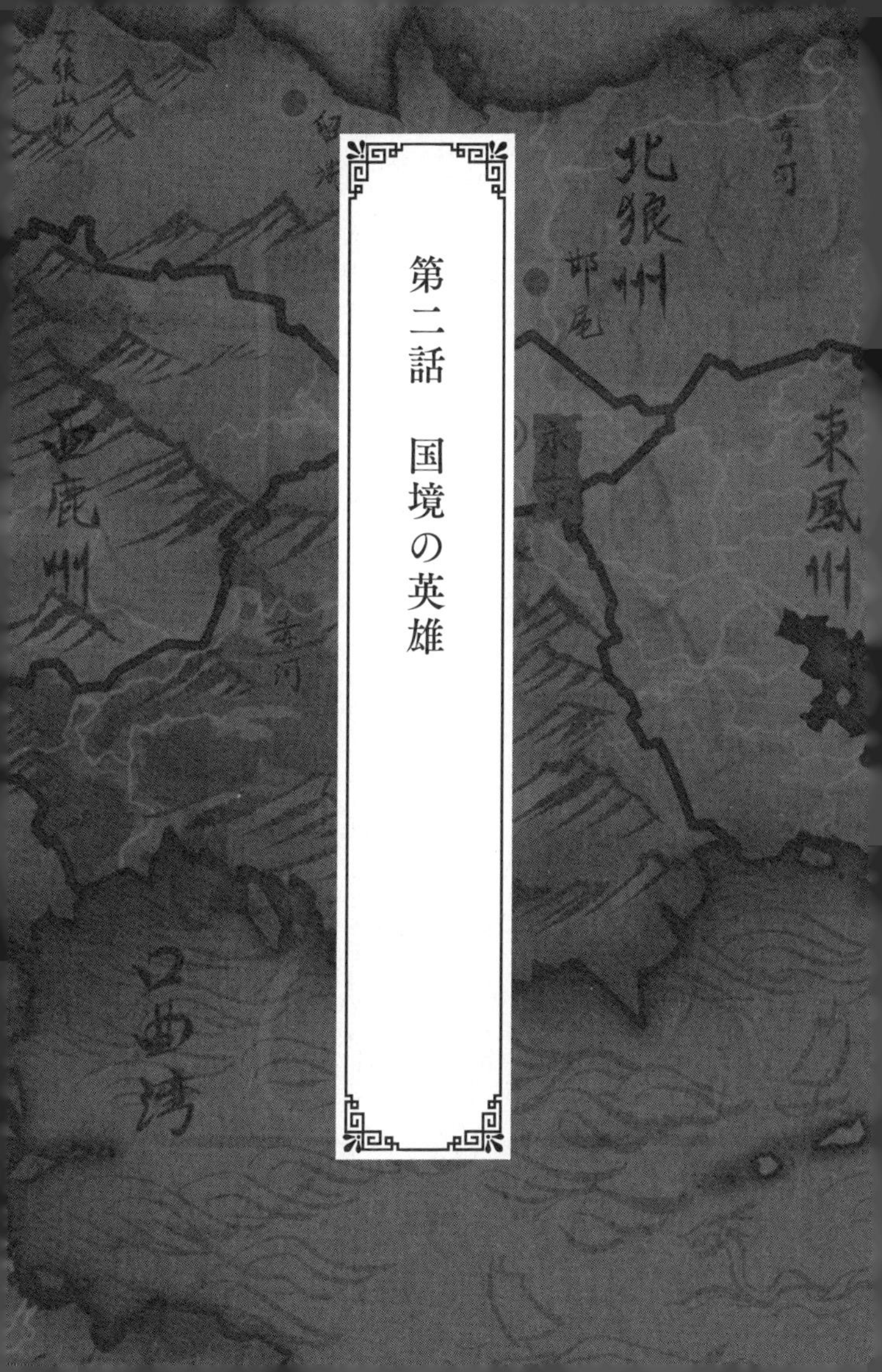

迎賓や祭事に使われる桃源殿は、今宵の宴に備えて華やかに飾り立てられていた。

宴の場所に選ばれたのは、桃源殿の中でもっとも広く、よほどのことがないかぎり使われない金龍の間だった。

最奥に金細工の龍があしらわれた皇帝の席があり、入口から皇帝の席に続く道の両脇を固めるように彫金で飾り立てられた皇族、重臣たちの席が並べられている。

床には深紅の毛氈が敷き詰められ、天井には皇家の象徴である龍と繁栄を表す吉祥文様の牡丹が描かれた灯籠が吊るされていた。入口の大机の銀盤には宮城の料理人たちによる贅を尽くしたごちそうが盛られている。

それは、長年の威那国との紛争を止めた、国境の英雄を迎えるための準備だった。

準備に追われていたのは、後宮勤めの女官たちだけではない。各宮の侍女たちも同じだった。

宴とは、貴妃の力を内外に示す場でもある。被服から立ち振舞い、何人の妃嬪を連れて現れ、誰と会話を交わすのかまで、すべてを見られている。特に百花輪の貴妃であれば、五妃が比較されるのは当たり前だ。

侍女たちはこの日のために揃えた服や装飾品で貴妃を飾り、持参する祝いの品を吟味（ぎんみ）し、宴の段取りや出席する人々を把握し、共に参殿する妃嬪たちと調整を行う。

宴が始まるころには、どの宮の侍女たちも疲れ果てていた。

明羽（めいう）も全身に圧（お）し掛かる疲労を感じながら、來梨（らいり）が座る席の後ろに控え、ぼんやりとこの世のものとは思えない艶やかな光景を眺めていた。

後宮に憧れるきっかけになった小説『後宮華伝（こうきゅうかでん）』には、宴の描写が頻繁に登場した。目の前に広がる景色は、物語の中に描かれていたそのままに美しく華やかだった。

今は、後宮が憧れていたような世界ではないと知っている。けれど、祭事や宴のたびに繰り広げられる極彩色の舞台は、いつだって明羽の胸を震わせた。

皇帝と皇后が連れ立って広間に姿を現すと、貴妃たちは侍女を一人連れて挨拶に向かった。皇族や重臣に挟まれた広間の中央部は従者を大勢連れ歩くには手狭なため、侍女一人とするのが高貴な人々の暗黙の了解だった。

來梨には小夏（シャオシイ）がついているため、明羽は息を潜めるように広間の隅で小休息ができた。

「あんた、よっぽど疲れた顔してるわね」

横から、呆れたような声がかけられる。

隣の席は孔雀宮だった。顔を向けると、朱波（しゅは）が、孔雀妃の席の後ろで柱にぐったりと寄りかかっている。

「人のこと言えないでしょ」

朱波の目の下にも隈(くま)が浮かび、何日もまともに寝ていないように疲れ果てていた。

「この分だと、このあとの先帝祭礼はもっと悲惨ね」

「ほんと。後宮の外に出られるのは嬉しいけど、準備を考えただけでぞっとする」

朱波はうんざりしたように癖のある赤毛をかき上げる。

前回の朝礼で、祝賀会の二日後に先帝祭礼と呼ばれる行事が開かれることを聞いた。

年に一度、歴代の皇帝と皇族たちが葬られている先帝陵へ、皇帝が皇族重臣を引き連れて拝礼する儀式だった。先帝たちへ畏敬(いけい)を示し、今後の華信の安寧(あんねい)を願うためのものだ。

婚姻(こんいん)の儀式を行っていないため、百花輪の貴妃は未だ皇族に籍はなかったが、共に参列するように通達を受けていた。

「それにしても、意外だったわね。水晶妃が出てくるなんて。どういう風の吹き回しだろ?」

朱波の言葉に、明羽は心の底から同意した。

視線の先、一列になり順番に皇帝と皇后に挨拶をしている貴妃たちの最後に、朝礼には一度も姿を見せていない美しい貴妃がいた。

皇領の貴妃、水晶宮の主・幽灰麗(ゆうはいれい)。

白を基調とした長衣に薄墨を流したような色合いの被帛。美しい白髪は、遠くからでも人目を引いた。元は溥天廟に仕えていた巫女であり、額には溥天を信仰する者たちの象徴でもある赤い花鈿が描かれている。

歳は二十歳くらいだろう。その立ち振舞いには、常に生者であることを疑いたくなる浮世離れした雰囲気が漂っていた。

「それと、皇太后さまがご欠席なのもちょっと安心したわ」

他の誰にも聞こえないように気をつけながら、朱波が付け足す。

先日の阿片事件で、孔雀妃は皇太后への怒りを募らせていた。顔を合わせれば冷静ではいられない、そんな心配をしていたのが伝わってくる。

「お前ら、ずいぶんひどい顔してるな」

今度は反対側から声がかけられる。振り向くと、鷹のような鋭い目をした黄金宮の侍女・阿珠が同じく疲れた顔で立っていた。

明羽が阿珠と会話を交わしたのは、黄金妃から仙泉園の花見に誘われた時が初めてだったが、以来、後宮内で顔を合わせるたびに絡まれていた。

「そっちも、人のこと言えないでしょ」

明羽がそっけなく答えると、朱波が噛みつくように言葉を続ける。

「あんたのところは三人いるじゃない、一緒にしないで」

「黄金宮はな、星沙さまの商いで他宮より仕事が多いんだよ。雨林はずっと商売事につきっきり。今日も宴に出ずに金勘定をしてる。だから、実質、二人で回してるようなもんだ」

「それで、雨林さんの姿が見えないのね」

「でも、今日は国境の英雄が見られる。それだけで苦労が報われる気がするぜ」

阿珠がにやりと笑うと、獣のように尖った八重歯がのぞいた。

国境の英雄、その名前が聞こえた瞬間、今までぐったりしていた朱波が、急に活き活きとした声を上げる。

「そうそう、それがあるから頑張れたのよ。将軍麗人、美しさで敵兵を倒すと言われる戦場の花！　あぁ、噂の美貌をこの目で拝めるなんて、後宮に来てよかったわ」

「話がわかるじゃないか。強くて美しい、まるで御伽噺の天真武君だ。あたしの憧れだ」

「一緒にしないでよ。私は強さなんてどうでもいいの。美しい殿方を観るのは後宮の楽しみの一つだからね」

「強くない男は男じゃない。女官たちは秩宗尉さまのことばかり話してるが、あたしはあんなひょろそうな男はごめんだね」

「聞き捨てなんないわねっ。李鷗さまはあれがいいのよ。あのちょっと弱そうなのが推せるんじゃない。だからこそ烈舜さまとの恋仲が成立するわけよ」

「え、李鷗さまと烈舜さまが？　本当か？　やばいじゃないかっ」

「そうよっ、やばいのよっ」

明羽は、自分を挟んで二人の侍女たちが熱く語り合うのをうんざりしながら聞いていた。猫のような雰囲気を持つ朱波と、鷹のような目に鋭い八重歯を持つ阿珠、なんだか肉食獣に挟まれているような気分になる。

そこで、広間中に響き渡る銅鑼の音が響いた。

「威那国の勇将・千辛を討ち取った国境の英雄、相伊将軍が臨殿されました」

主賓の名に会場が沸き、席を立って話をしていた皇族や重臣たちが自らの席に戻る。人目を忍んで雑談していた侍女の前にも、貴妃たちが戻ってくる。明羽は姿勢をぴんと正し、広間にいる全員と同じく入口を見つめた。

扉が開かれ、若い男が足を踏み入れる。

その瞬間、明羽は、広間に桃の花びらが降り注ぐのを見た気がした。

姿を現したのは、咲き誇る花のような気配を纏った若い男だった。

軍人にしては細身の体に、美しい容貌。歳は三十を過ぎたあたりだろうか。真っすぐに整った鼻筋、自信に満ち溢れた口元、幾重にも反射させて輝く金剛石のような双眸からは長い睫毛が瞬くたびに光が散るようだった。

身に纏うのは瑠璃藍色の簡素な礼服だが、丁寧に編み込まれた長い黒髪や腰に下げた香嚢からは、自らを魅せることへの強いこだわりが感じられる。

両隣を見ると、さっきまで雑談をしていた孔雀宮と黄金宮の侍女は、目を輝かせて主賓の一挙手一投足を見守っている。二人だけではない。広間にいる誰もが、その男の華やかな雰囲気に魅了されていた。

明羽は、皇帝の傍に控えている秩宗尉に視線を向ける。李鷗は相変わらず他人を寄せ付けない冷たい雰囲気を纏っている。同じように後宮の女官たちから噂の的になっているが、陰と陽のように対極に見えた。

相伊は、背後に四人の男を引き連れていた。

男たちも礼服だったが、雰囲気だけで軍人であることがわかる。武骨な男たちを従えていることが、より一層、将軍麗人の魅力を引き立てていた。

相伊は優雅な足取りで玉座の前まで歩み寄ると、片膝をついて拱手する。

「西鹿州双甲山より帰還いたしました。兄上におかれましては益々ご清栄の由、お慶び申し上げます」

広間中に響き渡った声は、身に纏う雰囲気と同じく桃の花びらが舞い散るように艶やかだった。

「久方ぶりの帝都を見ましたが、街は格調高く整備され、市井（しせい）には人と物が溢れ、民は皆が笑顔ばかり、兄上の政（まつりごと）により隆昌はさらに極まっていくのを感じました。華信国の未来永劫（えいごう）の繁栄が約束されたも同然ですね」

そこでいったん言葉を切ると、相伊は顔を右に逸らす。金剛石が光を散らすような美しい双眸を向けられ、朱波が、わ、と小さく声を漏らす。

「また、こちらの美しい貴妃さまたちを後宮にお迎えになられたこと、お慶び申し上げます。ただ正直に申しますと、これほど美しい花々を独り占めとは、やや嫉妬（しっと）いたしますが」

皇帝の弟であるからこその冗談に、大広間が軽やかな笑いに包まれる。

「相伊将軍、此度の働き、見事であった。お前の功績も、華信のさらなる繁栄の礎（いしずえ）となることだろう」

皇帝・兎閣（とかく）は短く返すと、隣に立つ宰相に合図を送る。宰相はすぐに「金五千、玉龍剣を含む宝物四点を授ける。また、爵位を一階級昇進とする」と褒賞を伝える。玉龍剣は、皇家が持つ龍の名を冠した七振りの宝剣の一つだ。その内容に、再び会場にざわめきが起きる。

「さて、他に褒美として望むものはあるか？」

「恐れながら、背後に控えるのは私の部下たちです。彼らの働きがなければ勝利はなかったでしょう。どうか、宮城内に残すあらゆる戦勝の記録に、私の名だけではなく、彼らの名も連ねていただけますようお願いします」

「わかった。伝書部にそのように伝えておく」

「それともう一つ、宴の余興として、あちらの美しい貴妃さまたちと歓談することをお許しください」

「それについては余の許可などいらぬ。いずれも賢く機知に富んだ妃だ。存分にお前の相手が務まるだろう」

明羽は、この若い将軍が、ほんの一瞬でこの場にいる人間の心を掴んだのがわかった。

おそらく誰もが、皇帝・兎閣の言葉よりも、相伊将軍の言葉を記憶しただろう。

武功があり、容姿に華があり、言葉に力がある。国民への慈愛や共に戦った部下への深い配慮を見せた。この一場面を切り取るならば、皇帝よりも王の器に相応しいとさえ思わせる。

褒賞の授与が終わると、盛大な宴が始まった。

列席者の机には豪華な食事と酒が並べられ、あちこちで権謀術数を孕んだ会話が繰り広げられる。

貴妃たちのもとにも貴族や重臣たちが次々と挨拶に来ていた。もちろんその数や順番は貴妃の持つ権力に左右され、星沙（シンシャ）と玉蘭（ぎょくらん）に比べると紅花（ホンファ）と灰麗は見劣りし、來梨にいたってはほとんど相手にされていなかった。

　そこに、桃の花びらを纏った声が割り込んでくる。

「貴妃の皆さま、お初にお目にかかります。相伊でございます。どの貴妃さまも後宮に咲き誇る花さえ妬（うらや）むような美しい方ばかりだ。そういえば、今宵は月が出ていませんでしたね。おそらく、月も皆さまの美しさに嫉妬し、恥ずかしくなったのでしょう」

　相伊はよく通る声で、五妃全員にいっせいに声をかけた。順序をつけると良からぬ噂を呼ぶが、五妃を相手に会話をするには並の駆け引き上手では立ちゆかない。よほど自信がなければできない行いだった。

「将軍麗人さまは、お噂通りお口が達者ですのね。そのように心と口が離れてお喋りができるのなら、商売人になった方がよろしかったかと思いますわ」

　黄金妃が、やれるものならやってみろ、と試すような言葉を返す。

「星沙さまも、お噂通りの手厳しい方のようですね。私の言葉はすべて紛れもない本心でございます。美しいものには、相応の着飾った言葉で美しいと言わなければ気が済まない質（たち）でして。ですので、腹に一物を抱えるような商売人には向いておりません。私にもっとも似合うのは戦場ですよ。この国のために仲間と共に剣を振るう、それが私の居るべき場所です」

及第点の回答だったのだろう、星沙は頷いて無邪気な笑みを浮かべる。次いで言葉を続けたのは、玉蘭だった。

「相伊さま、お久しぶりですね。西鹿の平和のためにご尽力いただいたこと、感謝します」

「玉蘭さま、もったいないお言葉です。それよりも三年もの歳月がかかってしまったこと、どうかお許しください。長きにわたり、双甲郡の民には心労をおかけしました」

相伊が守っていた戦場は西鹿州の国境だった。西鹿の貴妃である玉蘭とはすでに顔見知りだったのだろう。

二人の間に、孔雀妃の声が割り込む。

「そいつは謙遜が過ぎるぜ。前任は軍神って言われていた烈舜将軍だろ。軍神が五年かけてできなかったことをやったんだ。胸を張るべきところだぜ」

「ありがとうございます。さすが孔雀妃さまは戦にお詳しいようだ。あなたが将であれば三年もかからなかったかもしれませんね。あなたのような猛々しく美しい花が前線にあれば、兵たちの士気も高まりましょう」

孔雀妃に機嫌のよさそうな笑みが浮かぶのを見届けてから、水晶妃へと話題を振る。

「此度の功績は、溥天のお味方があったからこそと思います。まずは溥天への深い感謝を。灰麗さまは、普段は後宮内での祭事にはあまり顔を出さないとお聞きいたしました。

こうしてお目にかかることができ、その美しさを目に焼きつけられるとは、私は果報者ですね」

「わしはもう溥天廟の巫女ではない、溥天への礼は溥天へ言うがよい。わしは今日、そなたを見に来たのじゃ。そなたは、人たらしじゃの。よい人たらしか悪い人たらしかはまだわからぬが」

灰麗はそれだけ答えると、話は終わりというように瞳を閉じる。相変わらずこの世ならざる雰囲気を漂わせているが、少なくとも、相伊に悪い印象を持ってはいないのが伝わってくる。

広間中が、相伊と五妃の会話に注目していた。明羽は、この会話に來梨が上手く入れるか心配したが、将軍麗人は巧みに來梨にも話題を振る。

「來梨さまの身に着けておられる長衣は、北狼州の伝統を取り入れたものですね。立ち襟の故服は女性を凛として見せる。じつに、あなたに相応しい」

芙蓉宮の資金は他宮に劣るため、今回の宴のために、一見で価値を比べられにくい北狼州の伝統柄を取り入れた被服を新調していた。それに一目で気づいたらしい。

「ありがとうございます。この日のために取り寄せましたの」

來梨は素直に嬉しそうな笑みを浮かべる。明羽は、自らの主が一瞬で相手を信用したのが手に取るようにわかった。

それからも、相伊は五妃を相手に会話を続け、いずれも如才なく諧謔のきいた受け答えで良い印象を残していた。

……うん、できるな。

明羽は、軍人らしからぬ才覚に、半ば感動さえ覚えていた。

宴が進み、來梨から果物を取ってきて欲しいと頼まれて、明羽は席を離れた。

机にずらりと並んだ料理の他にも、果物や点心が広間の入口に並んだ銀盤に盛られ、侍女や女官たちが列席者に頼まれるたびに忙しく届けていた。

宴の席から離れたついでに、白眉に触れてそっと気になったことを尋ねた。

「どう思った？　相伊将軍のこと」

『武人としてなら、かなり強いよ。天の采配は不平等だね。与えると決めた人にはなんでも与えるんだから』

「後宮にいると、ほんと、そう言いたくなるね」

相伊だけではない。貴妃も妃嬪たちも、出自に美貌に才覚、すべてを兼ね備えた人物ばかりだ。

『でも、どんな人物かはさっきのやり取りを聞いただけじゃわからないね。それに気になることもある。確かめるにはいい方法があるよ。右を見て』

そこで、広間の隅に見知った人物を認める。

禁軍右将軍・烈舜が、難しい顔をしたまま、柱に背を預けて立っていた。

筋骨逞しい体つき、巌のような彫りの深い顔立ち、相手を威嚇するような鷲鼻に鋭い眼光。その体からは圧倒的な武の気配が溢れていた。

軍神と呼ばれ、先々帝時代から数々の戦場で武功を上げた猛将であり、先程の会話の中で紅花が口にした、相伊の前任として国境の守りについていた将軍でもあった。

『烈舜将軍と話ができれば、相伊将軍のことも少しわかると思うけど、どうする？』

「ん。やろう」

『じゃあ、さりげなく僕に触れたまま、僕の言う通りに受け答えして』

明羽は銀盤から果物を取ると、たまたま通りかかった風を装って話しかけた。

「こんばんは、烈舜さま。祝賀の席なのに、どうにも難しい顔をされていますね」

烈舜は、話しかけられたことが意外だったのか、眉間に皺を寄せたままの半眼を明羽に向けた。

「今日は警護の任務だからな。あいつのことを祝いにきたわけじゃねぇよ」

「相伊将軍は、軍神が五年かかってもできなかったことを三年で成したと、皆さまお噂していますね」

白眉に言われた通り口にしているだけだが、烈舜の目が一瞬だけ鋭く光った気がして寒気を覚える。

「ですが、私にはどうにも腑に落ちません。あの戦場は、わざと勝敗をつけないようにしていたのではありませんか？」

　途端、軍神の視線から鋭さが消えた。感心したような柔らかいものに変わる。

「そういうことは、胸に秘めておくもんだぜ。李鷗なら、きっとそう言うだろ」

　烈舜はそう答えると、持ち場に戻れというように手を振った。

　皿を持っていて拱手ができないため、代わりに頭を下げてから離れる。

　來梨の席に戻りながら、小さく尋ねた。

「白眉、どういうこと、今の？」

『……後で、ゆっくり話すよ。ただ一つわかったのはね、相伊将軍は、ただ忠義に篤いだけの人ではないってことだね』

　その言葉に、地平の向こうに暗雲を見たかのような不安を覚える。

　相伊将軍が宮城に滞在するのは、十日だけだった。

　その後はいったん所領に戻り、新たな赴任地に出立する予定と聞いている。

　たった十日。

　だが、明羽はなぜか、この短い間に波乱が起きそうな予感がしていた。

◇◆◇◆◇

宴の後、李鷗は皇帝・兎閣の執務室にいた。

部屋には皇帝の他に、烈舜と今日の主賓であった相伊が呼ばれており、三人は皇帝と向き合うように並んでいる。

「いやぁ、やっぱり宮城の酒は美味しいですね。思わず飲みすぎてしまいました。それで、兄上？　話とはなんでしょう？」

上機嫌な様子で、相伊が話しかける。

それに答える兎閣の言葉は、研ぎ澄まされた槍のように鋭かった。

「なぜ千辛将軍を討った」

普段は朴訥（ぼくとつ）な兎閣だが、今は肌を刺すような空気を纏っていた。その気配は部屋中を包み、自らに向けられているわけではないのに、李鷗は喉元に刃を突き付けられているような息苦しさを覚えた。

だが、当の相伊将軍はその気配の中で、悠然と微笑んでみせる。

「これは異なことを。敵将を討つのは、軍人として当たり前のことでしょう」

「後を任せるとき、どういう戦場かは伝えたはずだぜ」

横から、烈舜が苛立った口調で口を挟む。

「ええ。けれど、納得したとは答えませんでした。勝てる戦を勝ち切らず、無為に我が国の民を死地に送るなど……私にはとてもできません」

「お前は軍人だ。都合のいいときだけ皇族を気どってんじゃねぇぞ」

「誤解ですよ、烈舜将軍。皇族を笠に着たことは一度もありません。ただ、私は軍人として、多くの兵を預かる将軍として、兵たちの命を無駄に失わぬよう判断を下したまでです」

「烈舜がお前に伝えたのは、ただの助言ではない。あれは、俺の指示だった。お前もわかっていたはずだ」

険悪な雰囲気になった二人の将軍の間に、皇帝の声が割り込む。

国境の諍い(いさか)は、本来であればいつでも終えることができた。地の利が威那国にあったとしても、軍の精強さと数は華信が圧倒している。それでも決着をつけずに長引かせていたのは、政治的意図があったからだった。

軍事力をもって紛争を終結させると威那国との間に遺恨が生まれる。屈辱は国民の心に蓄積され、より大きな戦争の火種となる。また、適度な戦場があるということは軍隊の練度を保つ上でも、軍備予算を確保し補強や開発を進める上でも都合がよかった。近い将来、海の向こうの大陸との戦が避けられそうにない現状を考えれば必要な戦場だったのだ。

華信の考えは威那国も理解しており、長い年月に渡って、互いに必要以上に国土を侵すことはなく、勝ちすぎず負けすぎぬように軍事演習のように散発的な小競り合いを行ってきた。

それが、相伊によって唐突な総攻撃が行われ、英雄と呼ばれていた千辛将軍を討ち取った。威那国側の動揺と怒りはいかばかりであったか想像に難くない。

「それは存じませんでした。まさか、兄上が兵たちの、いえ、国民の命を軽んじるような命令をするなど思い至るはずもありません」

「自分が、なにをしたかわかっていないようだな。お前の判断は、結果的に多くの民の命を危険にさらしたのだ」

「私は、私の信念に従っただけです」

国民はもちろん、重臣の多くも事情を知らない。国中が戦勝の報に沸きたち、相伊の武勇伝に浮かれている。おそらくはこの盛り上がりも、相伊が仕組んだものだろう。

こうなってしまった以上は、相伊を罰することはできない。武功を称え、褒賞を与えることが最良の道だった。

「もういい。下がれ」

皇帝が言うと、相伊は深々と頭を下げて退出する。

気配が遠ざかってから、李鷗が尋ねた。

「どのようにいたしますか、陛下？」

「相伊が捕らえた捕虜はすべて返してやる。敗戦国に賠償金を払うわけにはいかないが、千辛将軍の栄誉を称えるための金だと理由をつければ受け取るだろう。うまくまとめるよう、外務尚書に申しつけておく」

「ご苦労が絶えないですね」

李鷗が慮るように言葉を漏らすと、兎閣は短い間を置いて続けた。

「俺が国民の命を軽んじていたか……痛いところをついてくるな、あいつは」

李鷗は、自らの主が誰よりも国のために尽くし、国民の命についてを考えていることを知っている。その理想のために、数えきれないほど手を汚すような決断を強いられてきたことも。

ただの表面上の言い訳で口にされたとわかっていても、その矛盾を指摘されたことは、兎閣をわずかに傷つけたようだった。

「明日、芙蓉宮に参殿してもかまわないか？」

皇帝が、ふと思いついたように呟く。

若き頃に共に過ごした貴妃と言葉を交わすことは、皇帝にとって心を休める時間になっているらしい。李鷗はその意図に気づかない振りを装い、静かに答える。

「おやめになった方がよいかと。芙蓉宮に二度続けて訪殿することになります。今の北狼州の状況で特別扱いをするのは、私情を挟んでいるように見られます。得策ではありません」

「そうか……そうであったな。では、黄金妃に会いにゆこう。戦をやめるにも金がかかる、万家の機嫌をよくしておくに越したことはない」

皇帝の口調は、いつもの訥々としたものに戻っていた。

李鷗はそれを聞きながら、主の要望に応えられないことに身を切るような痛みを覚えた。

皇帝の行動はすべてが国益に繋がる。個人的な感情では、想い人に会うことさえできない。

今回の戦勝の報で、相伊は国民からの賞賛を集めた。

だが、国民は、本当の愛国者は誰かを知らない。在位の十年間、国土での戦乱を一つも起こすことなく平和を維持してきた功労者を称えない。

相伊将軍が宮城に滞在するのは十日だった。

なにも起きなければよいが、と胸中に広がる不安を抑えつけるように願う。

それは奇しくも、明羽が宴のときに感じていた悪い予感と同じものだった。

だが、二人の願いはあっけなく崩れる。

翌日。後宮内には、相伊将軍と黄金妃・星沙が宴の後の桃源殿で密かに抱き合っていたという噂が広まっていた。

◇◆◇◆◇

宴の翌日は、昨日の華やかさの反動のような雨模様だった。

悪い予感がよく当たるとは、上手く言ったものだ。

そんなことを考えながら、明羽は桃源殿の回廊を歩いていた。

もう昼前に差し掛かるが、宴が夜遅くまで続いたせいか、後宮内はいつもより静かだった。慌ただしく行き来している女官や宦官の姿も見かけない。

「白眉の言う通りだったね。私もあの将軍は、すごい人だけど、なにか問題を引き起こしそうな気がしたんだ」

辺りに人がいないのを確認してから、そっと白眉を握って話しかける。

今朝になって後宮中に、宴の後の桃源殿で、相伊と星沙が抱き合っているのを見たという噂が広がっていた。

『まぁ、黄金妃に限って、そんな馬鹿なことするわけないと思うけど』

心の中で同意しながらも、どうにも引っかかる光景があった。

　昨夜の宴の席で、相伊と星沙はもっとも長く話をしていた。相伊が五妃と話し終えた後も、二人だけでしばらく言葉を交わしていたのを広間にいた全員が目撃している。

『でも、恋とはどんな貴人をも等しく狂わせるものだ。相伊将軍はけっこう飲んでたし、過ちが起きなかったとは言い切れない』

「どっちなのよ」

『翠汐が僕の持ち主だったときも、色恋に嵌まって没落する人をたくさん見たよ。あの麗人の瞳に見つめられ、くらっときちゃったのかも』

「なんか、おじさんみたいな言い方ね」

『僕が作られてから二百年は経ってるからね。老爺どころか仙人だよ』

「とにかく、私は後宮勤めで学んだの——出所のはっきりしない噂は信じない」

　白眉は、至言だね、と言って楽しそうに笑った。

「まぁ、あいつに聞けば、たぶんはっきりするよね」

　明羽が桃源殿にやってきた目的は、回廊に飾られている花瓶に話を聞くためだった。以前の調査で見つけた雲雀と松の描かれた花瓶は、白眉と同じように古い物で、明羽の〝声詠み〟の力で話をすることができた。

　今日の朝礼の後、白眉から『桃源殿の花瓶に話を聞きにいくべきだよ、情報は多い方がいい』と提案を受け、仕事の合間を見つけて足を向けることにした。

それにしても、荒れた朝礼だった。この分だと、翌日に迫った先帝祭礼が心配だ。

白眉との会話が止まると、雨音が不安を煽(あお)るように辺りを埋め尽くす。

明羽は面倒ごとが降りかかるのを感じながら、今朝の朝礼を思い出した。


芙蓉宮の三人が派閥の唯一の妃嬪である寧々(ねいねい)を伴って参殿すると、琥珀宮の広間は異様な空気に包まれていた。

理由は、すぐに気づく。

この間まで孔雀妃の派閥に入っていた二人の妃嬪が、星沙とともに参殿していた。これで黄金宮と翡翠宮の派閥の妃嬪は共に八人となり、孔雀宮には一人もいなくなった。

「お前、あいつらになにをしやがった」

紅花が、星沙に向けて怒気を込めた声を発する。

「大したことではございませんわ。それぞれのご実家の稼業や栄達がうまく運ぶように手助けすると提案しただけですわ」

「それだけじゃねぇだろ。家を人質にとるような汚(きたね)ぇ真似をしやがって」

孔雀妃が言おうとしたことは、想像がついた。つい先日、芙蓉宮も同じことを仕掛けられたばかりだ。生家に圧力をかけて無理やり派閥に引き入れたのだろう。

　黄金宮に鞍替えした二人は、申し訳なさそうに視線を床に向けている。

「冗談をおっしゃっているのですか？　持てるものすべてを使って百花皇妃の座を奪い合うのが百花輪の儀ですわ。東鳳州の州訓の通り、黄金宮には誰も勝てない」

　州訓とは、それぞれの州の志向や国民性を表した言葉だった。東鳳州の州訓は〝黄金は千の剣に勝り、万の兵を凌ぐ〟、まさに黄金宮と万家のやり方だった。

　紅花は赤い唇を持ち上げるようにして笑うと、唐突に話題を変えた。

「お前、今朝から面白ぇ噂が流れてるの知ってるか？」

「ええ、私が相伊将軍と抱き合っているのを見たという噂なら耳にしていますわ。誰が流したのか知りませんが、つまらないやり方ですわね」

「星沙さまなら、昨夜は夜遅くまで私たちと共にいました。ありえませんわ」

　背後に控える妃嬪の一人が言い、他の元からの妃嬪たちが同意するように頷く。

「同じ派閥の妃嬪の言葉なんて信じられねぇな。これは、お前たちが抱き合ってるのを見たっていう女官が拾った被帛だ。桃源殿の中庭に落としていったそうだぜ。お前が昨日の宴で身に着けていたものだろ」

　紅花の背後に控えていた朱波が、手に下げていた網籠から被帛を取り出す。紅花はそれを受け取ると、無造作に星沙に向けて投げつけた。絹糸と金糸で編み上げられた、この世に二つとない逸品だった。

「その被帛は、昨日、宴の途中で失くしたものです。何者かに奪われ、利用されたのですわ」

「そんな都合のいい言い訳があるかよ」

「目撃したという女官の名を明かしてください。その者に直接話を聞きますわ」

「駄目だ、その二人みたいに弱みを握られて脅されたら可哀想だからな。持ってるものは、なんでも使うんだろ？」

紅花が瞳に炎を揺らしながら笑う。

星沙は、表情に珍しく苛立ちを滲ませたが、言葉を発する前に扉が開く。

皇后・蓮葉（れんよう）が入ってきたため、諍いはいったん幕引きとなった。

朝礼が終わると、四人の貴妃は一言も言葉を交わさずに後宮を去っていった。


芙蓉宮は関わっていないとはいえ、今思い出しても寒気がする。

やはり、孔雀妃と黄金妃の二人が持つ覇気は五妃の中でも群を抜いていた。火の粉はいつ芙蓉宮に降りかかってくるかわからない。

火の粉をかぶらないようにするために必要なのは、とにかく早く情報を得ることだ。

もし、相伊将軍と星沙が抱き合っていたのが真実であれば、相伊の方もただでは済まないはずだが、外廷からはなんの知らせも届いていない。

目の前に、目的の花瓶が見えてくる。

松の枝に止まる雲雀が描かれた青花玲瓏（せいかりんろん）は、桃源殿の廊下の棚の上でしっかり活躍していた。白と薄桃色の四照花（ししょうか）の切り枝が飾られ、通り過ぎる人々の目を楽しませている。

明羽は近づくと、そっと花瓶の縁に触れる。

『この薄情娘、用事がないと磨きにこんのか』

久方ぶりに聞く、しわがれた老人のような声が頭の中に響く。

「なによ、偉そうに。こんな目立つところに飾ってあげたんだから、女官に掃除してもらってんでしょ」

『あいつら、はたきで叩くだけで丁寧に拭いたりせん。まったく、どうせあの相伊将軍とかいう男が逢瀬（おうせ）をしていた相手のことを聞きたくて来たのじゃろう』

「話が早いね。で、なにか見たの？」

『あぁ、見たとも。ちょうどそこの庭の隅じゃったからの』

「ほんと？　じゃあ、今から綺麗に磨くから教えてよ。焼きたての白さが蘇（よみがえ）るっていう洗薬も持ってきたから」

明羽は腰帯に下げていた布袋から、手巾と薬瓶を取り出して見せる。それを見た雲雀の花瓶は、ふおぉ、と嬉しそうな声を上げた。

『噂はそうそう間違っとらん。相伊将軍と若い女子が、広間の方から手を繋いでやってきて、そこの柳の陰で抱き合っておった。女官が通りかかると、女は慌てて逃げていったわ』

「それ、黄金妃だったの？」

『わからん。確かに、黄金妃のように背の低い女じゃったし、金糸の長衣を着ておったがの、顔や髪の色は頭巾を被っておってよくわからんかった』

「なによ、それだけじゃ意味ないじゃない」

『それと、走り去るときにちらりと見えたんじゃが、首筋に蝶のような形の痣が見えたの』

「……蝶の、痣？」

星沙の少女のようにつややかな首筋を思い出す。ほのかに桃色がのったような白い肌で、そこには痣どころか染み一つなかった。

黄金妃じゃ、ないってことか。

ひとまず有力な情報が得られたので、明羽はそっと四照花を抜いて脇に置くと、花瓶を磨き始める。

「その女性は、逃げるときに被帛を落としていかなかった？」

『いんや。そんなものは見なかったぞ。こら、手をとめるな。の。お、おぉぉぉ、そうじゃ、そこじぁああ、とろけるぅ』

明羽は、花瓶のしわがれた歓声に顔を顰めながら、聞いたばかりの情報を整理する。

逢瀬の相手が黄金妃ではなく、被帛もその場に残されたものではないのなら、孔雀妃は星沙の被帛をどこで手に入れたのだろう。

一番考えられるのは、孔雀宮が罠を仕掛けたということだ。

花瓶のしわがれた声に混じって届く雨音は、後宮の先行きを暗示しているかのように響いた。

◇◆◇◆◇

夜になっても、雨は止まなかった。

孔雀宮では、紅花が一人で硝子（ガラス）細工の酒杯に注いだ葡萄酒を呷っていた。

晴れているならば体を動かしておきたいところだったが、この雨の中ではそれもできない。日中から舎殿に籠ってばかりでは、鬱屈（うっくつ）はさらに募るばかりだった。

梨円（りえん）が足音も立てずに現れると、静かに告げる。

「紅花さま、黛花公主が到着されました」

「やっと来たか。ここに通せ」

公主とは、皇族に名を連ねる姫のことだ。現在、皇族には公主が二人おり、黛花は、相伊将軍の実の妹でもあった。兄によく似ており、美貌の姫として知られている。

だが、梨円に連れられて姿を現したのは、黛花ではなかった。

公主の身分に相応しい薄紅色の捺染が見事な長衣を纏い、数人の侍女を伴っているが、その正体は妹に扮した相伊だった。

「やあ、紅花姉さま。ご機嫌斜めのようですね」

相伊は気さくに話しかけると、紅花の向かいの席に座る。

顔には化粧が施されており、声を発しさえしなければ美しい姫にしか見えない。

皇族は後宮への出入りが許されているが、貴妃の舎殿に入ることが許されているわけではない。もし何者かに見咎められれば、皇弟といえども罪科を負うことになる。そのため、妹と示し合わせ、妹の振りをして訪殿したのだった。

「お前、玉蘭と知り合いだってことを黙ってたな」

「そりゃあ、三年も西鹿州の戦場で戦っていたんです。有力な貴族たちと挨拶程度の付き合いはしますよ。それに彼女は、美しい。ご存じの通り、私は美しいものに目がない。なんとか手に入れようと躍起になっていたのですよ。まぁ、兄上に横取りされてしまいましたが」

「相変わらず好きものだな、お前は。あれがどんな恐ろしい女かわかってねぇ。炎家の女中に手を出して親父に怒鳴られてた頃と変わらないぜ」

紅花は酒杯を手に取ると、葡萄酒を自ら注いで相伊に勧める。

他宮には内密にし、戦勝祝賀の宴でも初対面を装っていたが、紅花と相伊は、幼い頃に同じ家で育ち義姉・義弟の契りを結んだ関係だった。

先々代の越境帝の死に伴い後継者争いが激化した時に、兎閣が北狼州の莉家に避難したのと同じく、相伊は南虎州に逃れて炎家に匿われていた。そこで、紅花の父から共に剣術を学び、やがて皇族でありながら軍人への道を選んだのだった。

相伊は紅花よりも片手で数えられぬほど歳上だったが、二人の間では紅花が義姉であった。それは、炎家にて剣術を習い始めた時期により、姉弟子、弟弟子と決められたからだ。

関係を内密にしたのは、百花輪の計略に利用できると考えたからだった。関係を知られなければ、相伊は余計な警戒をされることなく、紅花のために動くことができる。

「それよりも、問題はこれからどうするかだ。お前の言う通りにつまらねぇ演技をしてみたが、大した揺さぶりにはならなかった。あんなものじゃぁ、あたしが受けた屈辱とは釣り合わねぇ」

祝賀会の後で相伊と星沙が抱き合っていたという噂は、すべて相伊が手を回して流したものだった。わざと祝賀会で星沙と長く話をし、手下を使って被帛を密かに奪い、よく似た背恰好の偽者を用意して抱き合っているところを女官に目撃させた。

「屈辱というと、お姉さまの派閥の二人が引き抜かれたことですか？」

「あぁ、そうさ。あの二人は、あたしにとって大切な仲間だった。皇領の出自でありながら、南戎族の正統であるあたしこそが次期皇后に相応しいと慕ってくれた。この国の未来について語り合ったってのによ」

「安心してください。祝賀会の後のことは、ほんの余興です。今日は面白い話を持ってきました」

「小細工はもういい、今日のことではっきりした。あたしには奸計の類は性に合わない。けど、このままじゃあ、東鳳の金狐の思うままだ。必要なのは、もっと圧倒的な一手だ。南虎にはもう時間が残されてねぇ」

宮城の官吏たちの多くが、南虎と他の一領三州の確執に危機感を覚えている。だが、それは実際に南虎に生まれ育った紅花にしてみれば、甘すぎる認識だった。

南虎は敗者として併合されてから、長年に渡り、国家を守る矛先となり最前線で国境を守り、野盗や海賊と戦ってきた。それでも皇領からの差別意識は消えず、官民問わず南戎の民というだけで数多の理不尽を強いられている。その不満は、幾多の火種となって南虎州全土に潜んでいた。

　そもそも、六十年前の戦で南戎族が敗れたのは、当時の皇帝・乾武帝の調略により内部で諍いが起きたからだ。今でも、一枚岩となって戦えば負けやしないという見方をする郡主は大勢いる。元々、南戎族は力を崇拝し戦いを好む狩猟民族だ。紅花の目には、些細なきっかけで、火種が国を巻き込む火焔に変わり、国中が戦禍に巻き込まれる未来が見えていた。

　それを防ぐ最良の手が、紅花が皇后になることだった。

「まずは、そうだな。北狼の小娘に奪われた、武の領分をあたしに取り戻さなきゃいけない」

　そう言いながら、葡萄酒を呷る。

　一番気に入らないのは星沙だが、同じくらい來梨にも苛立っていた。

　孔雀宮の勢力が落ち目になったきっかけは、七芸品評会で來梨が蛇を殺したことだった。武は孔雀宮の領分だったが、あの一瞬で、芙蓉宮に奪われた。

　南虎州は、ただでさえ皇領の貴族たちから差別意識を向けられている。武を失えば、東鳳州に張り合える財力も、西鹿州に張り合える家柄も持ち合わせていない。

　焦る紅花に向けて、相伊が囁く。

「安心してください。今日の話は、奸計の類ではありませんよ」

ほんの一口、香りを楽しむように葡萄酒を飲んでから、将軍麗人は声を潜めて続ける。

「明日の先帝祭礼では、武器を手放さぬようにしてください。和平に納得していない威那国の者たちが永京に潜伏しています。彼らは、あの場所で貴妃の命を狙うつもりのようですよ」

「そんなことが、本当に起きるってのか？」

「あくまで噂です。私が彼らであれば、狙うのは私や兄上ではなく貴妃でしょう。威那国人が、華信国中が注目している百花輪の貴妃を殺した、それだけで和平を潰すには十分な理由ですから」

「けど、お前や烈舜将軍がいるなら、あたしの出る幕はねぇ」

「先帝陵の皇墓には皇族しか足を踏み入れることができません。その時、あなたたち貴妃は皇族とは別の場所で待たされることになる。私と烈舜は兄上の傍についています。もし私が敵なら、そこを狙うでしょう」

「確かに、そうだな」

「貴妃の守りを任されるのは、先帝陵駐屯軍の金陵でしょう。駐屯軍はもともと戦を知らない貴族の次男、三男の集まりだ。対して相手は、千辛将軍の直属部隊の生き残り、歴戦の強者です。無能な将兵には、なにもできやしない」

「……もしそんなことが起きるなら、面白くはあるな」

孔雀妃は笑みを浮かべると、燃えるような赤髪をばさりとかき上げる。

「紅花姉さま、私はいつだってあなたの味方です。あの日の約束は、今も私の胸にある」

相伊は腰に下げた剣の柄に触れると、恭しく告げる。

そこに浮かぶ笑みには、決して義姉への忠誠のためだけではなく利己的な思いがあるのが透けて見えていた。だが紅花は、それこそ信頼に足る証のように感じた。

夜半になって雨はさらに強くなり、後宮の闇を覆うように降り続けた。

◇◆◇◆◇

後宮を出るのは、侍女として入内してから初めてのことだった。

空は雲一つなく晴れ渡り、暖かな日差しが惜しげもなく降り注いでいる。

明羽は大きく伸びをして、体中に自由な空気を満たした。

後宮は広く、庭園を歩けば自然を感じることもできる。まだ働き始めてから日も浅いこともあって窮屈に感じることはほとんどない。それでも、壁に囲まれた世界の外にいることに、体が軽くなるような解放感を味わっていた。

「気持ちいい空だねぇ」

隣を歩く、小夏に話しかける。

「ほんとうに。空には国境も州境もないのに、私たちはなにを争っているのか不思議になりますの」

「急に深いこと言わないでよ」

「それに、この空が留端の地まで続いていて、両親や兄弟たちがそこにいるのだと思うと、胸が温かくなります」

「うーん。私は、故郷にはあんまりいい思い出ないから、それはないけど」

明羽は、生まれ育った村で奴隷のようにこき使われていた日々を思い出し、思わず苦笑いを浮かべる。

「でも、私たちが北狼からやってきたときとは、景色がまるで変わったね」

辺りを見渡すと、緩やかな風にそよぐ緑色の草原が広がっていた。明羽たちが帝都に入ったのはまだ初春であり、枯れた茶色の平野が広がっていただけだ。

背後を振り返ると、長い行列の向こうに、緑色の海に浮かぶ島のように巨大な城郭が見える。

帝都・永京は華信国中央に位置する平野部にある。守るには向いていないが、四州に向かって街道が整備され、政治と交易の集積地としてはこの上ない立地だった。

永京の北側には都を見守るように小高い丘があり、そこに先帝陵と呼ばれる華信国歴代の皇帝と皇族の墓が築かれている。それが、今回の目的地だった。

先帝祭礼は、初代黎明帝が崩御した日に行われる祭祀であった。歴代皇帝・皇族の霊を祀り、今後の華信国の繁栄を願い祈りを捧げるため、皇族と三品以上の重臣たちが連なり先帝陵へと赴く。

百花輪の貴妃は、行列の中央に並んでいた。

山岳騎馬民族・南戎の正統であり馬術を得意とする紅花と、同じく草原騎馬民族・北胡の嗜みとしてかろうじて馬を操れる來梨は、祭祀用に飾り立てられた馬に跨っていた。

他の三妃は、それぞれが用意した煌びやかな馬車に侍女と共に乗り込んでいる。

孔雀宮と芙蓉宮の侍女たちは、主が乗る馬の後を徒歩で追いかけることになる。永京を出立するさいに、他宮の侍女から勝ち誇った表情を向けられたが、体を動かすことが好きな明羽にとっては、馬車よりも外を歩く方が気持ちよかった。

そこで、列の前方から数頭の騎馬が來梨に近づいてくるのに気づく。

近衛兵を引き連れた皇帝・兎閣だった。相変わらず王者然とした風格のない、朴訥とした雰囲気だった。

兎閣は來梨の隣に馬を並べると「少し、共にゆこう」と話しかける。

「芙蓉は、馬に乗るのが上手だな」

「両親は私になにも求めませんでしたが、北胡の民であるならば馬術くらいは嗜んでおくようにと、馬を一頭与えてくれました。上手に乗りこなせば父が褒めてくれるかと思い、必死に練習したのです」

　そう言いながら、寂しそうに笑う。明羽はそれを聞きながら、いつか慈宇から聞いた、來梨が両親になんの期待もされずに育てられたことを思い出していた。

「そのおかげで、こうして共にゆける」

「でも、私など、紅花さまと比べればまだまだ赤ん坊のよちよち歩きのようなものです」

　視線を、前方を進む孔雀妃に向ける。燃えるような赤髪が馬の歩みに合わせて揺れる。その後ろ姿だけで人馬一体の卓越した技量を備えていることがわかる。

「炎家の者は特別だ。彼の者たちは男女問わず生まれながらの戦士だよ。彼女が皇后になれば、後宮は強く勇ましく変わるだろうな」

「ほんとうに。朝礼で剣の練習を始めたりされそうですね」

「面白いことを言う。他の貴妃なら、皇妃に相応しいのは自分だと言うところだぞ」

「あら、そうでした。でも、それをお決めになるのは陛下でしょう？」

　兎閣は優しい目をして空を見上げる。そして、普段とは違う柔らかい声で囁いた。

「不思議だな。やはり、芙蓉と話していると心が和らぐ。この肩に背負っているものをすべて放して、北狼にいた時に戻れる気がする」

來梨は顔をわずかに赤く染めると、甘く香ってきそうな声を発した。

「それは、嬉しいお言葉です」

明羽は、來梨が跨る馬のお尻を眺めながら、じっと二人のやり取りを聞いていた。

……やっぱり、なんかいい感じだ。

皇帝の訪殿の回数は、芙蓉宮は他宮よりわずかに少ない。だが、來梨と話している時の兎閣は、とても心を緩めている気がする。他妃と二人で話すところを見たことがないので比べることはできないけれど、皇帝が來梨を気に入っているのは間違いない。なにも持っていない芙蓉宮にとって、それだけが唯一の希望だった。

明羽が顔を上げると、先頭近くを進んでいた馬上の李鷗と視線が合った。たまたまこちらを振り向いていたらしい。李鷗はすぐに顔を逸らす。

これまでは竹寂園に頻繁に顔を見せていたのに、ここ数日は急に姿を見せなくなっていた。体調でも崩しているのではないかと密かに案じていたが、そうではないことに安心する。それと同時に、急にやって来なくなったことに、かすかな苛立ちも浮かんできた。

視界の先に、小高い丘に築かれた城郭が見えてくる。

門前では、駐屯兵たちが整列して皇帝を出迎えていた。

華信国の歴代の皇帝と皇族が眠る墓は、建国以来二百年の栄光を称えるかのように聳(そび)

えていた。

先帝陵には、中央に桃源殿がまるごと入るような大きな池があり、池の周りを囲むように三つの施設が点在していた。

皇帝や皇族たちの遺体が眠る皇墓、溥天と先帝たちを祀る霊廟、そして、離宮と呼ばれる迎賓殿だった。迎賓殿に隣接して、墓守の住居や駐屯兵の詰所もある。

到着した一団は、まずは霊廟にて先帝に祈りを捧げる最初の祭祀を行った。その後、皇帝をはじめとする皇族と重臣たちは皇墓拝礼に向かう。

皇墓に入れるのは皇族と墓守の一族のみという仕来りがあるため、重臣や近衛兵たちも途中までしか同行はできず、石畳の敷かれた広場で待機することになる。

入内はしているものの、未だ婚姻の儀式を済ませておらず皇籍を持たない百花輪の貴妃も同じ立場だった。そのため、貴妃たちは皇帝の気遣いにより、離宮にて皇墓拝礼が終わるのを待つことになっていた。

離宮は後宮の舎殿にも見劣りしないほどに豪奢な造りだった。貴妃たちとその侍女は、庭園に面した広間に通され、それぞれに寛いでいた。

「美しいところですね。歴代の皇帝と皇族が眠る場所というのですから、もっと厳かな場所かと思っておりました」

庭園を眺めながら、玉蘭が感嘆したような声で言う。

迎賓殿の周りには、牡丹や映山紅などの低木で囲まれた花園が造られていた。宝石箱をひっくり返したようにさまざまな色の花を咲かせている。

「当初は、ここまで整備されたものではなかったそうですわ。六代皇帝の舞楽帝がこの離宮を造り、夏の政務をこの地で行った。それに合わせて、庭園も築き直したそうよ」

星沙が、玉蘭の言葉に返すように知識を披露する。

「そうでしたか。文化の発展に尽力された、舞楽帝らしい逸話ですね」

「南虎には、祖先の霊廟を飾り立てる風習はねぇが、ここは悪くねぇな。牡丹の花は派手に燃えるように咲くからな、心が落ち着く」

紅花は庭に降りると、近くの深紅の花びらにそっと指を伸ばした。

「貴妃の皆さま、お寛ぎいただけておりますかな」

広間の入口の方から声がする。貴妃たちを警護している駐屯兵隊長の金陵だった。人の好さそうな白頭の老兵であり、先々帝の時代より長きに渡り先帝陵の守護を任されている。

貴妃たちの周りでは、金陵を含めて十二人の駐屯兵が警護に当たっていた。武器を手に、遠巻きに舎殿を囲むようにして配置されている。

先帝陵駐屯兵は、皇墓を守ることが仕事であるため、戦に駆り出されたことは一度もない。それゆえに、家督を継げなかった貴族の次男や三男が国軍に所属したという箔(はく)をつけるために送られることが多かった。他の軍と比べると練度は劣るが上品な雰囲気がある。

「ありがとう、お気になさらずお勤めに励んでください」

玉蘭が答えると、金陵はその美しさに見惚れたのか、年甲斐(としがい)もなく顔を赤らめた。

「ご所望のものがありましたら、なんなりとお申し付けください。ここで用意できるものなどしれておりますが」

そう告げ、拱手をして下がろうとした時だった。

「敵襲っ！」

鋭い声が庭園の方から響いた。瞬時に、老兵の顔に緊張が走る。

「敵だと。馬鹿な、ここは城郭の中だぞ！」

金陵は叫びながら、慌てた様子で庭園に飛び出す。

明羽も立ち上がり、辺りを見回した。だが、敵の姿はどこにもない。怒号も鋼(はがね)を打ち合う音も聞こえない。

白眉を握り締めるが『敵の気配なんてどこにもないよ』という答えが返ってくるだけだった。

庭園の入口から、二人の駐屯兵が駆けて来る。どちらかが先ほどの声の主なのだろう。

駐屯兵は金陵の前で片膝をついて拱手をすると、再び叫んだ。

「軍隊長、敵襲です。北門より侵入した賊がこちらに迫っております」

「まことなのか。儂にはどこにも見えぬが――」

金陵が北側に視線を向けた瞬間だった。

片膝をついていた駐屯兵の一人が剣を抜き、金陵の喉に突き立てた。

一瞬だった。

金陵は口から血を垂らし、真横に倒れる。

明羽のすぐ隣にいた翡翠宮の侍女たちが、耳をつんざくような悲鳴を上げる。

二人の駐屯兵の次の動きは素早かった。広間で休む貴妃たちに向かって駆ける。

貴妃の傍にいた兵士が間に立ち塞がろうとするが、二人の襲撃者は、城郭に守られた先帝陵で警護しかしてこなかった兵とは練度が違った。駆け抜け様に斬りつけ、あっさりと首を落とす。

明羽は瞬時に状況を悟った。

外から敵が侵入してきたのではない、駐屯兵の中に襲撃者が紛れていたのだ。それも、かなりの手練れだ。狙いは――百花輪の貴妃。

白眉を腕に巻き付ける時間はなかった。明羽は來梨を守るように前に飛び出す。

二人の襲撃者は、それぞれに狙いを定めていた。

狙われたのは來梨と玉蘭、理由は簡単だった。黄金妃の前には、武の修練を積んでいる阿珠がどこから取り出したのか、小剣を抜いて構えていた。灰麗の前には二人の侍女がまったく動じずに立ち塞がっている。孔雀妃は庭園に降りていたため距離が遠い。もっとも狙いやすいと判断したのだろう。

眼前に襲撃者が迫る。

かなりの使い手であることが、気配から伝わってくる。

次の瞬間、背後から明羽の横を通り過ぎて花瓶が飛んできた。

「明羽、今だべっ！」

小夏の訛りが残る声が響く。

襲撃者は花瓶を腕で弾くが、隙を作るにはそれで十分だった。

明羽は懐に飛び込むと、下から顎を打ち上げるように掌底を放つ。

手のひらに確かな感触が走り、男の顔が跳ね上がる。

直後、明羽は奇妙なものを見た。

掌底によって天上を見上げるように伸ばした男の首筋には、不自然な形の痣があった。

……あれは、蝶？

逡巡は刹那の間だけだった。すぐに、目の前の相手へ意識を戻す。

体を背後へとよろめかせることはできたが、意識を飛ばすまでには至ってない。

襲撃者は片膝をつきながら剣を振り上げる。いや、ただ振り上げたのではない。切っ先を真っすぐにして投げつける投剣の構えだった。

狙いは明羽ではない。その後ろにいる來梨だ。

しまった！

明羽は心の中で叫ぶ。

距離が開いたため、投擲を止めることはできない。できるのは、身を挺して庇うことくらいだ。

だが、剣は男の手から離れることはなかった。

襲撃者の胸から、銀の刃が飛び出してくる。

背後から心臓を貫かれ、襲撃者はそのまま絶命して真横に倒れた。

その向こうには、紅花が立っていた。

手には柄に鮮やかな虎が描かれた剣が握られ、玉蘭を襲おうとしていた襲撃者も首を斬り落とされて転がっている。

かなりの手練れだったはずなのに……たった一人で、やったのか。

はっとして、明羽は來梨に駆け寄ろうとする。

「まだ終わっちゃいねぇ、動くな！」

紅花の炎を纏った声が、舎殿に響き渡った。

それは、貴妃や侍女たちにではなく、庭園にいる駐屯兵たちに向けられたものだった。

駐屯兵たちは、隊長であった金陵を失い統率を失っていた。事態への対応がまるでできていない。

金陵の遺体に駆け寄ろうとする者、辺りを警戒しているつもりか剣を抜いてうろつく者、貴妃を守るため舎殿へ近づこうとしていた者、呆然自失し立ち尽くしている者もいる。

全員が、紅花の言葉に従って動きを止めていた。

「駐屯兵の中に間者がいた、他にもいるかもしれねぇ。そいつらを炙り出す。私がいまから三つ数えたら、腹の底から皇領の州訓を唱えろ。躊躇ったら死ぬ、間違いなく唱えろよ。一、二、三」

駐屯兵たちははっとして紅花の方を見ると、剣を逆さに持って胸に当て、いっせいに声を上げた。

〝龍の旗を掲げよ〟

華信の中心、獣の王の直轄であることへの誇りと忠誠を込めた州訓は、皇領の軍人であれば知らない者はいない。戦を知らない駐屯兵といえども、訓練で毎日のように唱えており、咄嗟に叫べと言われて口にできない者はいないはずだった。

「……あぁ、やっぱり、まだいたな」

孔雀妃の深紅の瞳が、庭園の端に立つ二人の兵士に向けられる。

明羽にはわからなかったが、紅花の耳ははっきりと聞き分けたらしい。

もしそれが間違いでなければ、互いに顔を確認させるよりも、よほど安全で手っ取り早い炙り出し方だった。

紅花は庭園に飛び降りると、剣を右手にぶら下げたまま駆け寄る。

問答ができる状況ではないことを悟ったのだろう。襲撃者は偽るのを早々に諦め、迎え撃つべく剣を抜く。

二人同時は、無茶だっ。

明羽は叫びそうになるが、すべては杞憂だった。

閃光のように振り抜かれた剣が、あっさりと一人目の首を刎ねる。

そのまま体を素早く回転させると、二人目が振り下ろしてきた剣を弾き上げた。相手が体勢を崩したのを見逃さず間合いを詰めると、剣の柄で顔面を殴りつける。

地面に転がったところをさらに蹴りつけてから、周りに集まってきた兵士に告げる。

「こいつは生かして捕らえろ。黒幕を吐かせる」

兵士たちは、紅花こそが元々の上官であったかのように素早く従った。

孔雀妃は剣を地面に突き立てると、悠然とした足取りで広間に戻って来る。

その被服には、点々とした返り血が赤い捺染のように広がっていた。朱波と梨円、二人の侍女は、目の前で起きたことが、当然のような顔で背後に続く。

「全員、怪我はねぇようだな」

紅花の深紅の瞳が貴妃たちを見渡す。

「見事じゃ。わしら皆揃って、お主に命を救われたようじゃ」

顔色一つ変えなかった灰麗が、淡々とした声で孔雀妃を称える。

「紅花さま、ありがとうございます。おかげで命が救われました」

玉蘭とその侍女たちが片膝をついて拱手する。

「馬鹿なことをしたわ、見殺しにすれば競う相手が減ったかもしれないのに」

星沙が口惜しそうな顔で言うのを、紅花は悠然と笑って受け止める。

「狙われたのがお前だったら、そうしたかもな」

「いいえ、あなたは相手が誰であっても守ったでしょう。黄金宮も、あなたの戦いぶりに感謝をするわ」

他宮の貴妃が紅花を称える中で、來梨だけは衝撃的な光景に声を失っており、腰を抜かしたように床にへたり込んだまま呆然としているだけだった。

來梨に怪我がないのを確認してから、明羽はそっと白眉に触れる。

『強いね。僕の見立てよりもうんと強かったよ――これでまた、後宮の勢力図が大きく動く。ううん、こうなったら孔雀妃の独壇場だ』

頭に響く相棒の言葉は、新たな波乱を予想させるものだった。

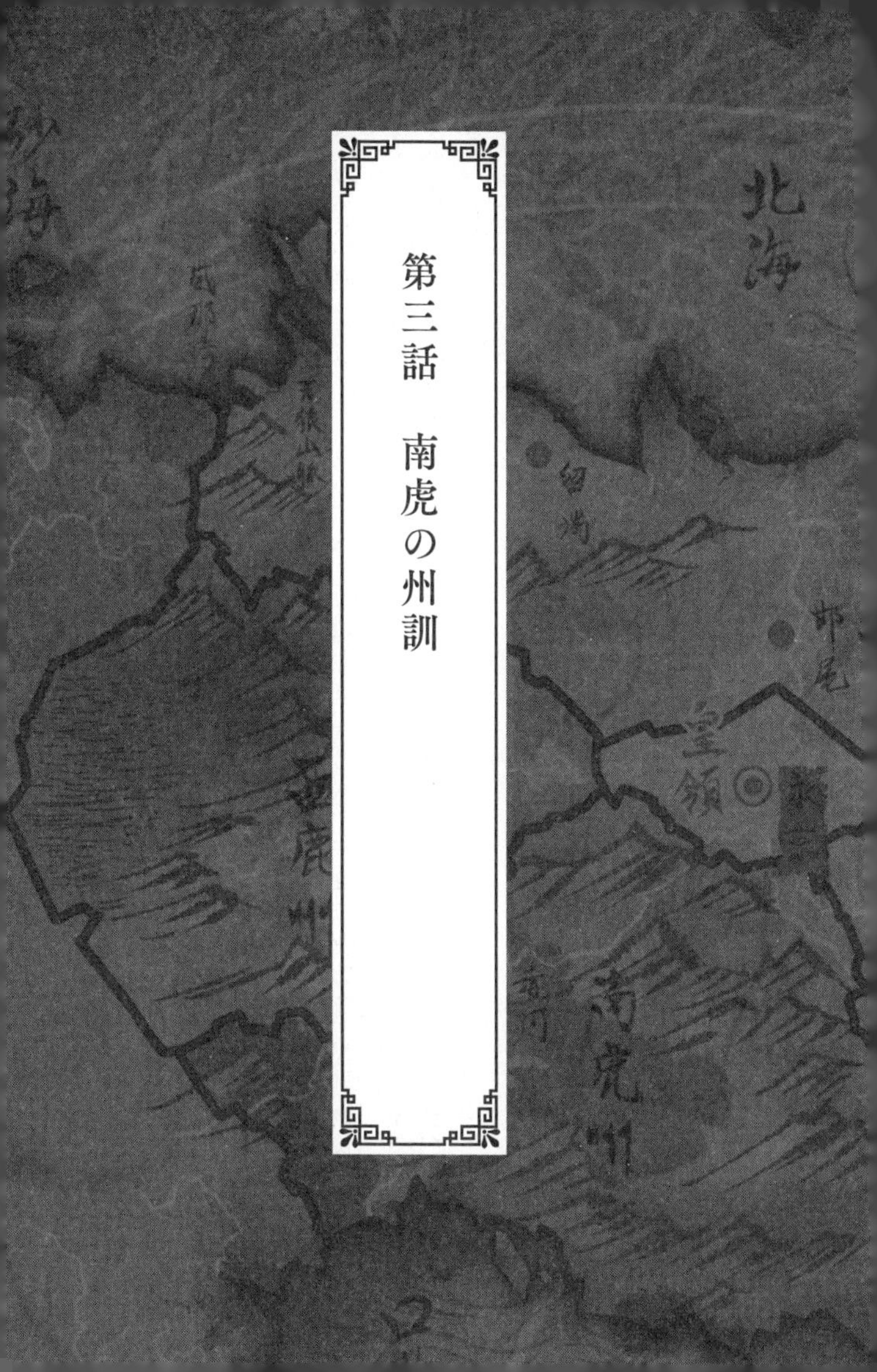

第三話　南虎の州訓

先帝祭礼から一夜が明け、白眉（はくび）の言葉通り、後宮の勢力図は大きく変化した。

百花輪の貴妃全員の命を守った紅花（ホンファ）の功績は瞬く間に宮城中を駆け巡り、それまで後宮中で流れていた、南戎族を皇家に入れることに反発する声をかき消した。

星沙（シンシャ）と玉蘭（ぎょくらん）の派閥に入っていた妃嬪から四名が鞍替えし、孔雀宮には朝から大勢の貴族や商人たちが列を作っている。さらには、帝都の市井にも知れ渡り、孔雀妃こそが百花皇妃に相応しい、他の貴妃は命を救われたのだから百花輪から降りるべきだ、という声が広がっていた。

これはまだ、先帝祭礼が終わった翌日の出来事に過ぎない。日和見（ひよりみ）をしている妃嬪も貴族たちも大勢いる。噂はやがて華信国中に広がっていく。日が経つにつれ、より百花皇妃の座が孔雀宮へと近づいてくるのは明らかだった。

芙蓉宮の主にも大きな心変わりがあった。

「かっこよかったわ、紅花さま。ばさ、ばさっと敵を倒して。まるで劇のお芝居みたいだったわ。あんなことができるのね。ああいう方のことを英雄と呼ぶのよ」

芙蓉宮では、來梨（らいり）の命により主と侍女は一緒に朝餉（あさげ）と夕餉（ゆうげ）を囲む。

今日の夕餉には、宝石のように包まれた焼売に豚の肩肉の煮凝り、点心にさくさくした香ばしい生地の黄酥と、怖い思いを引きずっているであろう來梨を励ますように好物を並べたが、箸をつけるのも忘れたように一心に紅花の活躍を語っていた。

……まさか、こうなるとは。

明羽は心の中で苦笑いを浮かべる。

襲撃直後はしばらく口も利けず、よほど心に負担がかかったのかと心配した。だが、戻って来て一晩部屋に引き籠ってからは、すっかり孔雀妃の崇拝者のようになっていた。

慈宇の件があってから、來梨はずっと紅花を苦手としていた。真正面から顔を見て会話をするたびに、拳を握り締めていたほどだ。それが、嘘のような変わりようだった。

「そうだわ。あの時、私だけ紅花さまにお礼を言ってないでしょ。これは大変なことよ。明日、手土産を持って孔雀宮にいきましょう」

「來梨さま、お忘れですか。百花輪の貴妃が貢ぎ物を持って他宮へ挨拶にいくのは、獣服といって百花皇妃を諦めて軍門にくだることを意味します」

「そのつもりはないってちゃんと説明すればいいんじゃない？」

「そうかもしれませんが、周りがどのように騒ぐかわかりません。安易に行うべきことではないと思います」

「なによ、すっかり慈宇みたいなことを言うのね。小夏はどう思う？」

來梨は助けを求めるように小夏の方を向く。元狩人の少女は、小さく首を振りながら主の問いに答える。

「私も明羽と同じ意見ですの。でも、來梨さま、お声が明るくなられましたね。なにか悩まれていたことが晴れたような顔をしていますの」

それは、明羽も感じていたことだった。阿片の事件以来、それまでに増して自信なげに見えていたのが、どういうわけか吹っ切れたようだった。

「あぁ、それね。このあいだ星沙さまに莉家を利用されてから、ずっと自分の強みについて考えていたの。他宮にはすべて、その宮にしかない強みがあるわ。けれど、芙蓉宮にはなにもない」

明羽は、その主の呟きに心の底から同意する。

芙蓉宮は、未だ百花輪の争いに残っているだけで奇跡と笑われるような力のなさを露呈していた。だが、來梨の表情は、その難問に答えを見つけたと言わんばかりに晴れやかだった。

「色々考えていたのだけれど、先帝陵に向かう途中で陛下と話して、それから、紅花さまのご活躍を見て、気づいたの。強みというのは、一つの型に嵌めて考えなくてもよいのだと。私の強みは、今までなにも考えてこなかったことだと思うの。だから、これからもそうするわ」

その言葉に、明羽と小夏は思わず顔を見合わせる。二人の侍女は、互いに鏡を見ているように呆れ顔をしていた。

「……考えてないことが、強みですか?」

「真っすぐに、人として当たり前の振舞いをする。後宮でそれができるってことは、とても大切なことだわ。あの清廉潔白に見える玉蘭さまでさえ、裏ではさまざまな奸計を巡らせているのに」

「それは、ただの能天気というのではないでしょうか?」

「疑うのはあなたに任せるわ。あなたがいなくなったら私はもう終わりよ」

來梨は胸を張って、嬉しそうに笑う。

「命を救われたのだからお礼を言う、当たり前のことでしょ」

明羽がどう説得しようかと迷っていると、隣から笑い声が聞こえた。

小夏が、歯を見せるようにして笑っていた。

「もう、こうなったら、來梨さまのやりたいようにやってみればいいですの。明羽、きっと、來梨さまのお心を変えようとしても無駄です」

「そうよ。決めたのだから無駄よ」

二人の言葉を聞いて、明羽は説得を諦めた。

「わかりました。明日、紅花さまにお礼を言いにいきましょう。その代わり、どうなっても知りませんよ」

その後も、來梨は嬉しそうに紅花の活躍を話していた。早々に紅花の派閥に入ったという妃嬪たちも、こんな風に勇ましい噂話に憧れたのかもしれない。

來梨の話を聞いているうちに、長い闘いになるのだろうと覚悟していた百花輪の儀が、意外とあっさりと終わるかもしれない、明羽はそんな予感さえ覚え始めていた。

◇◆◇◆◇

孔雀宮には、伽羅の香りが立ち込めていた。

通されたのは、後宮に来たばかりのころ、初めてすべての宮に挨拶回りをしたときと同じ客庁だった。机には虎の毛皮が敷かれ、壁には孔雀の羽根が飾られている。

黒檀の机に向き合って座る紅花は、いきなりやってきた來梨が、丁寧に感謝の言葉を述べるのを聞いて呆れたような顔をしていた。

「今日は、先帝陵で助けていただいたお礼に参りました。あの日は、驚きのあまり直接お礼を言うことができませんでしたから。あ、私は百花皇妃を諦めたわけではございませんので、これは獣服ではございません。誤解なきようお願いします」

「そんなことを言うためだけに、わざわざ来たのかよ」

「お礼を言うことはとても大事です。それからこちらが、お礼の品です。小夏、お渡しして。北狼州の伝統技法で作られた白天子という酒です。紅花さまは、お酒がお好きと伺いましたので」

紅花の背後に控える二人の侍女も、最初は、勢いに乗っている孔雀宮に対してなにかの企みを仕掛けに来たかと警戒していたが、すでにくだらない物を取り合う童たちでも見ているような顔に変わっていた。

「それにしても、すごいご活躍でした。最後なんて同時に二人も相手にして、あんなにもあっさりと斬り伏せてしまうなんて。とても恐ろしかったのですが、美しい舞踏のようでもありました」

孔雀宮の面々から向けられる呆れた表情など気にも留めず、來梨は身振り手振りも交えて、どれほど感動したかを続ける。

「多くの妃嬪たちが紅花さまの派閥へ入ったのも頷けます。私もこの立場でなければそうしたでしょう。それくらい鮮烈でした。まるで、英雄譚を見ているかのようでした」

途中から、奇妙な生き物を見るようにしていた孔雀妃だったが、次第に表情が緩む。背後に立つ二人の侍女も同じように、來梨の決して上手くもなく流暢でもない話にだんだん引き込まれていた。

「お前、最初に会ったころから変わったな。考えなしなのは変わらねぇが、肝が据わったじゃねぇか」

「ありがとうございます」

「褒めてるわけじゃねぇけどよ」

「紅花さま、私も訓練すれば、剣が扱えるようになりますか？　あなたみたいにとはいいませんが、私もこの身くらいは自分で守れるようになりたいのです」

來梨が真っすぐな瞳で問いかける。侍女の朱波は吹き出しそうになっているが、紅花は逡巡した後、真面目な口調で赤い髪をばさりとかき上げながら答えた。

「今から訓練するなら、弓の方がいいな」

「弓、ですか？」

來梨はあきらかに素人の仕草で弓を引く真似をする。その様子に、朱波はついに我慢できなくなったように吹き出した。

「剣は幼いころからの鍛錬が物をいう。筋力も必要だし、才気にも左右される。そもそも敵の手が届く範囲で戦う技術など貴妃には不要だ」

「なるほど。それで弓なのですね？」

「酒を持ってきてくれた礼に、南虎の弓を一本やるよ。孔雀宮の倉庫には多くの武器を持ち込んである。探せば、お前の細腕でも引ける物が見つかるだろう」

「本当ですか⁉　ありがとうございます！」

「見つけたら届けてやる。その時に、引き方も教えてやるよ」

「それは、楽しみにしています」

來梨がはしゃぐようにまた弓の構えをとるので、今度は朱波だけでなく、明羽や小夏も我慢できずに吹き出す。

話が一段落した後、孔雀妃はふと気になっていたことを口にするように聞いた。

「ところで、お前は皇帝陛下のことをどう思う?」

「主上のことですか?」

來梨は、その名を口にしただけで、頰にうっすらと朱が差す。

「傍でお支えできればと、そう思っています」

「……それは、あたしも同じだ。聞きたいのは、どういう人物と見ているかってことだよ」

「穏やかで寛大で、頭がとてもよいのにそれを誇示することもなく、常に国や民のことを考えておられる。時折、怖い顔もされますが、すべては民のことを思うからこそ。全身全霊、心からお慕いしています」

「獣の王として国を担うには、武勇が足りないと思わねぇか?」

四州の名に入っている獣の名は、かつて天帝が獣に姿を変えて各地に姿を現したという神話に基づいて付けられている。そして、皇領が掲げるのは、他の獣を束ねる至高の存在と呼ばれる龍だった。ゆえに華信国皇帝は、獣の王の別名を持つ。

「武功がないのは国が平和であったということ、それも名君の証だと思います」

現皇帝の代になってからは大きな紛争はなく、先帝たちのような武功を上げる機会すらないため、皇帝・兎閣は民から人気がない。皇族でありながら将軍麗人として知られ、今回、国境で武功を上げた相伊の方が、国民からの支持を集めているほどだ。

だが、それは奇跡のような政治手腕の賜物である。民の不平不満を、周辺国との諍いを、郡同士の対立を、官吏や貴族たちの齟齬を、もっとも大きな火種の一つである南虎との確執を、それぞれが火が付かないように力を均衡させ先手を打つことで、細い糸を穴に通すかのような精度で調整してきた。

政治の中枢にいる官吏たちでも理解の及ばない者がいるその事実を、來梨は相手を知りたいという一心だけで感じ取っていた。

「あたしは、お前と同じものは見れねぇよ」

孔雀妃は、知らないことを思い出そうとするように視線を彼方へと向ける。

「霧のように摑みどころがない。王者の風格も、覇者の情熱も感じない。皇帝としても夫としても、あたしは……あの男を摑みかねている」

明羽には、紅花がぎりぎりのところで言葉を選んだのがわかった。

男として物足りない、そう言いたかったのかもしれない。皇帝相手に、それはあまりにも無礼な物言いだった。

だが、來梨は笑って受け止めながら答える。

「おっしゃりたいことはわかります。あの方は摑みづらい。けれど私には、あの朴訥としたところも主上の魅力だと思っています」

紅花はほんの一瞬だけ驚いたように目を見開く。それから、愉快そうに唇を歪めてみせた。

「どうやら、あたしはお前のことを見誤っていたようだ」

それから二人は、慈宇のことがあって以来、公の場以外ではまともな会話をしてこなかったのが嘘のように話を続けた。武術や馬術の話をきっかけに、互いの州での民と馬との関わり方などを楽しそうに語り合う。

見かねた侍女たちにより、以前に孔雀宮に来たときには出てこなかったお茶と点心が用意される。

意気投合というには立場が釣り合っていない。姉と妹のような上下関係を垣間見るようなやり取りだったが、それは先帝祭礼の前までには考えられないことだった。

明羽は、來梨の話を聞きながら、どうしてこれほどまでに一人の男を想い続けることができるのだろう、と不思議に思った。

そしてなぜか、最近、竹寂園に姿を現さず、宮城のどこかで今回の襲撃事件に右往左往しているだろう李鷗（りおう）のことを思い出した。

◇◆◇◆◇

宮城の中央には、律令塔と呼ばれる三階建ての建物が聳えていた。外廷・内廷を見渡せるようにと築かれた塔の最上階には、宮城内の不正を律し治安を守ることを責務とされた秩宗尉の執務室がある。

朝議を終えて戻ってきた李鷗は、自席に腰を下ろすと長い溜息をつく。

その目元の隈には、連日の激務による疲労が色濃く滲んでいた。だが、瞳には仮面の三品と呼ばれる冷徹さを宿している。

李鷗の疲労の原因は、先帝陵で起きた襲撃事件だった。だが、事件そのものの調査ではない。宮城の外のことは刑門部の仕事だが、事件によって引き起こされた宮城内での諍いの仲裁や調停に奔走していた。

重臣同士が責任のなすりつけ合いを行い、疑心暗鬼となった官吏たちは証拠もなく空言を吹聴（ふいちょう）し、命を狙われた貴妃とその生家は真相解明を迫る。なにより労を割いたのは、威那国との和平を保つことだった。

まだ確実なことはわかっていないが、刑門部の調べでは、襲撃者は威那国の手の者であり、和平の妨害と千辛将軍の仇討ちが目的の可能性が高いという。
百花輪の儀は、国中の注目の的だ。襲撃者が威那国の者だったという噂が市井に広がれば、和平どころではなくなる。噂が広がらないようにし、威那に反感を持つ者たちが暴発しないよう抑えることに労力を割いていた。

李鷗の働きにより、宮城はなんとか平穏を保っているといってもよかった。

「さすがの三品さまもお疲れのようだな」

入口の方から声がする。いつの間にか、開け放たれた扉のすぐ脇にもたれるようにして烈舜が立っていた。

「別に、疲れてなどいない。二日や三日の徹夜くらいで疲れるほど柔ではない」

宮城内での李鷗の数少ない理解者は、強がりを受け止めるように唇を歪める。そういうことにしておいてやる、と言いたげに笑いながら歩み寄ってきた。

「主上は、珍しくご立腹だったようだな」

「当然だろう。またしても皇妃が襲われた。しかも今度は、よりにもよって国祀である先帝祭礼の最中に堂々とだ」

朝議では、皇帝・兎閣はなにを考えているのかわからないほどに朴訥としているのが常だった。重臣たちから上げられる議題に耳を傾け、淡々と指示を出す。だが、今朝の先帝陵の議題の時だけは「お前たちは、なにをやっていた」と底冷えのする声を出した。

先帝祭礼の警護計画を担当した重臣たちはいずれも落品し、宰相・玄宗(げんそう)からも激しい罵倒(ばとう)を受けた。本来であれば、処刑されてもおかしくない失態なのだから当然だ。

そして、秩宗部も後宮内部の調査を行うように命令を受けたのだった。

「やつらの正体について、どう思う?」

「威那国の過激派が、和平を止めるためにやったんだろ。調査を行ってる刑門部もその可能性が高いって言ってたじゃねぇか」

刑門部の調査結果は、朝議の報告の他にもすべて目を通していた。

襲撃者は四人。三人は孔雀妃によって倒され、一人は生け捕りにされた。

だが、証人として生かされた四人目は、永京へと移送された後に牢内で急に苦しみだし、そのまま息絶えた。遅効性の毒薬を飲んでいたと推定されるが、どのような毒が使われたかはまだわかっていない。

四人の素性はわからず、先帝陵駐屯軍に侵入した経路も、どのようにして駐屯兵の鎧兜(よろいかぶと)を入手したのかも不明。内通者がいた可能性が高いが、確証はなに一つない。唯一の手掛かりが、四人が共通して持っていた、威那国兵の多くが持っている戦神の木片だった。

威那国は、華信と同じく天帝を奉っているが、その関わり方には違いがある。天帝に仕える神将への信仰が篤く、中でも兵士たちは神将の一人である戦神・羅剛(らごう)を重んじ、その加護を受けるために戦神の名を刻んだ木片を鎧の下に忍ばせる慣習があった。

「だが、四人全員がまったく同じ木片を持っていたのは、どうにもわざとらしい。何者かが、威那国の兵を装っていたのかもしれれぬ」

「考えすぎじゃねぇか」

「そもそもだ、早すぎると思わないか？　和平が決まってから一ヶ月と経っていない。威那と西鹿州の国境から帝都までを、地理に明るくない者が一ヶ月で踏破できるとは到底思えない。検問のある街道を避けたとすれば、なおさら不可能だ」

「だから、手引きしたやつらがいるってことだろう」

「威那国の兵に貴妃たちを襲わせて、いったいなんの益がある？」

「そりゃあ、益があるやつはいるだろう。今回の事件で大勢の官吏が落品した。その分だけ、どっかの誰かの出世の道が開けたってことだ。百花輪の貴妃だって、今回のことで孔雀妃は大きく名を上げたって聞いてるぞ」

「いずれの理由も、貴妃が襲われれば良かっただけだ。威那国の兵を、わざわざ西鹿の国境から道案内までしてやる必要はない。威那国と華信国は元を辿れば同じ民族だ、容姿では見分けはつかぬからな」

「なるほどな。で、この件は、あの嬢ちゃんに調査を頼まないのか？」

李鷗が顔を上げると、烈舜は嫌らしい笑みを浮かべていた。

「これは後宮の外で起きた事件だ、あいつは関係ない」

「でも、あの嬢ちゃんの鼻は使える。この間も、相伊将軍が陛下の意思に背いて千辛を討ったことを見抜いてたぜ」

「……そうか。相変わらず良い鼻をしているな。だからこそ危うい」

「お前、いったいなにを怖がってんだ？」

その問いを耳にし、冷たい目を烈舜に向ける。

李鷗は、数少ない理解者と感じている目の前の男でさえ、自分の魂の奥底を見透かすことができないのだと知り、安堵した。

二日や三日の徹夜などどうということはない、と答えたのは本音だった。

これまで、もっと激しい任務を、疲労などおくびにも出さずにこなしてきた自負はある。ゆえに仮面の三品などという望まぬ二つ名も付けられたのだ。

李鷗を疲弊させたのは、まったく別の心労だった。

今回の先帝祭礼にて、多くの貴妃の命が危険にさらされた。宮城に流れる血を一滴でも少なくしたいと願う李鷗にとって、それは痛恨であった。

だが、それ以上に、またしても明羽が襲撃者と相対し、殺されかけたという事実が、李鷗の心を見えない万力で挟まれているように圧迫していた。

……このあいだの雷鳥宮の件といい、どうしてあの侍女は、危険な目に遭うようなことばかりに飛び込むのだ。

今回の件は、明羽には責任はないことはよくわかっている。貴妃が襲われそうになったのだ、守ろうと戦うのは当然だ。それでも、考えずにはいられなかった。

これ以上、あいつを事件に深入りさせると、次こそ悪意の刃が胸に届くかもしれない。その予感が李鷗を苦しめ、激務以上に疲弊させるのだった。それが、ここしばらく明羽に会いに行くことさえ避けている理由だった。

「……わかった、あの娘にも調べさせてみるとしよう」

弱みを友に見抜かれないように、そう答える。

宮城に流れる血を少なくするために、明羽の力を借りるのが有用なのは確かだ。そこに私情を挟むなど、自らの主に申し訳が立たない。

そろそろ昼時に差し掛かったのに気づき、窓の外に視線を向ける。

律令塔三階の執務室からは、竹寂園がよく見えた。会いにいくのは避けているが、ここから眺めるのは、ほとんど李鷗の日課と化している。

そこには、いつものように饅頭(まんじゅう)を手に持った明羽が姿を見せていた。

◇◆◇◆◇

竹寂園に久しぶりに現れた李鷗に請われ、明羽は衛士寮を訪れていた。

衛士寮は、後宮と外廷を繋ぐ宣武門のほど近くにある、後宮内での警備を任された衛士たちの詰所だった。大所帯のため広く造られてはいるが、後宮内にある中ではもっとも簡素な建物の一つだ。

衛士たちは禁軍に所属する兵士だが、後宮内では秩宗尉が統率する権限を持つ。文官と軍官が反目なく協力し合っている数少ない場所でもあった。

出迎えの衛士に応接間に通されると、先に来ていた李鷗の姿があった。

「よく来たな。今回の依頼については目星はついているか？」

「ええ、先帝祭礼のことですよね。そろそろお呼びがかかるのではないかと思っていたのです」

明羽が愛想がないと自認する不器用な笑みを浮かべると、李鷗は苦いものでも口に入れたように顔を顰めた。

「相変わらず、察しがいいことだ」

それから李鷗は、これまでの調査でわかっていることを簡潔に説明する。

先帝陵で発生した貴妃の襲撃事件について、刑門部が調べているがまだ襲撃者が何者だったのかわかっていない。持ち物の木片から、威那国から侵入した和平を望まない勢力が、和平の妨害と千辛将軍の仇討ちのために行ったという予想が立てられているが未だ確たる証拠はない。

「まだ、あの者たちがどのようにして先帝陵に侵入したのかも、どうやって駐屯軍の中に紛れ込んだのかもわかっていない。あれほど頑強な城壁があるのだ、内通者がいたと考えるのが自然だが、刑門部が洗い出しを行っているがまだ見つかっていない」

「紅花さまが捕らえた襲撃者からの情報はないのでしょうか？」

「あの者は死んだ。永京へ移送された後で牢内で急に苦しみだし、そのまま息絶えた。遅効性の毒薬を飲んでいたようだが、宮廷医にもどのような毒が使われたかわかっていないそうだ」

「そう、ですか。それで、私に調べて欲しいこととはなんでしょう？」

「あぁ。お前には、襲撃者が身に着けていた物を見て、なにかわかることがないか教えて欲しい。そういうことは得意だろう？」

「得意といえば、得意かもしれません。やってみましょう」

「すぐに持って来るよう指示してある。少し待っていてくれ。鎧には血がついているが問題ないな？」

「目の前で紅花さまの活躍を見たのです。武具についた血など、もうなんてことはありません」

　明羽が力強く言うと、李鷗はさらに顔を顰める。

それから短い間を置き、独り言のように尋ねた。

「なんだか、ずいぶん機嫌がよいな」

「そうですか？　なにかあるとすれば、來梨さまが、最近、少しお変わりになられたのが嬉しいからかもしれませんね。なんというか、怠惰で臆病で能天気なのは相変わらずなのですが、変なところで開き直られたというか」

明羽はそこで、先帝祭礼に向かう時の皇帝・兎閣と言葉を交わしていた様子や、孔雀宮へ礼を言いにいった時の紅花とのやり取りを思い出し、笑みを浮かべる。

「人の心を見る力がある方なのだとわかりました。少しは光明が見えてきたような気がするのです」

だが、その浮ついた様子に、李鷗は冷たい言葉を投げる。

「芙蓉妃が百花皇妃になれると、まだ本気で思っているのか？」

「來梨さまが他の貴妃より、あらゆる面で劣っているのは百も承知です。女官たちから負け皇妃の侍女と蔑まれるのにも慣れました。だからって、諦めるわけにはいきません。なれるかどうかではなく、私たちがお支えして百花皇妃にするのです」

「さっさと他の貴妃に獣服した方がよいのではないか。來梨さまには、これ以上、百花輪の儀で闘うのは無理だ」

明羽はそこで、李鷗の言葉がいつもの皮肉ではないと気づく。

顔を上げると、天藍石の瞳が憂うような光を弾いている。

「他妃に獣服したところで、百花輪に敗れた後、後宮で平和に暮らすことができた貴妃などいない、そう教えてくださったのは李鷗さまですよ」

「それは、過去の百花輪でのことだ。玉蘭さまは清廉潔白な御方だ、紅花さまは気性こそ荒いが曲がったことを嫌う御方だ、いずれも早い時期に獣服した貴妃を無下に扱ったりはするまい」

「獣服した相手の貴妃が、敗れたらどうなります？　もっと惨めな目に遭いましょう」

明羽は、語気を強めて言い返す。

それに、玉蘭も紅花も確かに李鷗の言う通りの人物ではあるが、二人とも自らの志を成し遂げるためには、他の者を犠牲にすることを厭わない冷徹さを備えている。必要とあれば獣服した貴妃でも利用するだろう。

けれど、仮面の三品は、いつになく食い下がる。

「だが、それでも、來梨さまをもり立てるよりは生き残る望みはあると思うがな」

「先程から、なにをおっしゃりたいのですか？」

明羽自身にそのつもりはないが、もともとの気の強そうな目つきと合わさって、睨みつけているような表情になる。

「私は百花輪の貴妃の侍女です。私の命は、すでに賭けられているのです。帰れる家もなければ失うものもない。それに、暖かい布団で眠れてお腹がふくれるくらいご飯が食べられる今の暮らしを守りたい。危険だろうがなんだろうが、やるしかないのです」

明羽の気迫に、これまで数多くの悪逆非道の徒を相手にしてきた秩宗尉も押し黙る。

「そのためにも、李鷗さまには期待しております。私にとって数少ない、他の貴妃を出し抜けるかもしれない情報元ですから」

扉が開き、緑袍(りょくほう)を纏った衛士たちが入ってくる。

李鷗と侍女が対等な視線で向き合っているのを不思議そうに見る者もいたが、いずれもよけいな詮索を表情に浮かべることなく、手に持っていた大盆を机に並べた。

置かれたのは、襲撃者が残した手掛かりだった。襲撃の際に身に纏っていた駐屯兵の鎧兜に帷子(かたびら)、その下に纏っていた白色の襦袴(じゅこ)、剣に帯、少量の銅貨と戦神の名が刻まれた木片。同じようなひと揃えの衣裳が四人分並べられている。いずれもべったりと付着した血の跡が、赤黒い染みになっていた。

「これが、先帝祭礼での襲撃者が纏っていたものですか」

「顔色一つ変えないのだな」

「色々ございましたから。さて、少し集中したいので、できれば人払いをしていただけると助かります」

衛士たちが退室し、李鷗も邪魔にならないよう部屋の隅に移動する。

明羽は一つずつ手掛かりに触れると、李鷗に聞こえないように「あなたの持ち主だった男のことを教えて」と小さく囁く。

〝声詠み〟の力を使い道具から情報を入手する、いつもの調査だった。

だが、意思を持って言葉を話せるのは、長い年月を経て人間からさまざまな思いを溜め込んだ道具だけだ。机に並んだ物品には古そうなものはなく、期待できそうになかった。

血のべったりついた部分は避けながら、鎧兜、剣、装飾品と一つずつ触れていくが、いずれも反応はない。

半ば諦めかけながら、四人目の持っていた木片に触れた時だった。

『……憐れな男たち……月夜に……蝶に殺される……』

ぼそりと、なにかを憐れむような声が頭に響いた。

「どういうこと？　なに、今の？」

思わず囁くけれど、答えは返って来ない。

いくら意識を集中させても、それ以上の言葉は聞こえなかった。

四人分の道具全てに触れてから、明羽は静かに椅子に腰を下ろす。

肩に分銅でもぶら下がっているような気怠さを感じた。

道具たちの声は、意図していなくとも触れた途端に聞こえることもあれば、そっと囁きかけて意識を集中させないと聞こえないこともある。多くの物に対して〝声詠み〟を使えば、それだけ体力を消費する。

「なにかわかったか？」

調査が終わったことが伝わったのだろう、背後から李鷗の声がする。

「……確かなことは、なにも。そういえば――殺された賊の首に、蝶の形の痣がありませんでしたか？」

「蝶の痣？　そのような報告はなかったが」

「そう、ですか。他に、なにか調べものはありますか？」

「いや、ここにある道具からなにもわからなかったのであれば、この件は仕舞いだ。俺が語ったことは忘れろ」

「……李鷗さま。もし、この襲撃者たちの正体を突き止めることができたら、見返りをいただけますか？」

「馬鹿な。刑門部が威信をかけて調べているが未だわからないのだ。後宮の侍女になにができる」

「後宮の中でも、できることはあります」

明羽は無理をして、口角を持ち上げて笑ってみせる。

「……いや、この件はもういい。お前は関わるな。襲撃者が威那国の者だったにしろ、他の何者かだったにしろ、それを嗅ぎまわっている人間を野放しにはしないだろう」

「そんなことは、わかっています。危険は百も承知ですよ」

李鷗は、凍てつくような輝きを宿す天藍石の瞳で見つめる。

明羽が一歩も引くつもりはないことは、調査を始める前の芙蓉宮を巡るやり取りで伝わっていただろう。

言葉を選ぶような短い沈黙の後、覚悟を決めたように口を開く。

「……俺は、お前に死んで欲しくない」

その言葉は、明羽の心に火を投げ入れた。

笑みを消して立ち上がると、生まれつきの不機嫌そうな目で李鷗を見上げる。

「李鷗さまは、どうやら私のことを見くびっておられるようです。安全なところだけに留めて、私を飼っているおつもりですか？」

明羽は、体の芯から力が湧き上がってくるのを感じていた。

〝声詠み〟の疲労は吹き飛び、突き動かされるように続ける。

「以前、李鷗さまに、もっと頼れとおっしゃっていただきました――せっかくのお言葉ですが、私は生まれてから今まで、男に頼りたいと思ったことも、守って欲しいと思ったこともありません」

仮面の三品は、差し伸べた手を振り払われたかのように不快そうに眉を顰める。

いつもの皮肉が返ってくるより先に、明羽は言葉を続けた。

「李鷗さまのことを信じるに足ると思った理由は、私を対等に扱ったからです。男女も身分も関係なく、悪いと思えば頭を下げ、能力があると思えば利用する、その姿が、これまで会ってきた男たちとは違うと思ったのです」

「それは、後宮内での目や耳としてだ。暗殺者や犯罪集団と関わるのは、度が過ぎている」

「品評会で殺されそうになったからですか？　雷鳥宮や先帝祭礼で襲われたからですか？　それで、私はなにか変わりましたか？　私は、なにも変わっていません」

明羽の心に湧き上がってきた力の正体は、怒りだった。

ずっと男が苦手だった。思い返しても、これまで心を許せるような男には出会ったことがない。村にいた男たちも父親も兄も、みんなみんなろくでなしばかりだ。

「先程も言いましたが、私は芙蓉宮の侍女、この命は百花輪の儀に賭けられているのです。來梨さまに百花皇妃になってもらわなければ、この先に未来はない」

けれど、李鷗は、これまで出会ってきた男たちとは違うと思っていた。怒りの理由は、初めて信じようとした男に裏切られたと感じたからだった。やはりこの男も同じなのだ。

信じようとした自分自身にも腹が立つ。

「もし、私がこの襲撃者たちの正体を突き止めた暁には、芙蓉宮の益となる情報をお願いします」

李鷗の目にも、合わせ鏡のように怒りが映る。だが、それが吐き出されることはなく、代わりに聞こえてきたのは冷たく突き放すような一言だった。

「わかった。勝手にするがいい。お前がお前の命をどう使おうが、お前の自由だからな」

秩宗尉は長い髪を揺らし、勢いよく背を向ける。

明羽は、李鷗が身分にかかわらず宮城に血が流れるのを恐れているのを知っている。自分の身を案じていることもわかっていた。

けれど、だからこそ、腹が立っていた。

一方的に案じられ守られることは、見下されていることに等しい。

負けるものか。來梨のためだけではなく、李鷗に対等と認められるためにも、襲撃者たちの正体を摑んでみせてやる。

相手は三品であり、不敬として捕らえられてもおかしくないことを考えていたと気づいたのは、李鷗の背中を見送ってしばらくしてからだった。

◇◆◇◆◇

夕餉の支度を女官と小夏たちに任せ、明羽は宝玉の間の掃除に勤しんでいた。

宝玉の間は芙蓉宮の最奥にあり、皇帝が来殿した際に、貴妃と共に過ごす特別な部屋だった。館の中でもっとも豪奢に飾り立てられており、慈宇の残した言いつけに従って床から調度品の一つ一つまで常に磨き上げられている。

皇帝が芙蓉宮を訪れたのは、これまで五回。いずれも昼の渡りで、來梨と一刻ほど楽しそうに話をして戻っていった。夜の渡りはなく、寝所を共にしたこともまだない。

女官たちの噂だと、未だどの百花輪の貴妃も夜伽をしていないという。

これほどの美妃が集まっているというのに――本当にそんな男がいるのだろうか。

紅花が皇帝・兎閣は男として物足りない、と言おうとしたのは、そういう部分に不満があるからかもしれない。

「この寝所が使われるのも、いつになるかわからないな」

両膝をついて花氈の汚れを取りながら、ぽつりと呟く。

『まぁ、僕が皇帝なら、玉蘭さまか紅花さまを一番に選ぶよね』

「玉のくせになに言ってんのよ。気持ち悪い」

宝玉の間は、女官たちに任せず侍女二人のどちらかが必ず掃除をしている。

今、小夏は炊事場で夕餉の支度をしているため、この部屋に他の誰かが入ってくることもない。そのため、明羽は手に白眉を括りつけて話をしていた。

「それより、先帝祭礼の襲撃者が持っていた木片から聞こえてきた声のこと、どう思う？」

『どうもなにも、あれだけじゃなにもわからないよ。憐れな男、というのは持ち主だった襲撃者のことだと思うけど』

「そう、だよね。でも、蝶という言葉が引っかかるのよね。襲撃者の首にあった痣と、なにか関係があるのかな？」

先帝陵で襲われた時、明羽は男の首に蝶の痣を見た。

だが、そんな目立つ特徴を李鷗が把握していないのは不自然だった。

それに、蝶の痣、という言葉には他にも覚えがあった。相伊と黄金妃が抱き合っていたという噂が流れた事件を調べていた時、桃源殿にある雲雀の花瓶から相伊と抱き合っていた女の首にも、蝶のような形の痣があったと聞いたのだ。

全く関係のない二つの事件を繋ぐ蝶の痣。単なる偶然とは、思えない。

李鷗に向かって、襲撃者の正体について調査をしたいと進言したのは、この蝶という手掛かりが、事件を紐解くきっかけになりそうな気がしたからだった。

「あ、いたっ。明羽見つけたわっ！」

部屋の入口から声がする。

手に括りつけていた白眉をさりげなく隠しながら振り向くと、そこには、いつもの年配の侍女を伴った寧々（ねいねい）が立っていた。

芙蓉の色に揃えたのか、今日は薄桃色の長衣を纏っていた。七宝（しっぽう）があしらわれた首飾りが目を引く。

來梨から、夕方に寧々が訪殿すると聞いていたのを思い出す。最近、寧々は頻繁に芙蓉宮を訪れるようになっていた。すっかり居慣れており、こうして自由に舎殿の中を歩き回っていても、侍女も女官たちも咎めたりはしない。

片膝をついて拱手をしてから尋ねる。

「こんにちは、寧々さま。いかがなされました？」

「來梨さまのお話を聞きに来たのよ。ちゃんとお約束もしていたのにっ。それなのに、來梨さまったら、机に突っ伏してお昼寝してるのよ」

遠慮のない寧々も、さすがに宝玉の間に足を踏み入れるようなことはしなかった。入口から、敷居を跨（また）がずに勢いよく話しかけてくる。

來梨は、さっきまでは自室で教養を深めるために歴史書を読んでいたはずだ。勉強が苦手な貴妃が本読みに飽きてそのまま眠ってしまうのは、よくある光景だった。

「申し訳ありません、起こして参ります」

「いえ、いいのっ。幸せそうな寝顔だったから。だから、あなたでいいわ。話を聞かせてちょうだい」

「私の、ですか？　いったいなんの話でしょう」

「決まっているでしょ！　先帝祭礼で貴妃さまたちが襲われたことよ！　私は來梨さまの派閥なんだから、他宮に聞きに行くわけにもいかないの。あなたもその場にいたんでしょ、もう気になっちゃって！」

思わず、明羽は苦笑いを浮かべた。どうやら、後宮中の噂になっている事件の話を聞きたくて仕方がないらしい。

「わかりました、私でよければお話ししましょう」

掃除を切り上げて、寧々を客庁に案内する。

茶と点心を用意してから、咳払いを一つ。それから、村にたまに来ていた講談師を思い出しながら、緩急をつけて物語のように話し出した。

噂好きの妃は、明羽の話の一つ一つに子供のように反応した。感嘆の声を上げ、手を叩き、まるで自分もその場にいたかのように興奮して目を丸くする。話が終わった時には、帝劇を鑑賞した後のように瞳を潤ませていた。

「すっごい面白かったわ！　さすが紅花さま、かっこいいわね。もう後宮中はその噂で持ちきりよ！　やはり、これからの貴妃は美しいだけではだめなのよ。私もなにか始めようかしら」

「……紅花さまの派閥に入るとは、おっしゃらないでくださいよ」

「あ、それは大丈夫よ。私は來梨さまのことが好きだし、それに、紅花さまの派閥に移られた妃嬪の皆さまは私より上位の方ばかりなので、今さら移動しても旨味はないわ」

相変わらずの打算を隠さない物言いに、明羽は苦笑する。

「ところで寧々さま、代わりといってはなんですがお薬について教えていただきたいことがあるのですが」

寧々が満足したのを確認してから、気になっていたことを尋ねる。

「ええ、いいわ。こんなに楽しいお話を聞かせてくれたんだもの。なんでも聞いて」

「首に、蝶の痣ができる薬をご存じないですか？」

明羽は自らの首筋に指先を当てる。

急に寧々は無言になり、じっと明羽を見つめた。

先ほどの先帝祭礼の話の中では、襲撃者の首に蝶の痣を見たことはあえて話さなかった。明羽が目撃したのは間違いないが、李鷗が把握していないその情報が、どれほど危険なものなのかわからなかったからだ。

不審に思われただろうか、と明羽が考え出した途端、寧々の目が、今度は耽美な噂話でも聞いたように細められた。

「あら、あらら。それは來梨さまが探してるの？　だとしたら、お目が高いわね」

「やはり、そういう薬があるのですね」

「知っていて聞いたわけではないのね。だとしたら天才よ。それは蝶痕薬と呼ばれる、妓楼三薬の一つのことだわ。妓楼三薬という名は、聞いたことがある？」

明羽は首を振る。李鷗が知らないということは、蝶の痣は消えたのだ。そうだとすれば、人為的に浮かび上がらせたものではないかと疑って尋ねたものだったが、どうやら当たりだったらしい。それは、白眉も持っていない知識だった。

「帝劇では、後宮と同じくらい、妓楼を舞台にした劇が人気なの。妓楼を舞台にした人気の劇に登場する有名な三つの薬が妓楼三薬と呼ばれるものよ」

「物語に出てくる薬、ですか？」

「どれも実際に存在するものよ。一つ目は、昏睡香と呼ばれるもの。本来は睡眠導入などの目的で使うもので、私の生家でも販売しているわ。多量に吸い込ませることで短時間で気を失わせることもできるの。『鷺姫』というお話では、これを使って、意中の妓女を眠らせて攫おうとする憐れな男が出てくるわ」

昏睡香には、明羽も覚えがあった。以前、水晶宮の侍女が襲われた事件で使われたものだ。

「二つ目が、仮死薬というもの。これは煎(せん)じて飲む必要があるのだけど、一時的に意識がなくなり体が冷たくなって死者と見分けがつかなくなるという薬よ。時間が過ぎれば自然と体温は回復して意識が戻るけれど、飲み過ぎるとそのまま死んでしまうことがあるので注意が必要よ。本来は、矢じりを取り出したりする時など肉を抉(えぐ)るさいに痛みを感じないようにするためのものなの」

　そこで寧々は劇の内容を思い出して興奮したらしく、大きな目をくるくると動かしながら身を乗り出す。

「この薬が出てくる『花と枷(かせ)』という劇の中では、妓女が死を装って自由になろうとするのだけど、その計画が上手く男に伝わっておらず、愛する人が死んだと思い込んだ男が自殺してしまう、という悲劇が描かれるわ。いや、これがもう、本当に泣けるのよ！」

　話を聞きながら、明羽は孔雀宮の侍女の顔を思い出した。朱波ならこういう話も好きに違いない。

「そして三つ目、『蝶蘭伝(ちょうらんでん)』という話にお探しの物が出てくるわ。蝶痕薬と呼ばれるもので、飲むと首に蝶の痣ができる。主人公の妓女・蘭(らん)は、この薬を使って、男たちから大変好かれるのよ」

「首に痣ができると、男に好かれるのですか？」

「ええ！　それはもう！　房事（ぼうじ）のとき、男は女に覆いかぶさるでしょう？　そのとき、ちょうど男の顔は女の首の辺りにくる。黒子でも傷痕でも、首に目印があれば、男たちは蜂が花に集まるようにそこを吸うのよ。それが鮮やかな蝶の形なら、なおいっそう歓ぶわ」

明羽は、もともと不機嫌そうな眉間にさらに皺を寄せる。また一つ、男を嫌う理由が増えた気がした。

「ただし、この薬は毒薬でもあるの。蝶の痣は、半月ほどで自然と消える。満月の日に飲めば新月の日に、新月の日に飲めば満月の日に。そして、蝶が消えるまでに解毒薬を飲まなければ死に至るのよ。物語では、恋仇により解毒薬を偽物にすり替えられてしまい悲劇が起きるの」

「そんな危険を冒してまで、男に好かれたいのですかね」

「どんな危険を冒しても、男に好かれたいものよ。妓女でも妃嬪でも、目的がなんであれ同じよ」

寧々はそう言うと、普段の噂好きで変わり者の妃嬪の印象とは異なる大人びた微笑を浮かべた。急に、右目の下にある泣き黒子が艶っぽく見える。

「その薬は、手に入りますか？」

「ご用命であれば、すぐに実家より取り寄せるわ。ただし、解毒薬を飲む時期については気をつけてね。半月というのは人により差があるので、数日は余裕を持って飲むことをお勧めするわ」

「ちなみに、その蝶痕薬を、男が飲むことはあるのでしょうか？」

明羽の問いに、寧々は思いもよらないことを聞かれたとばかりに、目をぱちぱちさせる。

「……まぁ、男娼が飲むこともあるでしょう。私は男の首など吸いたくないけれど」

「そうではなく、たとえば強盗などが、捕らえられた場合に拷問を受ける前に死ぬようにあらかじめ薬を飲んでおく、というようなことはありますか？」

「そういう意味ね。噂程度であれば、聞いたことがあるわ。このあいだお話しした『九蛇楽団』は覚えているわね？」

明羽は頷く。忘れるはずのない名前だった。

「『九蛇楽団』では、蝶痕薬と解毒薬を世に出回っているものとは異なる調合で製作し、独自のものを作り上げているというわ。その調合方法は門外不出のうえ、死後に毒殺の痕跡も残らないそうよ。それを使って、今、あなたが言ったように失敗した者を殺したり、裏切りを防いだり、無理やり相手に言うことをきかせたりといったことをしていると聞いているわ。考えただけでも、おぞましいことね」

李鷗から、生け捕りにされた襲撃者は謎の毒薬で死んだと聞いた。襲撃者たちが蝶痕薬を決行日の直後に期限が来るように飲んでいたと考えれば辻褄が合う。

「さて、どうします？　三つ目だけでなく、一つ目と二つ目も念のため購入されることをお勧めするわ。いずれも、今後の後宮生活にはなにかと役に立つものばかりかと思うけれど」

そこで、寧々の背後に控えていた年配の侍女が、いつの間にか懐から伝票を取り出しているのに気づいた。

これまで明羽は、薬屋の娘である寧々がいった何のために後宮入りしたのかが不思議だった。もしかしたら、後宮内の妃や貴族たちと生家の繋がりを作るために送り込まれたのかもしれない。

さっきまで先帝祭礼での話を聞いてはしゃいでいた十三妃は、いつの間にか、商売人の顔になっていた。

寧々が帰るのを見送ったあと、明羽は辺りに人がいないのを見計らってから、相棒の眠り狐の佩玉を握り締めた。

「嫌なこと、思い浮かんじゃった」

明羽がそう呟くと、すぐに白眉から答えが返ってくる。

『……僕も思ったよ。襲撃は威那国の過激派の仕業だと思われているけど、本当はそう見せかけようとしただけで……何者かが九蛇楽団に依頼したのかもしれない』

襲撃者が揃って持っていた戦神の名が刻まれた木片は、威那国の過激派に見せかけるための細工だった。木片に触れた時に聞こえた声は、襲撃者が首の蝶の痣が消えるまでに依頼を遂行して解毒薬を飲まなければならないと怯えていたことへの憐れみだったのだろう。

『九蛇楽団』はどこにでも潜み、どこにでも現れるという。先帝陵駐屯軍の中に、内通者となる者をあらかじめ潜ませていたとしても不思議はない。

『……そして、今回の先帝祭礼でもっとも利益を得たのは、孔雀宮だ』

あの事件をきっかけに、孔雀宮の派閥に入る妃嬪は増え、商人や貴族たちが途切れることなく訪れている。直前まで、星沙や玉蘭と比べて落ち目だと言われていたのが嘘のように、百花皇妃にもっとも近いと噂されるようになっていた。

「まさか。孔雀宮が、自らの地位を上げるために、襲撃事件を自作自演したって言いたいの？」

明羽は、先帝陵で襲撃者と相対した時のことを思い出す。あれは、確実に殺気を持って向かってきていた。

「……襲撃者を紅花さまが返り討ちにすることを前提に、襲撃を依頼したってこと？もしそれが真相なら、豪胆すぎるよ」

『紅花さまほどの実力があれば、ありえない話じゃないよ』

「確かに、そうだね。襲撃者は何も知らされてなかった、捨て駒だったってこともありえるのか。失敗した場合に備えて遅効性の毒薬まで飲まされていた。だとしたら、木片が憐れな男たちと呟いていたのも納得がいくね」

『相伊将軍の祝賀会の後、相伊将軍と抱き合ってたっていう女の首にも、蝶の痣があった。あれも孔雀宮が仕掛けた罠だったなら……孔雀宮はずいぶん前から九蛇楽団と関わりがあったのかもしれない』

「でも、紅花さまはそういう奸計を好む人には思えないけど。それに、貴妃の襲撃事件を自作自演するなんて、そんなことが公になったら百花輪の儀どころの騒ぎじゃない」

『でも、この件がなければ、孔雀宮はもっと落ち目になっていたのは確かだ。誇りを捨て危険を顧みずに賭けに出たとしてもおかしくない』

「いくらなんでも、それは――百花輪の儀の行く末は、国中が注目してるんでしょ。もしそんな真相が明らかになったら、南虎州と一領三州との関係が決裂する。戦争の火種になったっておかしくない」

『そうだね――しっ、誰か来る』

白眉の言葉に、明羽は瞬時に口を閉じた。

しばらくすると、扉が開き、來梨が顔を見せた。

「あら、明羽。ここにいたのね。話し声が聞こえたけれど、他にも誰かいるの？」

來梨は、つい今しがた起きたというように眠そうだった。頬には、机に突っ伏して眠っているときについたらしき書物の綴り紐の跡がある。

「いえ、ただ独り言をいっていただけです」

「ならいいのだけど。それよりも、寧々が来なかった？　一緒にお茶を飲む約束をしていたのだけれど」

明羽は思わず吹き出しそうになるのを堪える。

ついさっきまで華信国に戦争が起きるかもしれないと案じていたところに、この能天気な質問だ。あまりの落差に、急に甘い物を口の中に放り込まれたような気分になる。

「寧々さまは、もう帰られましたよ。來梨さまがすっかり気持ちよさそうにお眠りだったので」

「それは悪いことをしたわね。今度、謝罪をしておかないと」

「そうですね。まぁ、ご満足して帰られたとは思いますが」

明羽は、寧々に先帝祭礼での出来事を語ったことを話す。それを聞いて來梨は「相変わらず噂好きなのね」と笑った。

芙蓉妃は笑みを浮かべたまま、何気ない口ぶりで付け足す。

「それで、あなたはなにを悩んでいるの？」

明羽はほんの一瞬、それが自分に向けられた言葉だとわからなかった。

能天気な貴妃だと思った矢先に、悩んでいることを見抜かれるとは思っていなかった。意外と人の心を見ている、皇帝や紅花と話しているのを聞いてそう感じた。その視線は侍女にも向けられていたらしい。

「別に、悩んでなどいません」

「だめよ、わかるもの。あなたっていつも機嫌が悪そうな顔をしてるけど、本当に機嫌が悪い時の顔くらいは見分けがつくようになったのよ。眉がこんな感じになるのよね。なにか悩んでることがあるんでしょう？」

來梨は美しい形の眉を両手の指で中央に寄せるようにして、わざと不機嫌そうな表情を作ってみせる。

「そんな感じになってますか？」

「なってるわよ。ほら、たまには私にも相談してみて」

「ですが、お話しするようなことはなにも」

しらばっくれたのは、最近の來梨が、紅花のことを慕っているように見えたからだ。

先帝陵での襲撃事件が自作自演だったかもしれないなどということを真相がはっきりし

ないまま告げるのは、無駄に傷つけてしまうような気がした。

「じゃあ、当てるわ。当たっていたら話しなさい、命令よ」

「はぁ、命令ですか」

「また李鷗さまがらみのことでしょう。お見通しよ」

來梨の言葉に、明羽はついに観念した。

命令だと言われれば、侍女である以上は従わないわけにはいかない。

「ええ、そうです。李鷗さまから調査の依頼を受けていまして――まぁ、止められたのを半ば強引にやると言ったのですが、それについて悩んでいるのです」

「あら、調査のことなの。私はてっきり男女のことかと思ったわ」

「ふざけないでください。私とあの方では身分が違いすぎます」

「そんなこと言っても、私と主上も、ちょっと前までは身分が違いすぎる関係だったわ」

「それとこれとは――あぁ、もう、わかりました。お話ししますよ」

真っすぐに、主の美しい栗色の瞳を見つめて告げる。

「その代わり、來梨さまにとっては、少しお辛い話になるかもしれません」

途端に來梨は、持ち前の臆病さを思い出したように笑みを消す。それから明羽が話を終えるまで、ずっと不安そうな表情をしていた。

「……そう、紅花さまが、自作自演を行ったかもしれないということね。私たちの命を狙ったのも、紅花さまだったかもしれない」

話が終わると、來梨はそう言って胸に手を当てる。

「あくまで可能性の話です。ただ、襲撃者が威那国の兵士だとは思えないのです。もちろん、紅花さまがこのような卑劣な手を使うとも思えませんが」

「でも、そんなの悩むことではないじゃない。私に妙案があるわ」

聞こえてきた言葉に、明羽は目の前にいるのが主だということを忘れ、思わず眉間に皺を寄せた。

この先の真相を突き止めるのは生半可なことではないはずだ。李鷗も、刑門部の者たちも情報を摑めていない。そう簡単に調べられるはずがない。

來梨はその視線をへらりとした笑みで受け止めると、さっきまでの不安はどこかに消えたように告げる。

「紅花さまに、お話を聞きに参りましょう」

「…………は？」

長い沈黙の後、明羽の口から零れたのは、とても侍女とは思えない呆れが滲んだものだった。

◇◆◇◆◇

孔雀宮を訪れると、紅花は庭で弓の稽古をしていた。

動きやすいように赤い髪を背後で束ね、襦裙の左袖を外して褐色の肩が剝き出しになっている。矢を持つ腕からは、野を駆ける獣のように細くしなやかな筋肉が浮かび上がっていた。

明羽の話を聞いてからの來梨の動きは速かった。事情を聞いた小夏と二人がかりで止めるのも聞かず、事前に遣いも出さずに孔雀宮を訪殿した。

七芸品評会で変わったとは思っていたが、あの怠惰で臆病で優柔不断だった貴妃とは思えない行動力だった。

知らせもなくやってきた來梨に、朱波は露骨に礼を欠いたと非難する顔をし、いつも無表情の梨円(りえん)でさえ呆れた目をした。

けれど、紅花には、意外にもあっさりと中に招かれた。

通されたのは、中庭にある弓の鍛錬場だった。

明羽たちが見ている前で、紅花は指を放し、矢を放つ。

閃光のように宙を駆けた矢は、鋭い音を響かせて的の中央を射貫いていた。

「おみごとです」

來梨が言うと、紅花は、当然だ、というように鼻を鳴らしてみせた。

それから、近くに立っていた侍女の梨円に弓を押し付け、代わりに手巾を受け取ると、汗を拭きながら近づいてくる。

「急にやってくるなんて、今度はなんだ。獣服する気になったか？」

「いいえ、そうではありません」

へらりと媚びるように笑いながら、見事に貫かれた的を見やる。

「今のが弓術というものですか。あんな風に狙い通りに射ることができたら、どれほど気持ちいいでしょう。私、見ているだけで胸がすっとするような心持ちでした」

「弓なら、まだ用意できてねぇぞ」

「今日は、急いでお耳に入れておきたいことがあり参上しました」

「へぇ。そこで聞こうか。飲み物を持って来させる」

紅花が顎で指したのは、中庭の端にある石造りの亭子だった。本殿と同じく赤い瑠璃瓦で葺(ふ)き、床には虎と孔雀が描かれている。南虎の伝統をぎゅっと詰め込んだかのような場所だった。

二人の貴妃は向かい合って座り、すぐに侍女の朱波が果実水と南虎名産の胡桃餡(くるみあん)が入った焼き菓子を持ってやってくる。

「で、話ってのはなんだ？」

「はい。このあいだの先帝祭礼での襲撃事件ですが、襲撃者が威那国ではなく、孔雀宮から依頼された傭兵だったという噂を聞いたのです」

「てめぇ、今、なんつった」

龍の口から吐き出された火焔に飲み込まれたように、亭子が熱気に包まれる。

孔雀妃は石造りの机に手を置くと、ゆっくり立ち上がる。その体から、煮え滾るような覇気が漏れ出ていた。

「昨日、ちょっとばかし話が合ったからって、つけ上がってんじゃねぇぞ。このあたしが、そんな真似をすると思ってんのか？　お前は、この孔雀宮だけじゃねぇ、南虎州の誇りを侮辱（ぶじょく）した」

一言放たれるたび、松明を眼前に突き付けられるような威圧感がある。

この覇気こそが、孔雀妃・紅花だった。

明羽は、その言葉が自分に向けられているわけではないのに、冷や汗が体の内側を伝っていくような感覚を味わった。臆病な主は、さぞ動揺しているだろうと背中を見つめる。

けれど、いつも些細なことで小さく震えていた細い肩は、今日は微動だにしていなかった。

「私も、噂を聞いただけです。紅花さまを疑っているわけではございません」

來梨は、落ち着き払った声で答えた。

孔雀妃の深紅の目が、射貫くような鋭さで見つめる。けれど、來梨はそれでも動じなかった。

「ですが、もしこの噂が広まれば、刑門部も放ってはおかないはずです。それを利用して紅花さまの名を貶めようとする者たちも現れるでしょう」

「……それが、どうしたってんだ」

「真実ではなくとも、準備するべきことは多岐に渡る。早めにお耳に入れた方がよろしいかと思い参上しました」

「親切心で、わざわざ言いに来たって言いてぇのか？」

「その通りです」

燃え上がっていた炎が、わずかに弱まる。

紅花は椅子に倒れ込むように座り直すと、足を組み、長い赤髪を払いあげてから告げた。

「言いたいことはわかった。だが、今日はもう帰れ。気分が悪ぃ」

その声は変わらず熱を孕んでいたが、それはもう、來梨には向けられてはいなかった。

「それでは、失礼いたします。また改めて、今度はなんの憂いもなき時に、お話をしに来ますわ」

「あぁ。そうしろ」

來梨は軽く一揖すると、貴妃らしい優雅な動作で亭子を後にした。


孔雀宮を出てから、芙蓉宮の三人はしばらく無言で歩いていた。

日は沈み辺りは薄闇に包まれ始めているというのに、明羽は、体がひどく熱を持っているのを感じていた。紅花の怒気を受けた時の、ちりちりと肌を焼くような感覚がなかなか消えないせいだった。

「……よく、あの紅花さまに言いたいことが言えましたね。怖くなかったのですか?」

明羽がそう尋ねると、來梨は不思議そうに振り向く。

「怖くないわよ。だって、紅花さまのことはわかっているもの。あれは、本気で怒ってはいなかったでしょう?」

「そうでしょうか? 私には、そんな風には見えませんでしたが」

「私はね、よく知らない人が怖いし、よく知らないものも怖いし、知らない場所も大嫌いよ。でも、紅花さまのことは、昨日、色々とお話をして仲良くなって、とてもよくわかったわ。もう怖くないの」

「そんなもの、ですか」

「そんなものよ。これで一つだけはっきりしたわね。紅花さまは、なにも知らない。それだけは確かよ」

來梨は胸を張って、得意げに告げる。

「演技であったとは考えられませんか？」

「それはないわ。私、仲良くなった人のことはわかるって言ったでしょ」

いつもは頼りない主の言葉が、奇妙な自信を伴って聞こえた。

「紅花さまは知らなくても、周りが画策した可能性はありますの」

小夏が真面目な声で指摘すると、來梨は初めてその可能性に気づいたというように、はっとした表情を浮かべる。

「それは、考えていなかったわ。私が確かめたのは、あくまで紅花さまが知っていたかどうか、それだけよ」

「孔雀宮の侍女たちが、紅花さまに秘密裏になにかを行うとは思えない。でも、紅花さまに百花皇妃になって欲しいと望んだ勢力が、先帝陵襲撃の事件を引き起こした可能性はあります」

明羽はそう答えながら、思考を巡らせる。紅花の剣の実力を知り、『九蛇楽団』のような華信国の暗部と繋がっている勢力となれば、自然と絞り込まれる。

紅花の生家である炎(えん)家、あるいは他の南虎州の郡主たちといったところだろう。

「紅花さまご自身が知らなくても、南虎州が裏で糸を引いていたというだけでも大変なことです。紅花さまが罪科に問われるのはもちろんのこと、南虎州が事実を認めて制裁を受け容れなければ、戦争になるかもしれません」

乾武(かんぶ)帝の南方遠征により、南虎州が華信国に併合されたのはわずか六十年前。未だ数多の火種が燻(くすぶ)っている。

紅花は以前、芙蓉宮の三人の前で、百花皇妃になる目的を復讐だと語っていた。皇家に南戎族が入ることが六十年前の屈辱を晴らすことになる。その考えこそが、南虎州と華信国の関係を象徴していた。

「でも、紅花さまは、今日の私の話を聞いて色々と気づかれたはずよ。あの方なら、きっと大丈夫です。うまく対処してくださるわ」

來梨は侍女たちの不安を他所(よそ)に、天気占いを信じて、明日は晴れるわ、と口にするような気軽さで告げる。

けれど、なんの根拠もないその言葉は、不思議な説得力を持って明羽の耳に響いた。

◇◆◇◆◇

夜が更けるとともに、空に立ち込める雲は勢いを増した。

分厚い雲が月明かりを阻み、地上を影で覆い尽くす。

夜闇に紛れるようにして、孔雀宮に美しい姫が緑衣の衛士を伴って訪れた。舎殿の主に目通りした女は、その容姿を見た者が想像するよりも低い声を吐いた。

「よい夜ですね。月が出ている夜も好きですが、闇夜はもっと好きです。闇は、色々なことを許してくれる」

「……やっと来たか。おせぇぞ」

紅花は、相手の口上を無視して、短く吐き捨てた。

やってきたのは、妹である黛花(たいか)公主の名を借りて女装した相伊だった。

庭園が見渡せる客庁には、手を伸ばせば届きそうな手狭な机を挟み、赤塗りの椅子が並んでいた。将軍麗人は、妃嬪にも劣らぬ美しさで微笑みながら紅花の向かいに座る。

「変装には本物の貴妃さまが着飾る以上に身支度が必要ですので、参上が遅くなったことはご容赦(ようしゃ)ください。それにしても、お姉さまは今日も変わらずお美しい。虎の守護と炎の加護を一心に背負うあなたの前では、今を盛りと咲き誇る牡丹も恥ずかしくて花を閉じることでしょう」

「余計なことは囀(さえず)るな。お前に聞きたいことがあって呼んだんだ」

紅花は、深紅の瞳で義弟を睨みつける。

炎のような覇気が向けられるが、相伊は軽く肩を竦めただけだった。

「それはそうと、先帝祭礼ではご活躍だったようですね。まさに、百花輪の貴妃すべての命を救った英雄女傑と誰もが噂しております。百花輪の貴妃たちはすべて、命の恩人たるあなたに獣服すべきだと言う者も数多くいますよ」

相伊が祝福するように微笑みかけると、花弁が舞い散るように周囲が華やぐ。その雰囲気に、紅花の背後に控えていた侍女の一人、朱波は思わず顔を赤らめる。

だが、その花弁は、孔雀妃の近くに舞い落ちると同時に炎に包まれた。

「聞きたかったのは、そのことだ。お前、先帝祭礼の前に、威那国の残党が永京に潜り込み、先帝祭礼で貴妃の命を狙うかもしれねぇという噂がある、そう言ったな。その情報は、いったいどこから入手した？」

「私も軍人といえど、領地を預かる郡主の端くれ。中央から遠く離れていても諜報は怠っておりません。あらゆる所に私の耳がおり目がいます」

「お前の目と耳は、刑門部どもよりよく見聞きができるのかよ」

威那国の兵士が帝都に侵入していたという噂は、事件が起きるまで相伊の口からしか聞かなかった。宮城の重臣たちや刑門部たちも事前には摑んでおらず、つい先日まで国境で戦をしていた相伊だけがそれを知っているのは、考えれば奇妙なことだった。

「なにを、そんなに怒っていらっしゃるのですか？」

「正直に答えろ。先帝祭礼であたしたちを襲ったのは、威那国の残党なんかじゃなく、お前の差し金だったのか？」

「その噂は、私も耳にしましたよ。襲撃事件は、孔雀宮の自作自演だったのではないか、というやつですね。あなたの評判を妬んだ貴妃の誰かが流したものでしょう。気に留める価値すらない」

相伊の言う通り、後宮には噂がつきものだった。そして、女官たちの口から発せられる流言飛語の多くは、それを操る何者かへ糸が繋がっている。

だが、紅花には、それをただの噂だと聞き流せない理由があった。

「今日、芙蓉妃がわざわざその噂を伝えに来た。あいつが、ただの噂を教えに来るとは思えねぇ。芙蓉宮には例の侍女がいる、なにか口に出せないことを掴んでいるのかもしれねぇ」

「買いかぶりすぎです。たかが侍女でしょう」

紅花は立ち上がると、壁際へと歩き出す。そこには、一本の剣が立てかけられていた。

剣の鞘には炎が、柄に虎の絵柄が彫り込まれている。宝剣のように美しい装飾だが、握り込まれた柄は武器としての実用性の高さも窺わせた。

それは、紅花が遠征の時に肌身離さず携帯していた剣であり、先帝祭礼で三人の襲撃者を斬り伏せた凶器だった。

剣を机に置くと、最後通告のような声音で告げる。

「覚えているか？　あたしたちが義姉弟の契りを結んだ時の約束を。お前は軍に進み将軍を、あたしは後宮で皇后を目指す。互いの道を支え合う。そして、互いに偽りは口にしない」

相伊は、視線を背後に控える衛士に向ける。

衛士の腰に巻いた石帯には目立たぬように二本の剣が下げられていた。衛士の恰好をしているが、相伊の忠臣の一人であり、携える剣は自らの物と仕える主の物だった。

相伊の剣は、紅花が机に置いた剣とまったく同じ装飾だった。南虎州において同じ装飾の武器を持つことは、互いに信を置き認め合うことを意味している。それはかつて、義姉弟の契りの証として、紅花が炎家お抱えの名工に打たせたもので、この世に二振りしかない名刀だった。

相伊が皇帝から剣を賜ってなお、炎家の剣を携帯しているのは、義姉弟の誓いを重んじているから――少なくとも、紅花にはそう映っていた。

「……参りましたね。それを言い出されると、私も辛い」

将軍麗人は笑みを消し、真っすぐに義姉を見つめて続けた。

「それでは、正直に打ち明けます。あなたの言う通りですよ。今回の襲撃事件の黒幕は、威那国の過激派なんかじゃない。私が炎家に依頼して、炎家より傭兵を手配してもらった。『九蛇楽団』という名を聞いたことは？　傭兵の派遣から暗殺まで、金さえ払えばなんでもやる組織です。彼らを使ってね」

　客庁が静寂に包まれる。

　それは、これまで孔雀宮で交わされたどんな密談よりも危険な告白だった。

　紅花の背後に控える朱波が目を見開く。梨円は、主と同じくその言葉を予見していたようだが、それでも赤い瞳に動揺を浮かべていた。

　重たい沈黙を焼き払うように、紅花が口を開く。

「炎家に依頼した、と言ったな。親父が、それを受けたのか？」

「まさか。炎家の当主は豪放磊落にして聡明な方だ、こんな謀略に耳を貸したりしない。私が依頼をしたのは、分家の角斗さまですよ。あなたのために秘密裏に力を貸してくれと言うと、喜んで手を貸してくださいました」

「あの、馬鹿叔父か。くそっ、くだらねぇ話にのせられやがって。なんでそんな汚い真似をした」

　紅花は、炎家の末席に名を連ねる親戚の顔を思い出して、顔を歪めた。角斗は、思慮が浅い上に身の丈に合わない名誉欲を持つ男だった。相伊に唆され、炎家のため南虎のためという麗句に踊らされ、自分がなにをしているかもわからずに言われるまま準備を整えたのだろう。

「いったいなんのために、そんなことを謀った。他の貴妃か、皇太后か、誰に唆されたっ！」

「私の意思ですよ。お姉さまの役に立ちたかった」

相伊は伏せるような流し目を、机に置かれた剣に向ける。

女官たちが見たなら嬌声を上げそうな色気のある視線だが、紅花の纏う炎がそれを焼き尽くす。

「あのままでは、あなたは百花輪の貴妃から脱落していた。あなたも、全てを覆す強力な一手を望んでいた。だから、私が力を貸したのです」

「ふざけんなっ。てめぇ、なにをやったかわかってんのか。これは、皇帝への反逆だ。炎家に連なる者が陰で糸を引いていたことが明るみに出れば、百花輪の儀どころじゃねぇ。炎家は取り潰しを命じられ、そして、南虎州はそれを受け容れない。ただでさえ爆発寸前の火種があちこちに燻ってるんだ。下手をすりゃぁ、華信国と南虎の戦争の引き金になる」

「もちろんわかっていますよ。ですが、危険を冒さなければ百花皇妃にはなれない。あなたは奸計を嫌う上に、人を謀るのが下手だ。だから私が、帝都に入る前から秘密裏に進めていたのです。まったく、芙蓉妃も余計な真似をしてくれる。気づかなければ、あなたはなんの後ろめたさも感じることなく百花皇妃になれたのに」

紅花はゆっくりと手を伸ばし、机にある、南虎の象徴たる虎が描かれた剣を掴む。天帝が仮の姿として求めた獣は、真っすぐに赤毛の貴妃を見つめていた。

「お前は、やっちゃあならねぇことをした。お前を斬り、その首を皇帝に差し出す。全てを話して謝罪する。今ならまだ、間に合うかもしれねぇ」

孔雀妃は剣を鞘から引き抜くと、煌めく刃を向かいに座る男に向けた。

「私を、殺すのですか？」

「そう聞こえなかったか？」

相伊の背後に控えていた忠臣が、自らも剣を抜き放つ。

「紅花さま、剣を引かれよ。相伊さまはあなたの義弟といえど、継承権を持つ皇家の一員です。剣を向けるなど許されることではない」

「どけ、下郎。お前ごときの出る幕じゃねぇ」

孔雀妃の声に、緑衣の男は怯む。

この男も、相伊の家臣として数多の戦場を生き抜いた者だったが、紅花の覇気は歴戦の兵（つわもの）を飲み込むほどに激しかった。

「下がれ――義姉弟の会話に割り込むな」

主に言われ、男は静かに剣を引く。相伊は向けられた切っ先を見つめながら、怯え一つ見せずに続けた。

「お姉さま、この程度のことで、百花皇妃になる夢をお捨てになるつもりですか？　ばれなければ、あなたは皇后になれるのに」

「この程度のこと、だと」

「ここで私を斬れば、あなたの野望も終わりです。あなたがかつて私に語った夢――南戎族の復讐、いえ、正しくは、完全な併合と言った方がよいでしょう。皇家に入ることで、真の意味で国を一つにする。私はその理想に共感し、ここにいるのですよ。望まぬ手段であっても、今回の事件で理想はすぐ手の届く場所まで近づいたのです」

紅花は、切っ先を向けたまま、義弟を睨み続けた。

焼けるような沈黙の後、剣を下げる。

相伊の言葉に納得したわけではなかったが、損得を積み重ねれば、それがもっとも合理的な判断ではあった。

「さっさと、消えろ。二度と姿を見せるな」

「ご命令のままに。元より、あと数日で帝都を離れる身です」

相伊は深く頭を下げて拱手すると、

「お姉さま――皇后におなりくださいませ」

そう告げてから、花の残り香とともに去っていった。

紅花は、抜き身で握り締めていた剣を鞘に納めると、体を投げ出すように荒々しく席につく。

相伊が去り際に残した言葉が、頭を過ぎる。

紅花はこれまで、自らが百花皇妃になる目的を、かつて戦に敗れ華信国へ併合させられた南戎族の復讐だと語っていた。だが、復讐とは報復を意味していたわけではない。紅花は、今の一領四州の形が、華信の歴史の中でもっとも安定し平和を維持することができると悟っていた。

だが、南虎の民は屈辱を胸に抱え、反抗の野心を腹に抱えている。国が一つになっても未だに多くの火種が燻っている。

その屈辱を晴らし、誇りを取り戻し、華信国の中での南虎の地位を確立し、真に国を一つにする。それこそが紅花の描いた復讐だった。その第一歩が、皇后になることであった。

「……紅花さま。いかがしましょう」

地獄を覗いたような震える声で、朱波が声をかける。

孔雀宮の主は、不安そうに立っている二人の侍女を見渡すと、唇を持ち上げるようにして豪快に笑ってみせた。

「梨円、覚えているか？　お前があたしの側仕えになった二年前、共に親父に練兵所に放り込まれた。屈強な炎家の精兵に交じって、鍛錬させられたな」

「はい、覚えています。とても辛い日々でした」

「あれに比べたら、後宮暮らしなんて生温くて欠伸が出るだろう」

紅花の言葉に、梨円は小さく頷く。不安そうに揺れていた小柄な侍女の目に、わずかな感傷と共に青白い火が灯る。

「朱波、お前は、あたしに仕えて何年になる？」

「七年です、紅花さま」

「そうか。あたしが、街道に出てくる人食い虎を狩りにいったのに同行したよな。たしか、優仙も一緒だったか。虎に出くわした時と今と、どっちが窮地に見える？」

「あの時ほど命の危険を感じることは、私の人生で、金輪際ありませんよ」

当時を思い出したのか、朱波の声にも余裕が戻る。いつもの、強気で小生意気な笑みを浮かべてみせた。

「あたしは、こんなことで終わらねぇ。これくらいのこと、飲み込んでみせるさ」

孔雀妃はそう言うと、拳を握り締めた。

心の中に浮かぶのは、幼いころより胸に刻まれた南虎の州訓だった。

〝万物すべからく炎の供物なり〟

紅花が背負う炎の向こうには、幾千万もの南虎の民の未来がかかっている。

深紅の瞳には、この窮地をどのように切り抜けるか、死地にてさらに力を研ぎ澄ます猛将のような気迫が宿っていた。

◇◆◇◆◇

明羽が饅頭を握り締めて竹寂園に向かうと、先客がいた。

昨夜のうちに膨れ上がった雲はさらに厚みを増しながら留まり続け、灰色の帳(とばり)を下ろしたように世界を暗く染めていた。

いつもなら昼餉時になると軽い足取りで、竹寂園に向かう。けれど、今日は天気のせいか——あるいは、李鷗と言い争いになり気まずくなってしまったからか、どうにも足取りが重かった。

そして、庭園の亭子に座っている李鷗の姿を見つけると、足は鉛のようになる。

「こんなところで、なにをされているのですか?」

明羽が歩み寄ると、仮面の三品と呼ばれる男は、後宮で見かけた時と同じ冷たい目で見上げてきた。

いつもなら、明羽が饅頭を食べ終わり、白眉と話をしながら型の練習をしているころにひょっこり現れる。先に待っているなどということは、初めてだった。

「決まっている。お前に話があった」

明羽はおざなりに一揖してから、少し間隔を開けて隣に座る。

「昨日、孔雀妃のところに行ったそうだな。いったい、なにを聞いた?」

李鷗の声には、いつもの皮肉っぽい含みはなかった。

明羽には、わざとそうやって接しているのが、手に取るように伝わってくる。

「饅頭、食べながら話してもいいですか? 昼休憩は限られているので」

「相変わらず無礼なやつだ。好きにしろ」

明羽は気まずさをぶつけるように、大きな口を開けて饅頭を頬張る。ゆっくり咀嚼して飲み込んでから、答える。

「來梨さまは、先帝祭礼での事件がきっかけで、紅花さまと仲よくなられました。それで、お話をしに出かけただけです」

「孔雀宮にいた女官たちから、和やかに話をしていたわけではないことは聞いている」

「知ってるなら先におっしゃってください。気になることがありまして、それを來梨さまにお話ししたら直接聞きにいくのが手っ取り早いと言われたので」

「気になることとは、なんだ。回りくどい言い方をするな」

「……私が調べると言った、先帝祭礼での襲撃者の正体についてです。まだ確証を摑めてはいませんが、それでも見返りをいただけますか?」

李鷗は冷たい目で、明羽を見据える。

そこに、いつも明羽が感じる天藍石の輝きはなかった。冷たさの奥に映っているのは、焦りと不安だった。

明羽は、自分の知らないところで事態が急変し、そのために李鷗が待っていたことにようやく気づいた。

「わかった、話せ」

何が起きたのか話を聞くにしても、まずは明羽の情報を明かすのが先だろう。そう判断し、明羽は残りの饅頭を素早く口に押し込んでから、昨日までにわかったことを告げた。

襲撃者の首筋には蝶の痣があり、それは蝶痕薬という薬を使った痕跡の可能性が高いこと。そして、蝶痕薬は『九蛇楽団』が末端の構成員を管理するために使っており、襲撃者も『九蛇楽団』であったと推測されること。雇い主は今回の先帝陵での襲撃事件で益を得た者の誰かであり、來梨は孔雀宮に疑いがかかるのを気にして孔雀宮へ向かったこと。

話を聞き終えた李鷗は、冷たい目をわずかに揺らして呟いた。

「……そうか。來梨さまの見立てでは、孔雀妃はなにも知らないか」

「もちろん、紅花さまがご存じではなかっただけで、他の者が絵を描いていたということは考えられます。たとえば、生家である炎家や南虎州の郡主などです」

「蝶痕薬については、先日、お前に痣のことを言われたのが引っかかってな、俺も調べていた。確かに、独自の調合で製作したものを『九蛇楽団』が利用しているのは事実のようだ」

「すでにお調べでしたか。それでは、見返りはいただけませんね。ここで私を待ってまで経過を聞きに来たということは、なにか、調査に進展がございましたか？」

李鷗は、眉間の皺を深くして、分厚い雲に覆われた空に視線を向ける。

「昨夜、先帝陵駐屯軍の兵士の中から、貴妃襲撃に関わった内通者が捕まった。全部で二名、襲撃者を先帝陵内部へ侵入する手引きをしたとのことだ。刑門部の取り調べの中で、自白したらしい」

それは、ここ数日、なにも新たな情報がなかった中で、唐突と思えるほどの大きな進展だった。

「その内通者が言うには、襲撃者は威那国ではなく、南虎州の炎家により雇われた傭兵だったと証言したというのだ。報酬は金ではなく、孔雀宮に出入りしている商人を通じて、孔雀宮から阿片を受け取る手筈(てはず)になっていたとも話している」

「報酬が阿片ですか？」

思い出すのは、以前に雷鳥宮で見つけた茶褐色の粉だった。結局、あの阿片がどこに消えたのかは闇に葬られたままだ。

「禁制の品などもらっても、旨味のある話には聞こえませんが」

「確かにな。だが、金に換える術を知っていれば、金よりも軽く持ち運びやすい。全くありえない話ではない。受け取ってすぐに、帝都から逃げるつもりだったそうだ。それを受けて、刑門部の者たちから依頼を受けた宦官どもが孔雀宮を訪宮し、舎殿を調べることになった。今ごろ、孔雀宮に着いていることだろう」

「そう、ですか。私に話を聞きに来たということは、李鷗さまも、孔雀宮の関与を疑っていらっしゃるのですね？」

「……今になって、先帝陵駐屯軍の兵士が急に自白したのが引っかかってな。どうにも信用できない。刑門部が、我ら秩宗部ではなく、内侍部に話を持っていったのも気になる。何者かが裏で糸を引いている、そんな気がしてならない」

明羽は、やっと李鷗の意図がわかった。昨日、來梨が孔雀宮を訪れたのを聞いて、関与をはっきりさせる情報を得たのではないかと考えた。そのために、調査は不要と告げたにもかかわらず、話を聞きに来たのだ。

李鷗が疑いたくなるのもわかった。

刑門部が貴妃の舎殿を調査するとなると、さすがに目立つ。今回の件が孔雀宮の自作自演だという噂が広まるだろう。そうなれば、せっかく持ち直した評判も地に落ちるのは明白だった。何者かが裏で糸を引いている、そう考えるのも無理はない。

「まぁ、孔雀宮の関与については、今日の調べが終わればはっきりするだろう。おそらく、なにも見つかるまい」

「そう、ですね」

明羽がそう呟いた、直後だった。

竹の葉を踏みしめて、走ってくる音が響く。

「明羽っ、大変だべっ！」

飛び込んできたのは、小夏だった。よほど焦っていたのか、叫び声は故郷の訛りに戻っている。

小夏はすぐに、明羽の隣に座っている三品位に気づいた。息を切らせながら片膝を突き、拱手をする。

「なにか大事のようだな。俺のことはいい、話せ」

「どうしたの、小夏？」

明羽が尋ねると、小夏はわずかに緊張した声で告げた。

「孔雀宮が大変なことになっていますの」

直後、後宮中に、緊急事態を告げる銅鑼の音が響き渡った。

◇◆◇◆◇

その日、目覚めてからずっと、紅花は剣の手入れをしていた。

刃を研ぎ澄ませることで、自らの心を研いでいくかのようだった。

窓から差し込む光は分厚い雲に覆われて鈍いが、それでも、丁寧に磨かれた刃は鋭い光を放っていた。

騒々しい足音が響き、朱波が駆け込んでくる。

紅花は足音だけで、侍女の一人・朱波だと判断する。今、孔雀宮で仕えている二人の侍女は、いずれも何年も自分に仕えてくれた信頼のおける者だが、その性格は正反対といってよかった。

「紅花さま、大変です。先帝陵で侵入者を招き入れた兵士が捕まったって、それが炎家と孔雀宮からの依頼だと証言していて、宦官たちがここを調べに来るって！」

女官たちから噂を耳にした朱波が、駆け込むと同時に声を上げる。

「相変わらずそそっかしいやつだ。落ち着いてから喋れ」

朱波は胸に手を当てると、呼吸を整えてから、先帝陵駐屯軍で内通者が捕らえられたことを報告する。

それを聞いても、紅花は顔色一つ変えなかった。孔雀宮にとっては喉元に刃を突き付けられたような事態だが、それはすでに想定していた状況の一つだった。

「へぇ。ずいぶん早いじゃねぇか」

紅花はそう言うと、剣を鞘に納めて立ち上がる。

「慌てることはねぇ、すべて昨日話した通りだ。女官たちはすぐに飛燕宮に帰させろ。内侍部どもが来たら丁寧に応対しろ。この宮には、見られて困る物はねぇ、埃一つ出やしねぇさ」

これからの方針と、孔雀宮へ降りかかるであろう火の粉を払う方法を、紅花は昨夜のうちに考え抜いていた。

結論はこのまま相伊の企みを隠し、利用すること。謀略奸計を好まない紅花には受け容れ難い選択だったが、明るみに出れば南虎州と一領三州との関係は最悪になる。下手をすれば、国内に戦禍が巻き起こる。それだけは、絶対に避けなければならない。

義弟は昔から悪だくみにかけては天才だった。相伊の企みが功を奏し、真実が白日の下にさらされることなく百花皇妃の座を摑めるかもしれない。だが、そんな幸運に賭けるつもりはなかった。

刑門部は威信をかけて調査を行っている。他の貴妃たちも孔雀宮を引きずり落とす算段を練っている。どこで襤褸が出るかわかったものではない。

外でどのような証拠が見つけられたとしても、孔雀妃も南虎も炎家も、今回の襲撃事件とは関わりがないとして、それを貫き通すための算段をつけていた。

宦官が孔雀宮を調べに来るのも、すべて想定のうちだ。

「では、すべて計画の通りに」

朱波はそう言うと、来た時と同じく騒々しい足音で部屋を出ていく。まずは女官たちを舎殿から出し、余計な噂が立つのを防ぐ。

そこで、足音もなく もう一人の侍女が近づいてくる。

「よぉ。梨円、聞いたか？　宦官どもが来るそうだ。なにも見つけられずにすごすご帰っていくことになるだろうけどなぁ」

紅花は、瞳に戦の前にも似た炎を宿して振り向く。

だが、深紅の瞳が侍女の姿を捉えた途端、違和感を察して眇められた。

「おい、なにがあった」

「紅花さま、見ていただきたいものがあります」

梨円のいつもの淡々とした声には、焦りが混じっていた。

侍女に案内され、紅花は舎殿の奥に向かう。

そこは、倉庫として使われている部屋だった。

後宮入りの際に持ってきたものの使われなかった武器や調度品、交渉事に使うために取り寄せた南虎の物産や宝物などが保管されている。

「こちらの、先日、炎家から届いた果実酒なのですが」

梨円は、部屋の中央に並ぶ、届いたばかりの酒樽を示す。

南虎の果実酒は帝都でも評判であり、紅花は親交のある貴族や官吏への贈答品として活用していた。酒が目当てで支援を申し入れてくる者もいるほどだ。

梨円がそのうちの一つに歩み寄り、上蓋を外す。

樽の中には、赤黒い葡萄酒ではなく、薬包紙に包まれた薬がいっぱいに詰まっていた。

「……なんで、こんなもんがここにある」

紅花が一番上の包みを開くと、茶褐色の粉末があった。指先で摘(つま)んで擦(こす)り合わせてから、指に残った臭いを確かめる。

阿片だった。

炎家から届いたときには、一つ残らず中身を確認しているはずだ。孔雀宮に運び込まれた後で、何者かによって中身を入れ替えられたとしか考えられない。

量や時期からいって、ここにある阿片はおそらく、雷鳥宮から消えた物に間違いなかった。

「やって、くれるじゃねぇか」

紅花は、怒りを押し殺した声で呟く。

「さすがにこいつは、想定してなかったな。まんまと嵌められた。くそっ、いったいどこのどいつだ」

他宮の貴妃や南虎州を快く思わない勢力が罠を仕掛けてくるのは予期していた。十分に思案し、対策も考えたはずだった。

だが、この倉庫に運び込まれていた阿片は、計画のすべてを狂わせた。

「今は、誰が仕組んだかを考えている場合じゃありません。すぐに、なんとかしなければ。もうすぐ宦官たちが調査にやってきます。皇帝陛下の命であれば、調査を断ることはできません」

梨円の声は、不安を滲ませてはいたが落ち着いていた。知らせに来るまでの短い時間で、頭を整理したのだろう。

「あぁ、そうだな。こいつが見つかったら、孔雀宮は終わりだ」

「阿片は燃やすと臭いが出ます、どこかに隠すしかありません」

「この量をどこに隠すってんだ。それに、隠して見つかったら、もう言い訳はできねぇ」

「ならば、先にこちらから真実を話し、何者かの策略で倉庫に運び込まれていたことを伝えましょう」

「無駄だ。阿片は、いかなる理由があろうと、それを持っているだけで罪科に問われる」

　孔雀宮の侍女であった優仙は、騙されて渡されただけで後宮を追放された。貴妃だからといって特例は許されない。

「それにだ、この状況で誰がそれを信じる？　後宮にはあたしを追い落とそうとするやつらばかりだ。何者かの策略だったことを証明することさえ至難だぜ」

　先帝陵駐屯軍で捕まった内通者は、わざわざ孔雀宮から報酬に阿片を受け取るはずだったと証言している。そう簡単には覆すことができないほど外堀は埋められていた。

「孔雀宮とは関わりがない、この阿片は何者かの罠だと言っても、炎家が襲撃事件に関わったことは真実だ。孔雀宮が盾にならなければ、追及は生家に及ぶ。あの詰めが甘い角斗のことだ、真相は必ず明るみに出る。他の一領三州は揃って炎家を責め立てる。南虎にはもう今以上の屈辱に耐える胆力はねぇ。待っているのは、六十年前の戦のやり直しだ」

　後宮に来てからというもの、毎日のように、皇領の貴族たちの間に南虎への差別意識が根強く残っているのを感じていた。後先考えず、どこまで燃え広がるかも予見せずに火種を投げる輩（やから）が多くいるのも知っている。

　梨円は、紅花のすぐ隣で片膝をつき、深い礼を込めた拱手を行う。

「それでも、先にすべての真実を話せば、紅花さまのお命は救われるでしょう。百花輪の貴妃から外れ冷宮に送られることになっても、私は――あなたに生きて欲しい」

それは、誇り高い貴妃には受け容れ難いことだった。

梨円にもわかっているだろう。だが、それでも口にしているのが、紅花にも十分すぎるほど伝わった。

「国が燃えるのを眺めながら、冷宮でなにもできずにそれを見つめることなんて、できるわけねぇだろ」

「わかっています。けれどっ」

「あたしは、憎悪を止めたかった。この身を皇帝に捧げることで、華信国と南虎州を一つにしたかった。くそっ、それなのに、これじゃ真逆じゃねぇか」

紅花は、握り締めた拳を、近くの柱に叩きつけた。

後宮入りしてから、鍛錬は続けても体に傷をつけぬよう気遣っていた。いずれやってくる皇帝の夜渡りのためにすべてを準備してきた、はずだった。

力任せに叩きつけられた拳から、皮膚が破れ、赤い血が滴り落ちる。

「一つだけ、国を焼かずに済む方法がある」

拳の痛みを感じながら、紅花は底冷えのする声で告げた。

「この孔雀宮がすべてを背負えば、もはや刑門部も他の貴妃も、なにも言わねぇだろう。強い火焔はもう水では消せねぇ。より強い炎で、それより先に広がらぬように焼き尽くす」

怒りを押し込め、紅花は赤い唇を持ち上げて笑った。

「どの貴妃がこの絵を描いたのかは知らねぇが、そいつに見せてやろう。戦には敗れはしたが、孔雀妃の生き様ってやつをな」

梨円に、紅花が考えていることが伝わる。

これまで孔雀妃に仕えてから、滅多なことでは感情を表に出すことのなかった侍女は、幼子のように叫ぶ。

「紅花さま、嫌ですっ。それは嫌ですっ」

その叫びは、心の奥に生まれた言葉がそのまま転がり出てきたかのようだった。

紅花は、これまで数多の試練を共に越えてきた仲間を振り向いて告げる。

「梨円、お前に二つ、頼みがある」

「嫌です、聞きませんっ」

「朱波をうまいこと言って孔雀宮から外に連れ出してくれ。あいつは馬鹿だから、このことを知ったら、あたしと一緒にいるとか言い出すだろう」

紅花は、この場にはいない、猫を思わせるもう一人の侍女の顔を思い浮かべながら告げる。

「それからもう一つ、あたしが選んだ弓を芙蓉宮に届けてくれ。あいつには重いかもしれねぇが、きっといつか、使いこなせるだろう」

梨円の目から、涙が零れ落ちる。

さっきまで幼子のように喚いていた言葉を止め、真っすぐに主を見つめた。

「……他に、道はないのですか？」

「今まで仕えてくれたこと、感謝する。それから――あたしのためにも生きのびろ」

答えの代わりに、紅花は、これまで一度も告げたことのない礼を口にした。

その言葉に、梨円は目を見開き、さらに大粒の涙を流す。

「早くいけ、時間がねぇ」

それは孔雀宮の主からの、最後の命令だった。

梨円は涙を拭うと、無言で背を向ける。そして、叫び出したいのを堪えるように、いつもとはまるで違う騒々しい足音を立てて走っていった。

足音が遠ざかるのを聞いてから、紅花は、それまで感情を抑えていた枷を外す。

深紅の瞳に怒りを滾らせ、燃え立つ心のままに叫び声を上げた。

「くそがっ。この、あたしが……こんなところで、くそがぁ！」

怨嗟と屈辱が混ざり合った、火焔のように激しい叫び。

それは、かつて天帝がその身を借りたという虎の咆哮に似ていた。

後宮に緊急を告げる銅鑼の音が鳴り響く。

なにが起きているかは、孔雀宮に辿り着く前にわかっていた。おそらく、後宮のどこにいたとしても、この銅鑼の意味を理解できるだろう。

曇天の空に火柱が赤く立ち上っている。黒煙はさらに広がり宮城の空を覆い尽くすようだった。

◇◆◇◆◇

明羽と李鷗が駆けつけた時には、舎殿は炎に包まれていた。

ありったけの油を撒いて火をかけたような、すでに人が近づくことを許さない業火だった。遠巻きに見ているだけで肌が焼けるように熱く、呼気が苦しくなる。

燃えるように鮮やかだった瑠璃瓦も深紅に塗り固められていた梁も、すべて炎に飲み込まれていた。柱という柱は立ち上る火焔の中で炭に変わり、今にも崩れ落ちそうな輪郭を火焔の中に見ることしかできない。

舎殿の周りには、おそらく孔雀宮を調査するために訪れたのだろう、大勢の宦官たちが立ちすくんでいた。火を消そうと栄花泉から水を汲んでは投げ入れる者もいるが、まるで効果はない。炎はすでに、人の力では収めることができないほどに猛っている。

幸いといえるのは、孔雀宮の周りには建物はなく、風もないため、周りに燃え移る心配がないことくらいだった。

宦官たちの他には、孔雀宮で働いていたであろう女官たちや駆けつけた衛士たちが居並んでいる。その中に、孔雀宮の侍女二人の姿を見つけることもできた。

「紅花さまっ！　放せっ、まだ、紅花さまが、あの中にっ！」

朱波が大声で叫んでいる。今にも炎の中に駆け戻ろうとするのを、梨円と近くにいた衛士が力ずくで押し留めていた。

「……どうして、こんなことに」

「おそらくは、孔雀宮の中に、何者にも見られてはならないなにかがあったのだろう。すべてを炎に帰しても隠さなければならない、なにかが」

明羽の呟きに、李鷗が答える。その声には、痛みが滲んでいた。

宮城の中で流れる血を一滴でも少なくしたい、それが秩宗尉の志だった。またしても血が流れようとしている。しかも、目の前で失われつつあるのは、貴妃の命だ。

「……なんてこと。紅花さまっ」

背後から声が聞こえる。

振り向くと、小夏と一緒にやってきた來梨が、震える瞳で、火柱に包まれる孔雀宮を見つめていた。

「せっかく、親しくなれたのに——なんで、こんなことに。どうか、天よ、どうか、お救いください」

　來梨は、必死で声を上げる。

けれど、その祈りが届くことがないであろうことは、誰の目にも明らかだった。

　馬の蹄（ひづめ）が響く。

　外廷の方角から駆けてきた白馬が、明羽たちの横を駆け抜け、孔雀宮の前に止まった。

突如現れた馬に人込みが割れる。それから一瞬の間を置いて、人込みはいっせいに片膝を突いた。

　そこに降り立ったのは、皇帝・兎閣だった。

政務の最中に急報を聞き、駆けつけたのだろう。少し遅れて、皇帝の近衛隊数名が、同じく馬を駆けさせ追いかけてくる。

　近衛隊は馬から飛び降りると、皇帝と火焔に包まれる孔雀宮の間に立ち塞がる。

「陛下、なりません。これ以上、近づいてはなりませんっ」

　近衛隊の兵士が大声で叫ぶ。

　それに対して答える皇帝の声は、いつもと変わらず訥々としていた。

「そこをどけ、どかねば斬る」

　皇帝は石帯から剣を外すと、躊躇いもなく抜き放った。武勲のない帝（みかど）として民に誹（そし）られているが、剣を扱う所作は堂に入っており、切っ先からは本当に斬り殺さんばかりの気迫が放たれる。

「兎閤さまっ！」

皇帝は、あろうことか、燃え盛る孔雀宮に足を踏み入れようとしているようだった。

來梨が名を叫びながら、明羽たちを追い抜いて駆け寄る。

皇帝のすぐ傍で片膝を突くと、普段の怠惰で臆病な貴妃からは想像もできない真剣な声で叫んだ。

「兎閤さま、どうか御身を大切になさってください。この炎の中に入るには余りにも——」

皇帝は、來梨を一瞥しただけで答えなかった。

切っ先を立ち塞がる部下に向けたまま、孔雀宮に歩み寄る。力ずくでも止めようと、近衛兵たちも剣に手を掛ける——その時だった。

「行かせてやれ。その男が死ぬことはない」

緊迫した場を支配するような、静謐とした声が響いた。

來梨とは反対側から、水晶妃・灰麗が、二人の侍女を引き連れて近づいてくる。

灰麗は、いつもと同じく白を基調とした長衣を纏っている。白絹は炎の色をよく映し、半身を橙に染めているかのようだった。だが、不思議と、水晶妃の周りだけは熱が届いていないように見える。

「その男には〝溥天の加護〟がある。特に今日は、溥天がよく見守ってくださっておるようじゃ。わしが天帝溥天の名の下に、皇帝陛下の身の安全を保証しよう」

水晶妃の声には、巫女が天からの託宣を告げるかのような神聖な響きがあった。

なに一つとして確かな証があったわけではないが、その声は、奇妙な説得力を持って場に響き、皇帝の前に立ち塞がっていた近衛隊の兵士たちが道を開ける。

「感謝する、灰麗」

皇帝は、視線を向けもせずに告げると、燃え盛る孔雀宮へと足を進めた。

そして、孔雀宮の周りに集まった人々は、奇跡を目にした。

皇帝・兎闇が近づくと、炎が道を開けたのだ。

見えない力が周囲を守っているかのように、兎闇の歩みに合わせて周囲の炎が広がり、爆ぜる火の粉一つさえ龍袍を焦がすことはなかった。

「……あれは、いったい」

驚愕する明羽に、幽鬼のような声が答える。

「あの男の持つ〝溥天の加護〟の力じゃ。歴代皇帝のうちの何人かに現れたといわれる力を、あやつも受け継いでおる」

噂は聞いたことがあった。名君と呼ばれた皇帝には〝溥天の加護〟が与えられる。戦場を歩けばあらゆる弓が軌道を逸らし、地崩れが起きれば岩は避けて降り注ぐ。

誰もが、皇帝の威光を高めるための御伽噺だと思っていた。

「本当にあるのですか？」

「この世には、溥天よりさまざまな力を与えられた者が存在する。わしの予見も、前に話した古き物の声を聞く巫女の力もそれの一つじゃ」

明羽は、自らの〝声詠み〟の力を思い出す。だが、皇帝の持つそれは遥かに特異なものに思えた。

「灰麗さま――紅花さまを、助ける術はもうないのでしょうか？」

來梨が、不安そうな声で水晶妃に問いかける。

それは、灰麗に話しかけているというより、かつて巫女であった彼女を通して溥天に縋るような口ぶりだった。

灰麗は薄く微笑むと、予知を見たような確かな声で告げた。

「救うことができるとすれば、あの男だけじゃ」

皇帝が孔雀宮に入ると、すぐに炎は勢いを取り戻し、門を閉ざした。

皇帝・兎閣の背中は、大勢の人々に見守られながら、燃え盛る舎殿の中へと消えていった。

◇◆◇◆◇

紅花は床に片膝を立てて座り、自らを包む炎を見ていた。

油を撒いて火をかけた、すでに舎殿全体を火焔が覆っている。幼い頃より、火は共にあった。炎の扱いは良く知っている。もう、この炎は全てを焼き尽くすまで消えることはない。誰一人、この中に踏み込むことはできない。

少し前までは、怨嗟や後悔が頭を巡っていた。

なにを間違ったのか。どうすればよかったのか。誰に嵌められたのか。

だが、次第にそれらは炎の熱に焼かれ、胸に浮かぶのは、ここに至るまでの日々となった。

炎家の娘として生まれ、誇り高く生きてきた。南虎を背負うため常に強くあろうとした。理想には届かなかったが、それでも生き様には悔いることは一つもない。

両親のこと、兄や妹たちのこと、傍で支えてくれた侍女たちの顔が頭を巡る。

周囲を囲む炎はさらに勢いを増す。まだ紅花のいる広間の中央までは火は届いていないが、押し寄せる熱は身を焼くようだった。

炎は全てを焼き尽くす。阿片のみを焼けば臭いが出るかもしれないが、この巨大な炎の中では誰もそんなものに気づけやしない。孔雀宮が失われれば、それ以上の炎家への追及はないだろう。罠も陰謀も真実も、自らの命さえも、全てを焼いて灰に帰す。

〝万物すべからく炎の供物なり〟

南虎の州訓そのままに、すべてを捧げるのだ。

空気が薄くなり、紅花の呼吸も荒くなっていく。視界もわずかにぼやけ始める。

息苦しさに喘ぎながら、ふと寂しさが胸を過ぎる。

戦いの末に炎に捲かれて死ぬのはいい。だが、広い舎殿の中で、たった一人、誰にも見とられずに逝くことに、微かな孤独を感じた。

その時だった。

目の前の燃え盛っていた炎が、急に左右に道を開ける。

炎の扉を潜るようにして、皇帝・兎閣が姿を見せた。

皇帝は、灼炎の中を、悠然とした足取りで近づいてくる。

服には焦げ目一つなく、顔には汗一つない。表情も普段とまるで変わらない、焦燥の欠片も感じさせないほど落ち着いていた。

「……どうやって……いや、なぜ、ここにいる?」

紅花は、肺に残っている空気をかき集めて問いかける。

返ってきた声は、炎に包まれた状況だというのに、訥々としたものだった。

「もし、勘違いしたのなら謝るが……私は、君を救いにきたわけではない」

そこで紅花は、皇帝・兎閣が、目には見えない奇妙な力で守られていることを知る。

すべてを飲み込む炎の中で、獣の王はただ一人、その支配から免れていた。

「おおよその事情は察している。この国のために、君は自らの命を犠牲にするつもりだったのだな」

兎閣は、目を見開く紅花の前に、片膝を突いてしゃがみ込む。

視線が重なる。

紅花は、今になって初めて、落ち着き払い、いつも朴訥としている皇帝の瞳に、力強い炎が隠されていることに気づく。外見には出さないが、苛烈で冷酷で情熱的な男なのだと知る。

「炎家は華信国の武の要（かなめ）、失うわけにはいかない。君の死で、今の不安定な関係は解消され、盟約はよりいっそう強固になるだろう。それはこの国にとって必要なことだ——だが、君は私の貴妃だ、勝手に死ぬことは許さない」

皇帝はそう言うと、腰に下げていた石帯より剣を抜き放つ。

「君の死は、私が背負うべきものだ」

紅花は、息苦しさに喘ぎながら、炎の中をやってきた夫にかける言葉を探す。

なんで一人でこんなところに入ってきた。自分の身を大切にしろ。これまで放ってといて、なにを勝手なことを言いやがる。

叫びたいことは色々あったが、すぐにどうでもいいことだと気づく。

胸の中に生まれた孤独は、いつの間にか消えていた。

「……あぁ、わかった」

孔雀妃は、たったそれだけを呟き、自らの運命を皇帝に任せた。

兎闇は頷くと、紅花に体を寄せる。

炎のような赤髪に包まれた頭に手を回し、自らの方に引き寄せる。

そして、唇を重ねた。

炎の熱が、爆ぜる火の粉が、二人を世界から切り離す。

兎闇はそっと唇を離すと、優しく呟いた。

「貴妃の中で、口づけを交わしたのは君が初めてだ」

紅花が、喘ぐように答える。

「あんたを、ちゃんと、抱いてみたかった」

それは初めて彼女が口にした、南虎のためでも炎家のためでもない、たった一人の女性としての言葉だった。

深紅の目に、ほんの一瞬、皇后となり兎闇の右腕となって、共に手を携え、たまには罵り合いながら、国の政を差配していく……もう訪れることのない未来が過ぎった。

天井が崩れ、火の粉と炎に包まれた木片が、二人の周囲に降り注ぐ。

兎闇は静かに剣を握り直すと、紅花の胸に深く突き刺した。

◇◆◇◆◇

星沙は、貴族たちから届いた書簡を読む手を止め、ふと顔を上げる。

黄金宮からも、孔雀宮を包む炎を見ることができた。

遠く離れていても、火柱が空に向かって立ち上り、黒煙が空を覆うのが見える。焼け落ちる舎殿が放つ熱気さえ伝わってくるようだった。

百花皇妃の座を賭けて競い合った貴妃の身を焼き滅ぼす炎であることは、すでに耳にしていた。

「だから、言ったのです――あなたは向いていないと」

黄金妃は掠（かす）れるように呟く。

宿敵ともいえる相手が消えたというのに、それはどこか、心無い持ち主によって台無しにされた芸術品を惜しむときの声に似ていた。

「ここでなければ、あなたは王にも英雄にもなれたでしょう。あなたは、後宮に来るべきではなかった」

それだけ呟くと、視線を手元に戻し、手にしていた書簡を読むのを再開する。

黄金の瞳には、うっすらと涙が滲んでいた。

◇◆◇◆◇

炎が大きく膨れ上がり、火に包まれた舎殿が大きく傾く。

最早、孔雀宮は原形を留めておらず、焼き崩れるのも時間の問題だった。

その時、かつて門扉があった辺りの炎が割れる。

中から出てきたのは、皇帝・兎闇だった。

鞘に納めた剣を右手にぶら下げ、悠然と花開く庭でも散策しているかのような足取りで歩み出てくる。その服には焦げ跡一つなく、その顔には煤（すす）一つついていない。

誰もが、皇帝の奇跡のような所業を呆然と見つめていた。

來梨は駆け出すと、すぐ傍に片膝を突く。

紅花のことを聞きたいのを、かろうじて堪える。ここにいないということは、そういうことなのだ。

「兎闇さま、よくぞご無事でお戻りくださいました」

代わりに、それだけを呟く。

皇帝は答えなかった。足を止めず、一瞥さえせずに通り過ぎる。

その身は、触れるものを凍てつかせる空気を纏っていた。

皇帝はそのまま近衛兵が手綱を握っていた白馬に跨ると、近衛兵を引き連れて駆け去っていく。

來梨はしばらくその背中を見守っていたが、背後から響いた轟音(ごうおん)に、再び孔雀宮を振り向いた。

舎殿が、南虎の州訓そのままに、主の命を炎に捧げるように崩れ落ちていた。

劈(つんざ)くような悲鳴が上がる。すぐ近くで、孔雀宮の侍女・朱波が紅花の名前を呼びながら膝を突く。

來梨の目にも、涙が伝う。

「……紅花さま、どうしてこのようなことに。私は、いったいなにをしていたの」

火焔に包まれるかつて舎殿であったものを見つめながら、來梨は呟く。

頬を伝う涙は留まることを知らず、後宮で初めて心を通わせた貴妃の死を前に、幼子のように泣き続けた。

◇◆◇◆◇

兎閣は、燃え盛る舎殿を背に駆けながら、紅花の死に際の表情を思い出していた。

馬の手綱を握る手を見る。煤一つついていないその手が、ほんの一瞬、血に染まって見えた。

この手は、これまで数多の死を与えてきた。律令の下での正しい死だけではない。国の安寧のため、謀略を巡らして数知れない命を奪った。

紅花の命を自らの剣で奪ったのは、罪科をこの身に刻むためだ。

百花輪は、華信の未来にとって必要な儀式だった。だが、そこに血が流れ、紅花が自らすべてを背負って命を燃やしたのは皇帝の力のなさゆえだ。

紅花を助けることはできたかもしれない。だが、彼女が生きれば、その先まで真相を手繰(たぐ)らなければならなくなる。そして、南虎とのあいだに戦が生まれる。貴妃の命一つで止められるのなら安いものだ。そういった打算の下に命を奪ったことは、誰よりも兎閣自身が良く知っていた。

ふと、舎殿から出てきたとき、駆けつけてきた來梨の姿を思い出す。

俺は……あいつの顔を見ることができなかった。

かつて、北狼州で共に穢れのない日々を過ごした娘は、美しい貴妃となり、今になって目の前に現れた。

遠い日の懐かしさに酔い、屈託のない明るさに惹かれ、彼女との逢瀬を楽しみにしていた。そんな昨日までの自分が、罪深く狡く愚かであったと痛感する。

やはり、俺は君の隣にいることはできない。君は美しい思い出のままだ。だが、俺は違う、もうあの頃の俺ではない。

俺は、もうなにも望まぬ。

この心は華信のもの。魂も情熱も感傷も欲情も、すべてこの国のために使うのだ。

そうでなければ、この手で殺してきた者たちに、紅花に、顔向けができない。

その日の夜、皇帝・兎闇は初めて百花輪の貴妃への夜の渡りを行った。

向かった先は、翡翠宮だった。

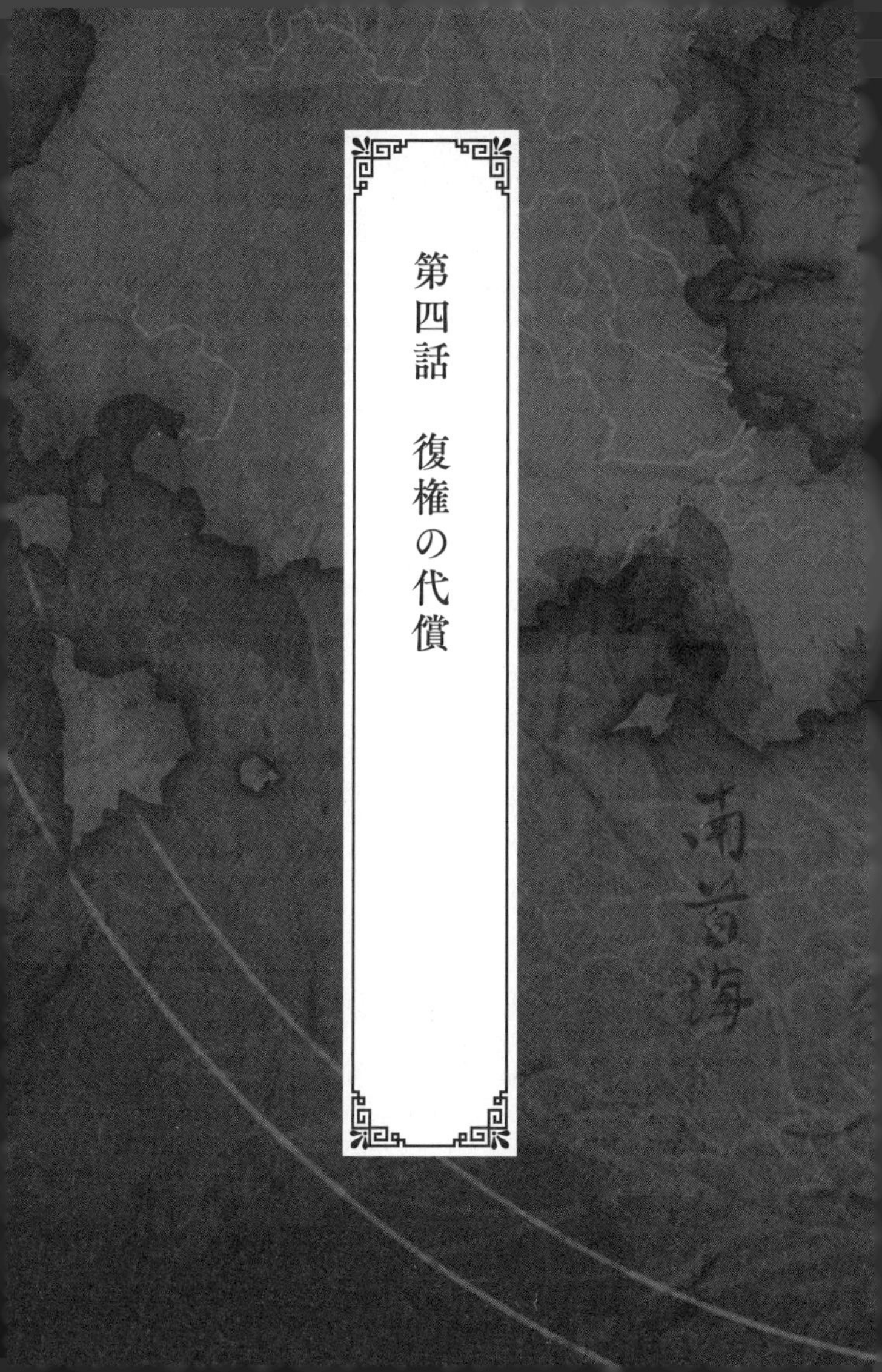

第四話　復権の代償

孔雀宮が炎に包まれた翌日、百花輪の貴妃の死を悼むように、後宮には冷たい雨が降っていた。

雨音が辺りを包み込み、余計な雑音をかき消す。瑠璃瓦から絶えず落ちてくる雫が、庭園との間に透明な幕を作る。

來梨は、音と景色が遮られ、雨によって切り取られた世界にただ一人いるかのように、ぼんやりと考え事を続けていた。

丸一日経っても、体は炎にあてられた熱を覚えている。

舎殿に戻ってから部屋に引き籠って、一晩に渡って泣き続けた。初めて、心を通わせられたと感じた貴妃だった。百花輪に希望を感じることができた。

それが、唐突に炎に包まれて消えてしまった。

私は……なにを見てきたのだろう。

あの方なら大丈夫だなどと、能天気になにを笑っていたのだろう。

紅花さまのためにできたことは、なにかなかったのだろうか。あの方の運命を変える方法は、なかったのだろうか。

一晩中、問い続けたが答えは見つからない。ただ、胸が炎に炙られるように痛むだけだ。

「紅花さま……もう一度、あなたとお話がしたかった。いえ、これからも、何度もお会いして、もっとあなたのことを知りたかった」

憧れだけではない。命を救われたという恩義だけではない。

膝を突き合わせて笑い合ったのは、先帝祭礼が終わって謝礼を告げに行ったときの、たった一度だけだ。けれど、かけがえのない友になれるような未来を勝手に描いていた。

夜になっても燻っていた火は、この雨ですべて消えた。

焼け落ちた舎殿からは、炎に捲かれた紅花の遺体が見つかったという。

彼女の遺骸がどこに葬られるかは、まだ決まっていない。

どうすればよかったのかは、わからない。けれど、これから自分が成さなければならないことだけはわかっていた。

かけがえのない友になるはずだった人のために、來梨は一晩かけて磨き上げた決意と共に呟く。

「私が、あなたのためにできることが、たった一つだけあります。あなたは大きなお世話だと笑うかもしれない。けれど、どうかせめて、それだけは——」

視線を庭園に向けると、まだ一度も花開いたことのない芙蓉が、雨に打たれてうな垂れているのが見えた。

芙蓉と呼んでくれた男のことを思い出す。

孔雀宮から出てきた兎閣は、駆け寄った來梨に一瞥もくれずに立ち去っていった。

だが、來梨は確かに感じていた。

皇帝・兎閣が、紅花の死を深く悲しんでいることを、この国に必要な人物を失ったと嘆いていることを、そして、責任を感じ、罪を犯したかのように強く自分を責めていることを。

同じ痛みを感じていると思った。自分のもとを訪れてくれさえすれば、その痛みに寄り添い、少しでも取り除くことができると思った。

七芸品評会の後に芙蓉宮で話をして以来、兎閣からは百花輪の貴妃の中でも特別な存在だと思われていると感じていた。

だが、それはすべて勘違いだったらしい。

昨夜、兎閣は翡翠宮への夜渡りを行った。

後宮には皇帝の渡りを告げる銅鑼の音が響き渡り、來梨は、兎閣が翡翠宮に歩いていくのを見送った。

「兎閣さま、どうして、私のところに来てくださらなかったの」

來梨の呟きは、後宮を飲み込む雨音に塗り潰され、誰にも届かなかった。

雨に打たれた笹の葉が、激しく鼓を打ち鳴らすような音を響かせている。

昼休憩の時間になると、明羽は竹寂園を訪れていた。

雨のため、いつもの型の鍛錬はできない。けれど、雨ゆえにこんな辺鄙な庭園を訪れる者もいないため、白眉とは安心して話をすることができた。

竹林に囲まれた亭子の椅子に腰かけ、饅頭を齧りながら、手に括りつけた眠り狐の佩玉に話しかける。

「どうして、紅花さまは舎殿に火を放ったんだと思う?」

頭の中に、声はすぐに返ってきた。

『まだ、火を放ったと決まったわけじゃない。火事かもしれない』

「本気で言ってるの? 宦官たちが調査に向かったときに火の手が上がるなんて、時機が良すぎるよ」

『そういう可能性もあると言いたかっただけさ。気持ちが先走った状態で考えると、ろくなことがないからね』

粗探しをするような言葉に、明羽は不機嫌そうな眉をさらに寄せながら続ける。

「……やっぱり紅花さまにはなにか、孔雀宮を炎に包まなければいけない理由があったんだよ。ねぇ、來梨さまが言っていたこと、どう思う？」

白眉はすぐには答えなかった。沈黙を笹の葉を打つ雨音が埋める。

その短い空白に、明羽は、主から言われた言葉を思い出していた。


昨日、孔雀宮が燃え落ちるのを見届けてから舎殿に戻った來梨は、夕餉もとらずに自室に引き籠った。それから、皇帝の夜の渡りを告げる銅鑼の音が鳴った時に泣き腫らした顔で出てくると、皇帝が翡翠宮へ渡っていくのを見送ってさらに落ち込んだ顔で部屋に戻っていった。

明羽は小夏(シャオシイ)と一緒に不安な夜を過ごした。

けれど、朝になると、來梨はやや持ち直した顔で出てきて、二人の侍女に予想外のことを告げた。

「一晩、考えたの。私があの人のためにできることは、もうなにもないのかって。ねぇ、あなたたちにお願いがあるのだけど」

明羽は、昨日の気落ちした様子から、引き籠りは何日も続くだろうと思っていた。

予想は外れ、來梨が強くなったことが嬉しかったが、それと引き換えに面倒なことを思いついたらしかった。

「紅花さまの疑いを晴らしてちょうだい。そうでなければ、このままではあの方は、廃妃塚に葬られてしまう。そんなことは許されない。あの人は、百花輪の貴妃の命を守った英雄よ、先帝陵に眠るべき人だわ」

宮城内で罪科や失態により処刑された者たちの亡骸は、城壁の裏手にある無名墓地に葬られる。それに隣接して廃妃塚と呼ばれる墓も作られていた。その名の通り、廃妃となり冷宮送りとなった妃嬪が葬られる場所だ。名を刻まれることもなく、参りに来る者もいない。ただ忘れ去られるだけの寂しい所だという。

來梨は膝の上で両手を握り締めながら、明羽と小夏の顔を交互に見つめて告げた。

「それにね、それができたら……勝手な理由かもしれないけれど、私、もっと、この百花輪の儀を頑張れる気がするの」

明羽は、來梨の瞳の奥底に、紅花から受け取った小さな灯(ひ)が揺れるのを見た。

なんとかしてやりたい、そう願う明羽の心を裏切るように頭の中に声が響く。

『難しいだろうね。婚儀前の貴妃は本来なら皇族として追封(ついほう)されて先帝陵に葬られるはずだけど、紅花さまの場合はきっとそうはならない。先帝陵での襲撃事件が自作自演だと疑いがかけられたままだからね』

「本当に、どうしようもないの？」

『華信律令第七巻十六訓、冷宮に送られた皇妃とそれに準ずる行いをした皇妃は先帝陵に入ることは許されない。そう律令に定められている』

後宮には、今朝から手のひらを返したように、孔雀宮への怒りと嘲りの声が満ちていた。

刑門部が先帝陵駐屯軍で内通者を捕らえたことにより、先帝祭礼での事件は紅花の自作自演であったという噂がたちまち広がり、孔雀宮が燃えたことにより、罪を認めて舎殿に火を放って自死したという憶測が飛び交っていた。

英雄、次期皇后と持ち上げられていただけに反動は大きく、女官たちは「やはり南戎の民は野蛮で信用ならない」と笑い合っていた。一時期は紅花の派閥に入った妃嬪たちも「すっかり騙された、ひどい女だった」と怨嗟の声を吐きながら、懇願するように他妃の派閥に移っていった。

噂の背景には、南虎を快く思わない皇領貴族の思惑や、他の百花輪の貴妃の計略があるのかもしれない。だが、一番の理由は、あの恐ろしかった孔雀妃本人がいなくなったことだ。

抵抗できない者への攻撃は、箍（たが）が外れたように止むことはなく、より強い言葉を求めるように拡散し続けていた。

「刑門部は、貴妃の喪に服すとして、これ以上の調査は行わないと発表したはずだけど」

『それは臭い物に蓋をしただけで、疑いが晴れたわけじゃない。後宮内では紅花さまの自作自演で、悪鬼のような貴妃だったという話で持ちきりだ。放っておけば尾鰭をつけて国中に広がる。先帝陵へ入れるわけがない。冷宮送りに準ずる行いっていうのは、こういう場合のことだよ』

「自作自演ではなかったと明らかにすることができれば、いいってこと？」

『難しいけどね。内通者が捕まって孔雀宮が関わっていたことを証言している。それを覆さない限り、疑いは晴れない。それに、來梨さまは紅花さまに罪科はなかったと信じているようだけれど、紅花さまが知らなかったとしても炎家が黒幕だった可能性は消えていない』

「……そう、だよね。首にあった蝶の痣の件もはっきりしないままだ。もし襲撃者が『九蛇楽団』だったとしたら、依頼した黒幕がいるってことだからね」

『さっき、紅花さまがどうして孔雀宮に火を放ったかって聞いたね？　孔雀宮がどんな秘密を抱えていたのかは知らないけど、全てを燃やすことで、それ以上の追及を止めようとしたんだと思うよ。もし、南虎が本当に黒幕だなんてことがわかったら、南虎と他の一領三州との確執は決定的になる。南虎との関係を悪くしたくない宮城にとって、彼女の死は、渡りに船だったのかもしれない』

「それでも、なにかできることはないの？」

明羽は、朝の來梨の表情を思い出す。

紅花を先帝陵に葬りたいと言い出したのは、ただの我儘(わがまま)や思いつきではなかった。それが、來梨が百花皇妃になると心を定めるために必要な通過儀礼なのだと伝わってきた。

同じことを察した小夏からも「芙蓉宮のことは任せて、明羽は來梨さまの願いを叶えることに注力してください。これができるかどうかで、今後の芙蓉宮の命運が決まる気がしますの」と言われていた。

明羽の問いを押しつぶすように、強くなった雨音が石造りの冷たい亭子を包み込む。

雨に紛れて、眠り狐の佩玉が呟くのが聞こえた。

『一つだけ、方法がある』

明羽は、頭で考えるより早く、ぎゅっと佩玉を握り締めた。

『華信律令第七巻二十六訓、皇妃全員の推挙があれば冷宮に封じられた皇妃であっても、死後に皇妃への復権を許す』

「そんな法があるの？　それも真卿(しんけい)さまの知識？」

『いや、これは翠汐が持ち主だった時の知識だよ。雷鳥宮に封じられた貴妃の復権のために奔走したって話をしたよね？』

明羽は頷く。幽鬼が出るという回廊を歩いている時に怯えながら聞かされた話だった。

雷鳥宮に送られ自死を選んだ貴妃・麗氏は、かつての白眉の持ち主でもあった翠汐が皇帝に懇願し、死後に先帝陵へ入ることを許された。

『いくら翠汐が皇帝の寵愛を受けていたといっても、皇妃の願い一つで律令は曲げられない。だから、当時の皇帝はね、大学士寮の学者たちに言って律令を変えさせたのさ。それで足されたのが、さっきの二十六訓ってわけ』

「それはまた、強引なことをしたね」

当時の大学士たちの気苦労が伝わってくる。律令は国の土台だ、いくら皇帝の命とはいえ、このような理不尽な修正はさぞや大変だっただろう。

『でも、律令は律令だ。僕が後宮を離れているあいだに直されていなければ使えるはずだ』

それを聞いても明羽の気持ちは晴れなかった。

皇妃というと、皇后・蓮葉と、百花輪の貴妃四人だ。

今の後宮では、孔雀妃は悪鬼のような扱いを受けている。女官たちも妃嬪たちも、もはやはばかることなく悪口を吐いている。この状況の中で、紅花を先帝陵に葬ることに他の貴妃が賛同してくれるわけがない。五人全員の推挙ともなれば、獅子と虎を仲良くさせるよりも難しい。

悩んでいると、視界の端に人影が近づいてきた。

李鷗が、雨の中、薄緑色に染められた傘を差して近づいてくるのが見えた。

「こんな雨のなか、わざわざどうしたのです?」

明羽は立ち上がって形だけ恭しく拱手をしながら、まるで敬いが感じられない声で呟く。

李鷗は、亭子の入口で傘を下ろすと、椅子には座らずに立ったまま告げる。

「また余計なことに首を突っ込もうとしているのではないかと思ってな、お前に、忠告をしにきた」

「忠告ですか?」

「おおよその察しはついているのだろう。紅花さまが、なぜ自ら舎殿に火をかけられたのか。紅花さまの御心を汲むのであれば、もう、なにもするな」

「自ら火をかけられたとは決まっていません」

さっき白眉に言われて苛立った指摘を、明羽はあえて口にする。

だが、返ってきたのは意外な事実だった。

「いや、はっきりしている。火元を調べると、炊事場、広間、舎殿の奥の倉庫の三ヶ所が激しく燃えていた。故意でなければ同時に三ヶ所で火の手が上がるとは考えられない」

確かに、事故ではありえない事象だった。油でも撒いて火をかけたのか、と明羽が思案していると、李鷗の言葉にわずかな後悔が滲んだ。

「紅花さまは、華信国と南虎のために命を捧げたのだ。でなければ、あれほど気高い御方が自死などするものか」

「それは……わかっております」

「明かす必要のない真実もある。これ以上、この件は探るな」

「宮城の秩序維持を司る、秩宗尉さまとは思えぬお言葉ですね」

「なんとでも言うがいい。国の安寧のために必要なら、そうするさ。そもそも、今さら孔雀妃の死の真相を明らかにして、芙蓉宮になんの益があるのだ」

明羽は、真っすぐに天藍石の瞳を見つめた。雨のせいか、心に迷いがあるからか、いつもより輝きの鈍い瞳に向けて告げる。

「來梨さまが、それを望んでおられます」

「芙蓉妃が？　いったいなんのために」

「華信律令第七巻二十六訓、ご存じですか？」

李鷗の眉が中央に寄る。記憶を辿っているようだった。

宮城内の秩序維持を司る秩宗尉といえども、律令のすべてを瞬時に思い出せるわけではない。そして、探していた知識に至ったのだろう、李鷗の目が見開かれた。

「なぜ、お前がそれを知っている」

その返答に、明羽は確信する。律令は白眉のいた時代から変わっていない。

「これで、來梨さまが望むことがおわかりになったはずです。もし紅花さまが、華信国のために命を捧げたのであれば、なおさらそうするべきです」

「できるわけがない。他の皇妃が賛同することなどありえない。この件をさらに深く調べようとすれば、今度こそ、お前の身にも危険が及ぶぞ」

「すべて、覚悟のうえです」

明羽はそう告げると、再び拱手をしてから亭子を出た。

三品位相手に自ら話を打ち切るのは無礼な行為であるが、李鷗は今さらそれを指摘しなかった。

傘を弾く雨音に包まれながら、明羽は思考を巡らせる。

次の朝礼が開かれるのは明日だ。律令のことを告げれば、來梨はなにも考えず、愚直に他の貴妃たちに提案をするだろう。どんな反応が返ってくるかは明らかだ。

なんとかしなければ、とは思う。けれど、どれだけ考えても、闇夜に包まれているかのように一筋の光明さえ見えなかった。

◇◆◇◆◇

朝礼の後、明羽が予想していた通り、來梨は自室に引き籠った。

「なんなの。なんなのよっ。あんな言い方しなくたっていいじゃない」

琥珀宮からの帰り道、負かされて泣いた子供が負け惜しみを言うように、いじけた態度で呟いた。後に続く侍女の二人も、それまで來梨を慕っていた寧々(ねいねい)さえも困り果てた顔をしていた。

明羽から、華信律令に、皇妃全員の推挙があれば先帝陵へ葬られることが明記されていると聞いた來梨は、さっそく朝礼で、紅花の復権について提案したのだった。

その日の朝礼は、紅花の死で持ちきりだった。

皇后・蓮葉が、孔雀妃の喪に服すため刑門部の調査が打ち切られたことを告げ、余計な憶測や流言飛語は慎むように通達が出された。だが、妃嬪たちの顔を見渡せば、当分の間は孔雀宮の悪辣(あくらつ)さをあげつらって笑い者にするつもりでいることは明白だった。

後宮では、他者の不幸と噂話こそが最大の享楽なのだ。相手の身分が高貴であるほど悦ばれる。

朝礼に集まった皇妃は、灰麗（はいれい）が欠席であったため、皇后・蓮葉を含めて四人のみ。來梨を除く皇妃たちは、紅花への同情など一切見せなかった。

「他に、なにか相談事がある者はいるかしら？」

事前に用意されていた通達が済むと、蓮葉はいつものように尋ねる。

來梨は震える拳を強く握り締めると、ゆっくりと被帛を揺らしながら前に歩み出た。

朝礼には何度も顔を出しているが、こうして來梨が自ら発言するのは初めてのことだった。

「紅花さまを先帝陵に葬ることを、皇妃の皆さまにご賛同いただきたいのです。今のままでは、紅花さまは罪科の疑いがある者として廃妃塚に葬られてしまいます。それでは、同じ百花輪の貴妃としてあまりにも不憫です」

來梨が喋り出した途端、周囲の妃嬪たちがいっせいにざわめき出した。

皇后・蓮葉も、一段高い場所にある椅子の上から、冷たい視線を向けている。

その場の全員を代表し、真っ先に口を開いたのは、黄金妃・星沙（シンシャ）だった。

「あなた、それ、正気で言ってるのかしら？　相変わらず、頭の中がお花畑のようね」

金糸で花菱紋が描かれた豪奢な長衣の裾を払いながら、呆れたように告げる。

「あの、私の侍女が調べてくれたのですが、華信律令にはすべての皇妃の推挙があれば、罪科の疑いをかけられた貴妃でも復権できるとの法があってですね――」

「法のことは知っているわ。私が言いたいのは、なぜ、あの女の復権を推挙しなければならないのかということよ」

「なぜって、私たちは、あの方に命を救われたではないですか」

当然のように答えたのを聞いて、あちこちから忍び笑いが聞こえる。

相手をするのも嫌になったとばかりに冷たい瞳を向ける黄金妃に代わり、口を開いたのは翡翠妃・玉蘭（ぎょくらん）だった。

「來梨さま、今の皇后さまのお話を聞いたでしょう。先帝陵駐屯軍で捕らえられた内通者の証言が真実ならば、先帝祭礼のことは紅花さまの自作自演であったということになる。つまり、私たちは誰一人として、あの方に恩義などない。当人がああなってしまった以上、今さら責めるつもりはありません。ですがそれは許すことができるという意味ではありません」

朝礼の前日、來梨は侍女二人と想定問答を行っていた。当然、侍女二人は、最初は提案することを止めようとしたが、來梨の意思を曲げることはできず、結局、夜更け近くまで付き合ったのだった。

來梨は、待ってましたとばかりに淀みなく答える。

「調査が取り止めになったということは、紅花さまの自作自演であったかどうか確定していないということです」

「主上が調査を取り止めにしたのは、政治的配慮もあってのことでしょう。つまり、調べると余計な藪をつつくことになると暗に言っているのです」

「藪をつついても、なにも出ないかもしれません。それはつまり、紅花さまが私たちの命の恩人であるかもしれないということです」

來梨の返答に、背後に控える妃嬪たちの忍び笑いが大きくなっていく。

そこで、貴妃たちの議論に裁決を下すかのように、頭上から声が響いた。

「來梨、わかっていないようだから言っておくわ」

皇后・蓮葉がゆっくりと立ち上がり、華信国の伝統的な美女像そのものである切れ長の目を來梨に向ける。

「先帝陵は、これまで華信国を導いてきた偉大なる先帝と皇妃皇族の眠る神聖な場所よ。そこに、罪科を犯したかもしれない人間を葬るなど、偉大な先代たちへの冒瀆(ぼうとく)に他ならない。わかるかしら?」

その声は、他の貴妃たちよりも冷たく、一切の反論を許さないものだった。

明羽は、ここまでなんとか抑えられていた主の手が、小さく震え出すのを見つめる。

「孔雀妃が清廉潔白であったことが、一点の曇りもなく明らかにならない限りは、私たちはあなたの提案には同意できない。そして、先帝陵駐屯軍で捕らえられた内通者が、孔雀宮と炎家から依頼を受けたことを証言している以上、それはありえない」

朝礼は終わり、誰もが來梨に嘲りの視線を向けて去っていく。同じ派閥の寧々ですら、余計なことをしましたね、と呆れていた。

後宮にはしばらく、孔雀妃を貶める噂と同時に、芙蓉妃の能天気さを嘲笑（あざわら）う噂も広がるのは間違いなさそうだった。


芙蓉宮では、小夏が女官たちを取りまとめて夕餉の準備をしていた。

閉ざされた來梨の自室の前にいるのは、明羽一人だけだった。

明羽は辺りに人気がないのを確かめてから、小さく囁く。

「あまり落ち込まないでください。今日の朝礼で、一つだけ糸口が摑めました」

固く閉ざされていた來梨の部屋の扉が、わずかに開く。その隙間から、栗色の瞳が覗いていた。

「……ほんと？」

「はい。皇后さまの言葉は、冷たいようでいて、助言を与えてくださったのだと思うのです。つまりは、紅花さまに一点の曇りもなく罪科がないことを明らかにし、華信国と南虎の関係に罅（ひび）を入れない真相があれば、先帝陵に葬ることに同意するとおっしゃったのです」

「えっと、えーと、それってどういう意味？」

「つまりですね、紅花さまに疑いがかかった理由は、先帝陵駐屯軍で捕まった内通者の証言です。炎家に雇われたという彼らの証言は、あまりにも都合がよかった。孔雀宮の評判が絶頂になった時に広まるように、何者かが後ろで糸を引いて仕立て上げたものに違いありません。彼らの言葉が偽りであることを審らかにし、南虎とは関係ないという事実を用意できれば、紅花さまの汚名をそそぐことができます」

「それは、そうね。でも、芙蓉宮にそんなことはできないわよ」

「知っています。だから、力を借りるのです」

「いったい、誰に？」

「この事件の後ろで糸を引いていた黒幕にです。内通者を仕立て上げて孔雀宮を陥れることができる相手ならば、その逆のこともできるでしょう。真相を明らかにし、証拠を摑み、それを審らかにしないことと引き換えに交渉するのです」

　扉がさらに少し開き、來梨が顔を出す。

「な、なるほど。わかったわ、たぶん」

「そのためには、まずは真相を明らかにしなければ」

「できるの？」

「精一杯がんばります」

扉の隙間から細い手が出てきて、しっかりと明羽の手を握った。

「よろしく頼むわ、明羽」

「はい。もし真相が明らかになった暁には、來梨さまには、交渉役をお願いすることになりますが」

隙間から出てきた來梨の手が、ふらふらと力なく部屋の中に戻っていく。それから、今朝の朝礼のことを思い出したのか、せっかく開いた扉が閉まった。

やはり根が臆病なのは一朝一夕では治らない、と諦めかけた時、扉の向こうから声がする。

「わかった、なんでもやるわよ」

力強い声に、明羽は思わず笑みを浮かべる。

「その代わり、それまで少し一人にさせて。気力を蓄えておくわ」

「ええ。ご存分に」

廊下から、足音が近づいてくるのが聞こえる。

軽やかな歩き方で、振り向かなくとも小夏だとわかった。

「朱波(しゅは)さんが、目覚めましたの。やっと落ち着かれたみたいです」

やってきた同僚は、明羽がずっと待っていた報告をくれた。

孔雀宮が崩れ落ちるのを見届けた後、朱波は意識を失った。

後宮内で行き場を失った彼女は、來梨の計らいにより芙蓉宮に保護されていた。早めに外に連れ出されたため火傷(やけど)もほとんどなかったが、主を失った精神的な負荷からずっと寝込んでいた。

時々目覚めては声を上げて涙を流し、紅花への謝罪を口にしながら自らを叩き、それに疲れてはまた眠りにつくのを繰り返していた。一度、宦官たちが話を聞きに尋ねてきたが、朱波の状態を確かめると諦めて帰っていく始末だった。

明羽と小夏は、交互に朱波に付き添っていた。特に小夏は、自分にできることは他にないからと言って、献身的に看病をしていた。

明羽が、小夏に続いて廊下を歩いていると美味しそうな匂いが漂ってくる。

朱波が滞在している部屋に入ると、時間が巻き戻ったかのようにけろりとした顔をした朱波がいた。布団は綺麗に片付けられ、床に直に座って食事をしている。目の前には脚付きの膳が置かれ、玄米飯、揚豆腐に春野菜の炒め物、巻繊汁(けんちんじる)が並んでいる。夕餉用に作っていた料理のうち、早めに出来上がっていたものを並べたのだろう。

芙蓉宮の侍女二人が入ってきても、朱波は食事の手を止めず、いつもの猫を思わせる釣り目で見上げるだけだった。

「あんたたち貧乏宮の食事なんて大したことないと思っていたけど、意外と美味しいわね」

昨日まで目を覆いたくなるくらい不安定だったのが嘘のようだ。

「先に、言うことはないですの？」

小夏が告げると、さすがにふざけすぎたと反省したのか、箸を置いて一揖する。

「迷惑をかけたわね。それから、ここに置いてくれてありがとう。來梨さまへの謝辞は、お目通りが叶った時に行うわ」

これでいいかしら、というように朱波は赤い目で見つめる。小夏が頷くと、当然のように再び膳に手を伸ばした。

明羽は苦笑いを浮かべる。しばらくなにも口にしていなかったので、よほど空腹なのだろうと、多少の無礼には目を瞑ることにする。

「元気そうで、安心した」

「いつまでも泣いていられないわ。南虎の女は強くなければいけない。これ以上、みっともないところを見られたら、紅花さまになにを言われるかわからないからね」

主の名を呼ぶ時だけは、その声に寂しそうな響きが混じった。いつも通りに振舞ってはいても、強がっているのが伝わる。

「紅花さまが百花皇妃になると疑っていなかったわ。まさか、この芙蓉宮より先に落花してしまうなんてね。これまでさんざんあなたたちのことを馬鹿にしてきたのに」

「それで、これからどうするつもり？」

「お許しが出れば、南虎州に帰るわ。もう後宮には、私の居場所はないからね。申し訳ないけど、それまではここに居させて頂戴」

「それはかまいません。でも、元気になったからには働いてもらいますの」

「ええ、いいわ。なんでも手伝うわよ。孔雀宮の侍女がどれほど優秀だったか見せてあげる」

朱波は、見たことのない柔らかな笑みを浮かべる。今までは、同じ百花輪の貴妃の侍女として張り合おうとしていたのだろう。

明羽は、朱波の正面に座ると、改めて切り出した。

「なにがあったのか話して。どうして紅花さまは、自ら舎殿に火をかけたの？」

「知らないわ。私もあの日は、ただの火事だと思っていたくらいだもの。梨円に紅花さまは無事だと聞いたから、慌てて外に逃げ出したの。もし紅花さまが中に残っているとわかっていれば、主を置いて先に逃げるような真似はしなかったのに」

「先帝祭礼のことについては、なにか知らない？」

「孔雀宮の自作自演だっていう噂が流れているのは知ってるわ。炎家と孔雀宮から依頼されたって証言する内通者がいることもね。でも、根も葉もないことよ。なにを期待してるのか知らないけど、あんたに話せることはないわ」

明羽はさりげなく腰にぶら下げた佩玉に触れる。

『たぶん嘘だね。話したら、紅花さまが孔雀宮に火をかけた意味がなくなるかもしれないって警戒してるんじゃないかな』

頭に響いた助言は、明羽が考えていたものと同じだった。

真相を話してもらうには、朱波に信用してもらわないといけない。明羽は頭の中で言葉を慎重に選びながら口を開く。

「このままだと、紅花さまは罪人として廃妃塚に葬られる。けれど、來梨さまは、紅花さまを先帝陵に葬ろうと動いてるの」

「……そう。紅花さまを、先帝陵に」

「でも、そのためには、さっきあなたが言った、先帝陵駐屯軍で捕らえられた内通者の証言が偽りだと証明しないといけない。だから、お願い。紅花さまのために、本当のことを話して」

「なるほど。あんたの良く利く鼻の出番ってわけね」

朱波は食事をやめ、箸を膳に戻してから、真っすぐに明羽を見つめる。

「相変わらず、あんたのところの貴妃は変わってるわね。この状況で、紅花さまの味方をして、なにが得られるというのよ」

「損得じゃないの。來梨さまは、紅花さまのことを無二の友になれそうな人だったと話されていた。先帝祭礼でのことも、未だ命を救われたと信じている。それだけで、あの方にとっては理由としては十分なのよ」

「ふぅん。紅花さまが、芙蓉妃と仲良くし始めたのが不思議だったけれど、そういうところを気に入ったのかもしれないわね」

朱波はなにげなく口にしたことだったが、それは明羽には意外な事実として聞こえた。

無二の友になるはずだった、などという言い方は、來梨の一方的な思い込みだと思っていた。どうやらそうではなく、互いに認め合っていたらしい。

「でも、紅花さまの復権なんて、本当にできると思ってるの？」

「難しいのはわかってる。でも、可能性はある」

「私には、もう百花輪の勢力争いなんてどうでもいいわ。ただ——あの方が、罪人のままでいるのは許せない」

朱波の体から、主から譲り受けたような強い覇気がぶわりと立ち上る。

「わかった。知っていることを話す。あんたに賭けてみるわ」

それから朱波は、孔雀宮が炎上する前までに起きていたことを語った。

先帝祭礼での襲撃事件は孔雀宮が画策したことではなかったが、後になり炎家の末席にいる角斗という男が『九蛇楽団』と取引をして引き起こしたものだったことがわかった。つまり、後宮に流れている噂通り、南虎州の自作自演だったのだ。だが、それだけではなかった。先帝祭礼での襲撃事件の絵を描き、角斗に取り入って普通であれば躊躇うような愚かな行いを強行させたのは、相伊将軍だった。

「……紅花さまと相伊将軍は旧知の間柄だったのね。祝賀会ではまるで初対面のように見えたけれど」

「そういう風に装っていた方が、なにかと便利だったからよ。わかるでしょ？」

「綺麗な顔をして、とんでもないことをする方ですの」

小夏が、将軍麗人の美形を思い出しているように呟く。

明羽はすでに祝賀会の時に、相伊が謹厳実直な人物ではないと睨んでいたため、驚きはしたがそれほど意外でもなかった。

「でも――あの日、どうして紅花さまが急に舎殿に炎を放ったのかは、本当に知らないの。前の晩、紅花さまと私たちは、今後、刑門部がどのように動いたとしても孔雀宮との関わりが否定できるように対策を相談していた。真偽もわからない内通者が捕えられたくらいで火をかけるわけがない。紅花さまを追い詰めたなにかが、あったのよ」

朱波は悔しそうに言いながら、膝の上に置いた手を握り締める。

「……梨円なら、なにか知っているかもしれない。あいつが、紅花さまと最後まで一緒にいたから」

「あなたに、紅花さまは無事だから外に逃げろと言ったのも、梨円だったんだよね。あなたがいない間に、なにかが見つかったのかもしれない」

「梨円の居場所は、まだわからないの？」

朱波の質問に、小夏が頷く。孔雀宮が炎上した時の混乱に紛れて、梨円は姿を消していた。あれから宦官たちが捜し続けているが、未だに行方不明のままだ。

「これで、知ってることは全部よ」

もういいでしょ、と言いたげに、朱波は再び膳に手を伸ばそうとする。

それを遮るように、明羽は、ずっと引っかかっていたことを口にした。

「ついでにもう一つ教えて。祝賀会の後で、相伊将軍と黄金妃が抱き合っていたっていう噂が流れたでしょう？　あれも、孔雀宮が仕組んだことだったの？」

「はぁ？　あんた、今さらそんなことを聞いて、どうすんの？」

「もしかしたら、大事なことがわかるかもしれない」

「もうどうでもいいわ。えぇ、そうよ。紅花さまは気に入らないご様子だったけれど、あれも相伊将軍が考えたことよ。黄金宮を貶めるために一芝居したの。まぁ、相伊将軍にとっては余興のつもりだったようだけどね」

「じゃあ、黄金妃の振りをして、相伊将軍と抱き合っていたのは、誰だったの？」

「梨円よ。あいつなら、黄金妃と背恰好が似てるでしょ？」

その言葉に、明羽はずっと引っかかっていたものが消え、これまで調べてきた事実が噛み合うのを感じた。

「……ねぇ、梨円ってどんな人だった？」

「どんなって、知ってるでしょ。無口で無愛想でなに考えてんのかわかんないところがあるけど、武術の腕は立つ。紅花さまの側仕えになったのは二年前で、あたしや優仙よりもずっと後だったんだけど、でも、紅花さまへの忠誠心は誰より強烈だったな――あたしだって紅花さまのことは大切に想っていたけど、あいつの忠誠心には、時々、嫉妬するくらいだった」

朱波は、嫌なことを思い出したように、辛そうな顔で付け足す。

「多分、あいつが南虎と華信の民の間に生まれた子で、そのせいで小さいころからずいぶん酷い目に遭ってきたのも関係しているんだろうね。南虎であういう出自の子が生きていくのは、あんたたちが想像するよりずっと辛い。だからあいつは、紅花さまに会って救われたんだと思う」

「それなら、なぜ……梨円は、紅花さまを置いて舎殿を離れたのかな？」

「それが、私にもわからないのよ。梨円は、紅花さまのためなら命を簡単に投げ出す、そんな風に見えてたんだけど。なにかを託されたりしたのかもしれない」

「やっぱり、梨円を見つけることが解決の糸口になりそうだね」

そこで、朱波は大事なことを思い出したように手を打った。

「託された事といえば、私も一つだけあったんだ」

朱波はそう言うと、壁際に固めて置かれていた、彼女が孔雀宮から焼け出された時に持っていた荷物に歩み寄る。その中から、細長い朱色の布袋を持ってきて明羽の前に置いた。

「これ、紅花さまが來梨さまのために手直しした弓だよ。梨円のやつに、最後に渡された。來梨さまにお渡しして」

「……中を見ていい？」

朱波が頷くのを確認してから、中に収められている弓を取り出す。

深紅に塗られた、美しい弓だった。長い年月を越えてきたような風格を備えているが、両端の紋様は手直しのさいに描き直されたように真新しい。紅花が使っていたものより一回り小さく、これならば細腕の來梨でも、鍛錬すれば使えそうだった。

明羽は、心臓が跳ねるのを感じた。

この弓と話ができたら、すべての真相がわかるかもしれない。

だが、指先で触れた瞬間、すぐにそれはできないと悟る。

弓には意思は宿っていなかった。その代わり、囁くような声が頭に響く。

いつか、水晶宮の侍女が襲われた事件を調査していた時、白眉に聞いたことがあった。古い道具が意思を持つのは、多くの持ち主の手に渡り、人間の思念をその中に蓄積するからだという。蓄積された思念はやがて形を得て、道具そのものの意思となる。ゆえに道具の性格は、それまでどのような持ち主の手にあったかに大きく左右される。

そして、ごく稀にだが、まだ意思を持たない道具が、持ち主の強い思念だけを蓄えていることもある。

明羽の頭に響いたのは、弓を手直ししている時に、紅花から弓へと蓄えられた思念だった。

それに気づいた瞬間、明羽の目から、一粒の涙が零れ落ちた。

◇◆◇◆◇

雷鳥宮に続く回廊は、相変わらず不気味だった。

以前に来たときは曇天だったが、今日は、幽鬼も出てくるのを躊躇うような晴天が広がっている。昨日の雨のせいか空気は澄み渡り、水気をたっぷり含んだ風が髪を揺らす。

明羽は、この間とはまるで違う心持ちで回廊を歩んでいた。幽鬼に怯えることはもはやないが、誰も望まない真実が待っているかもしれないという不安が体を覆っている。

「……この先に、本当にいると思う？」

明羽は、緊張を誤魔化すように話しかける。

辺りに人気はなく、右手には眠り狐の刻まれた佩玉が括りつけられていた。

『うん、可能性は高いと思うよ。さっきの朱波さんの話で、ずいぶん状況が見えてきたからね』

頭の中に響く相棒の声に、明羽は無言で頷いた。

祝賀会の後で黄金妃を演じていたのは梨円だった。それはつまり、梨円の首にも蝶の痣が浮かんでいたということだ。

蝶の痣は、『九蛇楽団』に属し、裏切りを防ぐために蝶痕薬を飲まされた証であり、先帝祭礼の襲撃者の首にも認められたものだった。

いつから、梨円と『九蛇楽団』が繋がっていたのかはわからない。

元々、間諜として炎家に紛れていたのか、途中でなにか弱みでも握られて取り込まれたのか。いずれにしろ、今回の孔雀妃を追い詰めた絵を描いた人物と関わっていた可能性が高いということだ。

『李鷗は、火の手が上がったのは三ヶ所だと言ってたよね。炊事場、広間、奥の倉庫。炊事場と広間はわかるけど、どうして倉庫まで燃やしたんだと思う？』

「確かに、普通なら舎殿の真ん中で火をつけるかな。あとは、燃えやすい物がある場所とか。倉庫に燃えやすい物があったのかな？」

『そこに誰にも知られたくなかった物があったとも考えられるよね』

その言葉に、明羽は悪寒を感じた。雷鳥宮への回廊を歩いているようでいて、実は見えない糸に手繰り寄せられているような気がしたのだ。

『そして僕らは、貴妃の舎殿には絶対にあってはならない物を知っている』

「……阿片、というわけね」

明羽が雷鳥宮を目指しているのは、阿片を後宮にばら撒いていた後宮医・砂（さ）小老（しょうろう）を捜した時と同じ理由だった。

後宮で人が消えたのであれば、可能性は三つだ。もう死んでいるか、どこかの舎殿に匿われているか、冷宮のような人の来ない舎殿に隠れているか。

現皇帝の御代（みよ）になり、冷宮は使われずに朽ちかけている。その中で、雷鳥宮だけは宦官たちに密かに利用されていたせいで清潔に保たれていた。以前、明羽が雷鳥宮で襲われた時に、助けてくれた梨円もそのことを知っている。

内侍部による調査が行われたばかりのため、雷鳥宮を利用しようと考える者は当分いないだろう。梨円ならば、この舎殿を隠れ場所に選ぶかもしれない。

「とにかく、やることは変わらないよ。真相を明らかにするには、梨円を見つけて話を聞かないと」

回廊を抜け、正面に緑色の門が見えてくる。

門は、閂が外れていた。

内侍部が調べた後に、閉めるのを忘れたとは考えにくい。明羽は、そっと白眉に問いかける。

「これって、罠かな？」

『行かないって選択はないんでしょ。だったら聞かないでよ』

相棒の呆れたような声に、苦笑いを浮かべながら扉を押し開ける。

小さく軋むような音を立てて、明羽がすり抜けられる程度の隙間が開く。

中に入ると同時に、先客がいるのがわかった。

白眉のように人並外れて感覚が鋭いわけではないが、それでも、舎殿の奥から隠すつもりのない気配が漏れ出ているのを感じる。

草木の生い茂る小径を通り抜け、舎殿の中に入る。

この前に来た時、宦官の服を着た男たちに追い立てられるように駆け抜けた廊下を、ゆっくりと歩く。

途中の部屋には見向きもせず、導かれるように気配の方に進んだ。

舎殿の中央にある大広間。そこに、捜していた人物が立っていた。

梨円は、入口で立ち止まった明羽に向けて射貫くような視線を向ける。力強くもどこか醒めた瞳は、青い炎を揺らしているようだった。

「遅かったな、待っていた」

梨円の服は、孔雀宮が燃えた時と変わっていなかった。ずっと雷鳥宮に潜んでいたらしく、頬には煤がついたままだ。足元には、潜んでいたあいだに口にしたのであろう果実の皮や干し肉の欠片が転がっていた。

「待っていた？」

「自慢の鼻で私の居所を探り当てたつもりでいるのかもしれないけど、それは違う。お前と二人だけになるために、私がこの場所で待っていた」

明羽は、小さく頷き返す。

「話があるなら、聞く。そのために来たの」

「話？　今さら、話なんてない」

梨円の瞳に揺れる火は、かつての主に似ていた。ただ、そこに情熱はない。近づく者を温める術を知らない、ただ焼き尽くすだけの炎だった。

「あなたにはなくても、私にはある。孔雀宮が燃えた時、なにがあったか教えて。芙蓉宮にできることなら力になる」

「主人が主人なら、侍女も侍女だ。相変わらずおめでたいな。お前たちにできることとなんて、なにもない」

「なら、なんのために私を待っていたの」

「お前を、殺すためだ」

梨円はそう言うと、さりげなく後ろに回していた右手を横に伸ばす。

そこには、剣が握られていた。

鞘には炎が、柄には虎が描かれ、宝剣のように美しい装飾が施されている。だが、白刃が引き抜かれた瞬間、芸術は凶器に化けた。刀身の輝きは決して飾りではなく、実戦用に研ぎ澄まされている。

見覚えがあった。紅花が、先帝祭礼で三人の襲撃者を斬り伏せた剣だ。

「『九蛇楽団』だっていうのは本当なの？　私を殺せという依頼を受けているの？」

明羽は首筋を見つめるが、首元が隠れている孔雀宮の侍女の襦裙の上からでは、蝶の痣があるかは確認できない。

「お喋りには付き合わない」

梨円はそう言いながら剣を構えた。

その姿は、先帝祭礼で見た紅花の姿にそっくりだった。剣が纏う覇気も、瞳に宿る炎も、主が乗り移ったかのようだった。

『駄目だ、勝てない』

頭の中に、白眉の声が響く。

武人英雄・王武(おうぶ)の傍で数えきれないほど戦いを見てきた相棒は、相手の力量を確かに見抜く能力がある。白眉がそう言うならば、その通りなのだろう。

焦りを感じつつも、身を守るために拳を構える。

その眼前に切っ先が迫っていた。

『右にっ！』

頭に響く白眉の声。悲鳴を上げる余裕すらない。

明羽が一瞬前までいた場所を、梨円の剣が貫いていた。

着地と同時に、すぐさま体勢を整えながら考える。

速いだけじゃない。動きに一切の無駄がなく、攻撃の起こりが見えない。

『いいかい、明羽。僕の声にだけ集中して。戦ったら負ける、隙を見て話しかけ続けて。あとは、相談した通りだよ』

簡単に言わないで、と思いながら明羽は小さく頷く。

「拳法の心得があるのは聞いていた。これくらい想定内だ」

梨円はゆっくりと剣を構え直す。明羽は、その一瞬の隙間に話しかける。

「話を、聞いてっ」

『左っ！』

白眉の声に従い、弾けるように跳ぶ。

梨円の剣が旋風のように体を掠めて通り過ぎる。

明羽は逃げるように距離を取りながら叫んだ。

「紅花さまに関わることなの。あの方を先帝陵に葬るために、真相を知りたい。そのために来たのっ」

その言葉に、梨円の瞳の青い炎が、風が吹いたようにわずかに揺らぐ。

だが、すぐに火勢を取り戻すと、剣を握っていない左手で、帯にぶら下げていた革袋から匕首(ひしゅ)を取り出した。かつて明羽を窮地から救ってくれたときと同じ小ぶりの刀剣だった。

『あれは、まずいね。僕の警告が間に合わない』

頭に白眉の声が響く。梨円の投剣の技術は、この雷鳥宮で目にした。剣を避けながら、匕首にも意識を向けるのは至難のわざだった。

明羽は、自分が驕(おご)っていたことを知る。

今まで、白眉の力を借りて色々な事件を解決してきた。來梨に頼られ、小夏に認められ、どこかで過信していたのかもしれない。

今になって、李鷗の警告が頭に蘇る。

ただの守られる女扱いされたことに腹が立った。もっと頼れと価値観を押し付けられ、何度も手を引けと警告されたことに失望した。

だけど——李鷗が、正しかった。

死を背中に感じながらも、拳を構え直す。

死ぬかもしれない、と意識をすると、狭くなっていた視野が広がり、周囲の景色が見えてくる。誰も訪れない、物音も届かない、華やかな後宮の中にあるのに世界から切り離されたような舎殿。冷宮送りになった貴妃たちが精神を病んでいったというのがわかる気がした。

こんな寂しいところで、私は死ぬのか。私が死んだと知ったら——李鷗は、馬鹿なやつだと嘲るだろうか。それとも、少しは泣いてくれるだろうか。

孔雀宮の侍女が、唐突に剣を下ろした。

途端に、死の気配が遠ざかる。

「今から百数える間だけ話を聞く。好きに囀って。それから殺すから」

明羽は、ちらりと手に括りつけた相棒を見た。

炎に囲まれた部屋の中で、わずかに飛び越えられそうな脱出路を見つけたような気分だった。深呼吸をして、言葉を発する。

「まず、私の憶測を話す。紅花さまは先帝祭礼での英雄行為で、一足飛びで百花皇妃へと近づいた。でも、それは罠だった。襲撃者は、南虎州の炎家の末席にある貴族・角斗さまにより依頼された『九蛇楽団』の傭兵だった」

梨円の真っすぐな眉が、わずかに歪む。期待していたのは、紅花を先帝陵に葬る、と明羽が言った言葉の続きだったのだろう。

それは、明羽の狙い通りだった。

ここに来るまでの間に、白眉と相談を重ねた。白眉の二人目の持ち主、翠汐は人心掌握の達人だったという。皇帝を手玉に取り、一癖も二癖もある貴妃たちを統率し、後宮で起きる諍いをことごとく収めていた。わざと望まない話をして相手を苛立たせ、動揺を誘う手法は、白眉が翠汐と共にいる間に学んだ技の一つだった。

「紅花さまは、なにも知らされていなかった。絵を描いたのは、炎家とも所縁(ゆかり)の深い相伊将軍。でも、それはすべて孔雀宮を嵌めるための罠だった。黒幕は他にいるのでしょう、その黒幕を知りたいの」

明羽の必死の問いかけにも、梨円は感情のない表情で「五十をすぎた」と答えるだけだった。

「先帝陵駐屯軍であらかじめ用意されていたかのように内通者が捕まり、炎家と孔雀宮からの依頼だったと証言した。報酬は阿片だったなんて馬鹿げたおまけまでつけて」

語りながら、明羽は初めて内通者のことを李鷗から聞いた時の感覚を思い出す。ずっと引っかかっていた、なぜ報酬が阿片なのか。

すべては、この絵を描いた黒幕が紅花を追い詰めるための布石だったのだ。

「真相に気づいた紅花さまは、事態が表沙汰にならないよう奔走した。せっかく百花皇妃に手が掛かっていたんだもの、なにがなんでもしがみつこうと必死だったんでしょう。早々に罪を認めて皇帝陛下に謝罪し、百花輪の貴妃から降りれば、命まで失うことはなかったのに。その浅ましさが、身を滅ぼしたというわけ」

わざと紅花を貶めるような言葉を交ぜる。

それも、相手を苛立たせることで口火を切らせるという、翠汐の技だった。

「以前に私たちが孔雀宮を訪れた時、あの方は、百花皇妃になることで南虎州の復讐を果たすと言った。それほどまでに華信国を恨んでいたのね。その憎しみで自らを焼いてしまったのであれば、こんなにも愚かなことはないけど」

「違うっ、あの方は、そんなことを考えない」

梨円が、初めて声を荒らげた。

さっきまで、明羽に向けて殺気を燃やしていた瞳の青い炎は、今はまったく別の物に向けられていた。

「あの方は、いつも南虎州と華信国の民のことを考えていた。今回のことが明るみに出ることで、南虎と一領三州の関係が悪化することを――華信国を戦火が襲うことだけを恐れた」

その言葉に、明羽は笑いかける。

「知ってるよ。紅花さまは、そういう方だ——紅花さまのこと、尊敬していたのね」

梨円の表情が、固まる。

弱い部分を狙われ、声を上げさせられたと気づいたのだろう。

「お前がっ、お前ごときが、あの方を語るなっ」

真正面から鋭い斬撃が迫る。けれど、心を乱した散漫な動きであれば、白眉の声を聞かなくとも避けることができた。

「なら、どうして、紅花さまを裏切ったの！」

叫びながら、放たれた匕首を横に躱わす。切っ先がわずかに太腿に掠り傷をつけるが、気にもならなかった。着地と同時に、すぐさま言葉を続ける。

「孔雀宮の倉庫に、阿片を忍ばせたのはあなたでしょう？　阿片のことを知っていたのは、芙蓉宮と黄金宮と孔雀宮の者だけ。あなたが宦官たちから阿片を奪い、そして、孔雀宮に隠した」

「うるさい、黙れっ」

梨円の突きが放たれる。それにはもう最初の速さはなかった。動きは精細さを失い、技の起こりもはっきりとわかる。明羽は体を滑らせて攻撃を躱わしながら続ける。

「紅花さまが舎殿に火をかけたのは、阿片を見つけたから。阿片はそこにあるだけで罪、見つかったら言い逃れはできない。自らを犠牲にして、それ以上の追及を止める。南虎と華信国の間に戦火が起こるのを防ぐ道は、それしか残されていなかった」

「そうだ、私が……紅花さまを殺した」

梨円はついに、動きを止めた。切っ先を床に向け、耐えられなくなったように俯く。

「どうして、こんなことをしたの？」

「私が、『九蛇楽団』だからだっ。ぜんぶ、『九蛇楽団』の命令に決まってるだろっ」

赤と黒が交じる髪の侍女は、身に纏う襦の襟首に指を掛けて広げる。露になった首筋からは、蝶の痣が見えた。

「お前にはわからない。南虎州で、華信の民を片親に持つ子供がどんな扱いを受けるのか。親に捨てられ、九蛇に拾われた孤児が、そこでどんな生活を強いられるのか。やつらの命令には逆らえない。私は九蛇で殺し屋として育てられ、炎家に間者として送り込まれた。数年をかけて取り入って信用させ、ここぞという時に利用する。私は私の役目を果たしただけ」

「それが納得できないから、ここに来たの。朱波と話をした。あなたは、誰よりも紅花さまを慕っていた。自らの命さえも差し出すほどに――ねぇ、あなた、なぜそうしなかったの？　どうして紅花さまを殺してまで『九蛇楽団』に従っているの？」

「お前の、知ったことかっ」

「理由があるなら、教えて。力になれるかもしれない」

「もう引き返せない。あの人はいない。今さら、なにができるっ」

「まだできることはある。來梨さまは、紅花さまを先帝陵に葬ろうとしている。そのために、真相が必要なの」

ほんの一瞬の間があった。明羽は、瞳の奥で、再び青い炎が揺れるのを見た。

「そんなこと、できるわけないっ」

「紅花さまが、廃妃塚に葬られてもいいの？　大切な人だったんでしょう？」

「あぁ、そうだ。あの方は、私にとって太陽だった。ずっと闇に紛れて生きてきた私が初めて出会った、明るく世界を照らす光だった。あの方は、半端者の私の体を、華信と南虎の未来を視(み)ているようだと褒めてくれた。あの方と交わした言葉が、共に過ごした時間が、かけがえのない光を与えてくれた」

「なら、協力してっ」

「そんなに知りたいなら、教えてやるっ」

言いながら、地面に向けていた切っ先を再び持ち上げる。

梨円は、切っ先を明羽に向け、いつでも貫けるように構えながら続けた。

「私には妹がいる。名は、美杏(メイシン)という。幼い頃からずっと、暗い闇の中で、お互いに半身のように支え合って生きてきた。妹は私と違って器量が良かったから、殺し屋ではなく、妓女として育てられた。今も帝都の妓楼で客を取ってるよ。首に、蝶の痣をつけてな」

妹の名を口にした途端、梨円の声が、いつもの冷静さを取り戻すのがわかった。それだけで、彼女にとって、紅花と同じくらいに大切なものなのだとわかる。

「蝶痕薬を口にしたら、半月のうちに解毒薬を飲まなければ死に至る。解毒薬の調合を知っているのは九蛇だけ。私は、自分の命のためだけに九蛇の命令に従ってるわけじゃない。私が仕事をしくじれば妹も死ぬ。そうやって大切な人の命を質に取ることで、九蛇は私たちを支配している」

明羽は、幻が見えた気がした。

梨円の蝶の痣から鎖が延び、遠く離れた妹と繫がっている。その鎖を真ん中で無造作に握り締めているのが、九蛇を名乗る怪物だった。

『なんて、卑劣な』

頭の中に、相棒の声が響く。

明羽は、さっきまで背中に感じていた死の気配を忘れ、怒りが湧き上がるのを感じた。

「紅花さまは、暗闇ばかりだった私の人生に温もりを教えてくれた太陽だった。でも、妹は幼いころから暗闇の中で私を照らしてくれた月だった。私は——太陽と月を天秤にかけ、血の繫がった月を選んだ」

明羽は、北狼州にいたころの日々を思い出す。過酷な日々だったが、それでも、梨円が歩んできた闇に比べるとまだ救いのある暮らしだったのだろう。

闇を照らす月と太陽。どちらも梨円にとっては自らの半身のようなものだったに違いない。

「雷鳥宮は『九蛇楽団』に見張られている。ここにお前が来たことは、すぐに依頼人に伝わるだろう。やつはじきにお前の死体を見届けに来る。その時にお前の死体がなければ、美杏が死ぬ」

ここから先は、翠汐の技など関係なかった。

すべては明羽自身の言葉にかかっている。

大きく息を吸い込み、声を発しようとした時——明羽の体を、違和感が駆け抜けた。

急に右足の力が抜け、片膝を突く。

見下ろすと、太腿の掠り傷の周りが薄紫に染まっていた。

——毒。

明羽は、瞬時に、自分の体になにが起きたかを理解する。

足元を掠めた匕首に、体の自由を奪う毒が塗られていたのだ。

「私が、お前の口車にのって身の上話をしたと思ったのか？　動きを止めるために時間を稼いだだけ」

もう必要ないというように、梨円は剣を床に突き立てた。

そして、帯に下げた革袋から、今度は手のひらに収まるような大きさの竹筒を取り出す。梨円はわざと竹筒を揺らしてみせる。筒の中に入っている液体が小さく音を立てた。

「こっちは、紫水仙の根から取り出した猛毒だ。どんな有能な医者が看ても、毒殺だとはわからない。初めから言われていた。これ以上、後宮内で大事にならないように、この毒を口に含ませて殺せとな。私のために色々と喋ってくれて感謝する。おかげで依頼がこなせる」

立ち上がろうとするが体に力が入らない。腕を持ち上げることすら辛くなってくる。かろうじて声だけは出るが、今さら悲鳴を上げたところで誰にも届かないのは明らかだった。

頭の中には、必死に『しっかりして』と叫ぶ相棒の声が響く。けれど、体を動かすことができなければ、白眉の助言も意味はない。

梨円は油断ない足取りで近づいてくると、明羽の顎を摑む。

さっきよりもどす黒い、死の気配が辺りを包み込む。

「この世は辛いことだらけ。よかったな、お前はもう終わりにできる」

梨円は冷たい声で告げると、竹筒の中の毒を口に含ませるように腕を伸ばした。

明羽の意識が、完全に闇の中に飲み込まれて消える直前、遠くから近づいてくる複数の足音を聞いた。

草の生い茂る庭から歩いてきたのは、後宮の女官たちなら誰もが振り返るような麗人だった。背後には、衛士の緑衣を纏った供を連れている。

「首尾は、上々のようだな」

相伊は、舎殿の床に片膝を突いて拱手する梨円に向けて告げる。

恰好は、黒を基調とした礼服だった。舎殿に上がると、床に転がっている明羽の脇にしゃがみ込む。

そして、首に触れて脈を確かめると、満足そうに頷いた。

「これでお前と妹は救われた。次の新月の夜までは、だがな」

梨円はなにも答えず、拱手の姿勢のまま頭(こうべ)を垂れる。

「目立つところに捨てて来い。これであの人が気にしていた目障りな侍女も消えた、きっと悦ばれるだろう」

相伊の言葉に反応し、背後の二人が主の前に歩み出ると、冷たくなっていく明羽の体を担いで運び去っていった。

相伊は袖の下に忍ばせていた黒水晶を取り出す。手のひらに収まる水晶は、蛇の頭部を模した形に彫られていた。

胡桃を転がすように手元で蛇を弄びながら、口元に、花弁が舞うような麗しい笑みを浮かべる。

「九蛇か。やがてこの国を取る時に役立つかと思って近づいてみたが、存外、使えるものだな」

黒水晶の蛇は——『九蛇楽団』より渡される、上客として認められた者の証だった。

◇◆◇◆◇

李鷗がその知らせを聞いたのは、執務室での政務を終えた時だった。

山積みになっていた書簡に目を通し、すべてに指示を終えたところで、やってきた官吏が芙蓉宮の侍女の死を告げた。

律令塔で働く官吏たちの多くは秩宗部の者であり、後宮の侍女が死んだ程度で大騒ぎはしない。それゆえに、三品位の李鷗が顔色を失って駆け出していくのを、驚いて見つめた。

律令塔を飛び出し、衛士寮に向かう。

官吏からの報告では、明羽の亡骸が見つかったのは、飛燕宮の近くだという。女官たちが他宮に向かう時に使う通路の脇に、無造作に打ち捨てられていたそうだ。

顔見知りの女官数名が明羽であると確認し、すぐに後宮医が呼ばれたが、すでに息をしていなかった。死因は不明であり、ひとまず衛士寮に安置されているという。

李鷗は常に、冷静な男だった。

肉体に宿る意識とは別に、いつだって鳥の視点のように高みから見下ろし、周囲と自らを冷静に判断することができた。それは、秩宗部で長らく過ごしてきた中で磨かれた心を統べる方法だった。

その時も、李鷗は自分に起きていることを、肉体とは別の意識から俯瞰していた。

この男は、いったいなにを慌てている。

童みたいに今にも泣きだしそうな顔をして、なにを必死に走っている。

鳥の視点で自らの行動を冷静に分析する。李鷗の肉体は、律令塔を飛び出し、溺れる者が手足を必死に動かすような惨めな走り方で後宮に向かっていた。

情けない、みっともない。これでは、部下たちに示しがつかない。仮面の三品などと言われている冷血無慈悲な男はいったいどこにいったのだ。

あぁ、そうか。俺は、それほどまでに、あの女を大切に想っていたのか。

門番に早口で用件を告げ、宣武門を潜る。いつもの様子と余りに違うので、衛士たちが戸惑っているが、男はそんなことにも気づかない。

きっかけは、なんだったのだろう。

初めは、後宮内の事情を知るための手駒として丁度良いと思った。良く利く鼻には何度も驚かされた。だが、次第に、負けん気の強さや物怖じしないところ、そして、これまで出会ってきた女たちと違って真っすぐにぶつかってくるところに惹かれた。

そうか。あいつは、死んだのか。もう、いないのか。

肉体と切り離されたはずの俯瞰する意識にも、眼下を走る男の痛みが伝わってくる。常に冷静である役割を与えられたはずだったが、気づくと、涙を流していた。

そうだな。俺は、いつも気づくのが遅い。

李鷗の離れた意識は、遠い日に失った妹を重ねるように思い描く。

冷静に自分を見つめられるのは、それが限界だった。

俯瞰する意識は消え去り、慌てふためきながら地上を走る憐れな男と重なる。

衛士寮に到着すると、すぐに明羽のもとに案内するよう告げた。

いつもとはまるで違う様子の李鷗に驚きながらも、衛士は、亡骸を安置するための離れた部屋に先導する。

扉が開くと、飾り気のない長机に、青白い顔をした明羽が横たわっているのが見えた。

ここに来るまで、もしかすると、という思いはあった。あの娘のことだ、実は生きているのではないか。あの不承知な顔で座っているのではないか。

だが、そんな希望はすべて打ち砕かれる。

歩み寄り、首にそっと触れて脈を確認する。

伝わる体温は冷たく、脈は動いていなかった。触れるまでは死が確信できないくらいに綺麗な姿だった。

案内した衛士は、後宮医が調べても死因はわからず、太腿の掠り傷以外に外傷はなかった。病の発作かなにかで急死したのではという見解であったことを告げるが、李鷗の耳には、その情報は届いていなかった。

「人払いをしてくれ。秘密裏に、調べたいことがある」

なんとかそれだけを口にして、衛士を部屋から追い出す。

二人きりになると、体の底から真っ先に込み上げてきたのは、不平不満だった。

「ふざけるなよ」

竹寂園で何度も交わした言葉のように、明羽への不満を呟く。

「あれほど、この件に関わるなと言っただろう。どうして、言うことをきかなかった」

言いながらも、李鷗自身もわかっていた。

明羽は、やめろと言うだけでやめるような娘ではなかった。やめさせたいのであれば、三品位として命ずればよかったのだ。権力を使えば、力ずくでも止めることができた。

そうしなかったのは、認めるのが怖かったからだ。

この侍女が、自分にとって大切な存在なのだと認めたくなかった。そんなくだらない誇りと臆病風のせいで、明羽は死んだのだ。

「俺は、なんて愚かなのだ。許せ、許してくれ」

李鷗は拳を握り締めながら、体を折り曲げるようにして明羽の胸に自らの額を押し当てた。七芸品評会の後、明羽を抱きしめたことがあった。あの時と同じ、後宮にいる女たちのような香ではなく、野を駆けまわってきたような汗と石鹸の匂いがした。

押し付けた体が、小さく震える。

次の瞬間、わずかに鼓動の音が聞こえた。

思考が止まる。何が起きたのかを理解するより先に、声が聞こえた。

「李鷗さま、重いです」

顔を上げ、仮面の三品は声のした方を見る。

そこには、青白い顔をした明羽が、わずかに首を持ち上げていた。

「……生きている、のか？」

「そのようですね。試したかいがありました」

不機嫌そうに眉を寄せながら、ゆっくりと体を起こそうとする。体温が低いせいか、手足に力が入らないようだった。

「いったい、どうなっている。確かに、衛士たちはお前が死んだと――」

李鷗は手を貸しながら、わけもわからず話しかける。

「妓楼三薬というものをご存じですか？　その中に仮死薬というものがあります。寧々さまに入手していただきました」

「馬鹿な。あれは、脈が止まるまで飲めば本当に死ぬかもしれない、危険な代物だぞ」

「ええ、だから試したかいがあったと言ったのです」

明羽は辛そうに眉を顰めながらも、口元にだけは、悪戯が成功したような笑みを浮かべる。

「事情は、後で詳しくお話しします。それよりも、私が生きていることが後宮内に知られるより先に、やらなければいけないことがあります――李鷗さま、いつか、困ったことがあったらいつでも頼ってよいとおっしゃいましたね。一つ、お願いがあります」

「待てっ。少し待て」

仮面の三品は、たまらず声を上げた。

状況がやっと飲み込めると同時に、動きを止めていた心がやっと感情を取り戻す。

生きていた、死んでなどいなかった。体中に、膝から崩れ落ちてしまいそうなほどの安堵が広がっていく。この安堵が爪先まで行き渡るまでは、とても陰謀の話を始めることなどできそうになかった。

「お前は、俺がどんな想いでここに来たと思っているんだ。勝手なことを、言うなっ」

明羽は、思いもよらぬ失態を指摘されたように戸惑いを浮かべる。

「……大変、失礼しました」

少しずつ血色が戻ってきた顔で、小さく頭を下げる。

「そうですね。まずは、謝罪をすべきでした。私は思い上がっていました。この後宮内のことであれば、李鷗さまに止められても自分でなんとかできると」

その瞳は、なにか恐ろしい目に遭ったのをまざまざと思い出したかのようだった。小さく震え始めた右手を胸に当てるようにして続ける。

「私がここにいるのは、ただ運がよかっただけ。もっとあなたの言葉に耳を傾けるべきでした。もっと慎重に、事を運ぶべきでした」

「いや、俺の方こそ、身勝手だった」

明羽の言葉を聞いて、李鷗も冷静さを取り戻す。いつもの淡々とした声に戻って続ける。

「お前を手元に置こうとした。目の届く安全なところに縛り付けようとした。お前が、來梨さまを百花皇妃にしようと必死なのを知っていながら、それを管理しようとした」

「……どうして、私などのために、涙を流しているのですか？」

李鷗は、自分が泣いていたことに、今になって気づく。

どうして。その問いは、李鷗の中で火打石のように無数の火花を散らした。

さきほど、慌てふためいて律令塔を駆け出す自分の背中を見つめながら考えていた。

なぜ明羽が大切なのか。他の娘たちと一体何が違うのか。

それらしい答えならいくらでも用意はできる。だが、今この場に必要なのは、そういった口先の言葉ではない気がした。どんな問題も即断即決していた秩宗尉は、珍しく口ごもる。

李鷗が決断するより先に、声がする。

「もしかして、妹君と私を重ねていらっしゃいましたか？」

それを聞いた瞬間、李鷗の中にあった迷いは吹き飛んだ。

妹は特別な存在だった。だが、明羽とはまるで違う。あまりにも的外れな答えすぎて、迷っていたのが馬鹿らしくなる。

「ふざけるな、お前は、あいつとは全く似ていない。あいつは、お前などよりずっと綺麗で素直で可愛げがあって――」

「それはそれは、ひどい言われようです」

目の前で、明羽がなぜか嬉しそうに笑う。

いつもの不機嫌そうな眉からは力が抜け、ふわりと自然に浮かんだような笑顔だった。

それを見た途端、浮ついていた李鷗の心は、海峡を越える渡り鳥がやっと岩場を見つけたかのように落ち着いた。

一番心の中を占めている言葉を、素直に吐き出す。

「だが、生きていて、よかった」

「はい。こうして李鷗さまの嫌味が聞けて、私も今なぜか、同じことを思いました」

笑顔が眩しく、胸が苦しくなり、李鷗は思わず顔を逸らした。

そこで、人払いをしていたはずの背後の扉が勢いよく開く。

「あら、まぁまぁ。なんてこと」

続いて気楽そうな声が響いてきた。

李鷗が視線を向けると、芙蓉妃が侍女を連れて立っていた。

來梨は、嬉しそうに目を輝かせている。背後の小柄な侍女は、なぜか頬を赤らめて口を押さえていた。

「李鷗さま、うちの侍女に不埒な真似は許しませんよ」

そこで、普通の男女ではありえないほど近い距離で見つめ合っていたのに気づく。

李鷗は慌てて体を離すと、貴妃に向けて拱手をする。

「これは、來梨さま。誤解を招くような見苦しい姿を見られてしまいました。ただ、明羽の体の具体を確かめようとしていただけでございます」

來梨の背後には、半ば申し訳なさそうな、その上で明羽が生きていることに驚いた顔をした衛士たちが立っていた。おそらく、貴妃から「自宮の侍女の亡骸を早く確認させろ」と迫られたのだろう。貴妃の言葉であれば、逆らえるはずもない。

「そういうことにしておきましょう、李鷗さま。あなたが本当は女性に興味があるなんて知れ渡ったら大変ですものね」

來梨はあっさりと、年下の弟でもからかうような口調で言ってから、背後の侍女を振り向く。

「ねぇ、小夏、言った通りでしょ。明羽は死んでないって」

「私も、こんなことだろうと思っていましたの」

元狩人の侍女も、人懐っこい笑みを浮かべながら頷く。

來梨と侍女は、明羽の傍に歩み寄ると、無事を確かめるように上から下まで眺める。

「元気そうでよかったわ。そこまで心配していなかったけれど」

「信頼していただいてなによりです。これでも、本当に死にかけたのですよ」

「あら、また楽観しすぎたかしらね」

李鷗は、芙蓉宮の主従の会話を聞きながら、わずかに胸が痛むのを感じた。

どうやら自分は、芙蓉妃のように明羽を信じることができなかった、それを思い知らされる。

「さて、明羽、あなたのことだから、ただでやられたわけじゃないんでしょ。話を聞かせて頂戴。誰があなたをこんな目に遭わせたのか——詳しくね」

來梨は笑みを消すと、長衣の裾を払うような仕草をしながら姿勢を正す。

その様子に、李鷗は、自らがかつて來梨に対して下した評価を見直さざるを得ないのを感じた。後宮に来たばかりの芙蓉妃は、なにも知らない貴妃だった。百花輪の儀で生き残ることなどありえないだろう考えていたのだ。

それが今は、他宮の貴妃と比べれば見劣りするものの、貴妃としての気高さを備えている。侍女が受けた屈辱に対して烈火の如く怒るような情熱もかつてはなかったものだ。

明羽は、まだ辛そうに腕を動かして軽く一揖すると、覚悟を決めた声で告げた。

「來梨さま、李鷗さま、事件の真相がわかりました。そして、お二人にそれぞれお願いがあります」

明羽はそう言いながら、二人を交互に見つめる。

それから明羽が告げた計略は、李鷗を驚かせ、余裕を見せていた來梨をあっけなく怯えさせるものだった。

◇◆◇◆◇

花を見るには、良い日和だった。

空は青く透き通り、漂う千切れ雲も陽の光を遮るような無粋はしない。後宮内を通り抜ける風が、爽やかな初夏の朝を彩っていた。

來梨は、美しい光景を見つめながら、心に重りがぶら下がっているような不安を感じていた。この重りがなければ、花々を心から楽しむことができただろう。

まったく、なんで私がこんな怖い思いをしなくちゃいけないの。

終わったら、ぜったいに引き籠ってやるんだから。明日の朝まで出てこないわ。

不満を紫色の花の上に並べながら、静かに待ち人を待っていた。

來梨がいるのは、紫楊殿（しようでん）と呼ばれる舎殿の庭園に架かる橋の上だった。外廷と後宮の境近くに位置する来賓のために用意された舎殿の一つだ。桃源殿のように祝宴を催すような広さはなく、少人数での会合などに使われる。その頻度は低いため、妃嬪たちの茶会の場所として使われることの方が多かった。

紫楊殿の庭には、舎殿の名の由来となった紫色の藤が咲き誇っていた。庭園の中央には山河を模した傾斜のある池が作られ、中央には石造りの太鼓（たいこ）橋が架かっている。藤は、池を囲むように植えられており、橋の中央から眺めると、空から地面に向かって垂れ下がる花房と甘い香りに逃げ場なく包囲されているようだった。

「大丈夫ですの、來梨さま」

不安を和らげようとしてくれたのだろう、気遣うような声がする。

來梨の背後には、小夏が付き添っていた。明羽の姿はなく、傍にいる侍女は一人だけだ。

昨日、飛燕宮の近くで明羽の遺体が見つかった噂は、後宮中に広まっていた。孔雀宮の炎上に比べれば取るに足らない小さな事件であったが、紅花の話題に飽きかけていた女官たちは、恰好の新しい話題に飛びついていた。

李鷗により、情報が衛士寮の外に漏れないよう徹底的に処置が講じられた。そのおかげで、今もまだ明羽が生きていることは隠し通せている。

そこで、橋の袂にある藤の花が揺れる。

紫色の帳を割るようにして現れたのは、翡翠妃・玉蘭だった。

身に纏うのは、花に集まる鳥を織り出した長衣に翠玉のように鮮やかな被帛。装飾も宮の名である翡翠の大玉をあしらった髪飾りを筆頭に、一つでも目を引くような宝玉がふんだんに使われていた。後宮に入ってからというもの、玉蘭の天女のような美しさは日に日に磨きがかかるようだった。それは、身に纏う被服がより洗練されたのが理由の一つであり、それだけ、彼女が多くの貴族や商人から支援を受けている証でもあった。

「來梨さまから、花見に誘われるとは思ってもみませんでした」

玉蘭は天女のように微笑みながら、來梨の待つ橋の上へと歩み寄ってくる。

「星沙さまから教わりました。何か相談をするときは、花を見に誘うとよい。特にこういう、他の女官や宦官たちが近づけない場所がよいと」

「確かに、ここは相談事にはよい場所ですね」

まだ朝早いせいか、辺りに人の気配はない。もし誰かが訪れたとしても、橋の上で交わされる会話を聞き取られることはない。仙泉園と同じような条件の庭園を探して見つけた場所だった。

「それで、相談事とはなんでしょうか？」

玉蘭は問いかけながら、さりげなく來梨の背後に控える侍女が一人だけになっていることを確認するが、なにも口にはしなかった。

「先日の朝礼で、皇后さまより、紅花さまを先帝陵に葬るためには、孔雀宮が先帝祭礼での襲撃に一切関わっていなかったことを示す必要があると教えていただきました。それについて、ご協力いただきたいのです」

「まだ、そのことにこだわっていたのですね」

「私にとって紅花さまは……大切な友となるはずの方でした」

「意外ですね。來梨さまがそこまで、あの方に想い入れがあっただなんて。けれど、私も皇后さまと同じ意見です。疑いが晴れない限り、あなたに協力することはできません」

「玉蘭さま、今日は、ただ私の意見に賛同していただきたくてお誘いしたのではないのです」

來梨は、真っすぐに玉蘭へと栗色の瞳を向ける。

その手は小さく震えていたが、何度も練習していたため、言い淀むことはなかった。

「あなたには、先帝陵で捕まった内通者たちの証言をなかったことにしていただきたいのです。先帝祭礼の襲撃者と紅花さまを繋げるのは、先帝陵駐屯軍で捕らえられた内通者の証言だけです。あの証言が偽りだとわかれば疑いは晴れる」

唐突な言葉に、玉蘭は目覚めるとまったく知らない場所にいたかのような戸惑いを浮かべた。

「何を、言っているのです？」

「芙蓉宮は真相に辿り着きました。先帝陵の内通者は、あなたが用意させたのでしょう？　ならば、それを偽りだったとすり替えることもできるのではないですか？」

「來梨さま、そのような言いがかりをつけるのであれば、話はこれまでです」

翡翠妃が背を向けようとしたところに、來梨は追いかけるように告げる。

「あなたが相伊将軍に依頼して、紅花さまを陥れたことも知っています」

「いいかげんなことを言わないでください。私が、なぜそのようなことを」

「孔雀宮に仕えていた梨円という侍女を知っていますか？　幼い頃より『九蛇楽団』に囚(とら)われていた憐れな娘です。相伊将軍にも利用されていました」

來梨は淡々と言葉を続ける。いずれも、侍女二人としつこく練習した賜物だった。

玉蘭は、見るものすべてを虜にする美しさはそのままに、不名誉な言いがかりをつけられたような不満の表情を浮かべた。

「梨円と相伊将軍が密かに翡翠宮を訪れていたという情報も耳にしました。しつこく孔雀宮のことを調べようとした私の侍女、明羽を殺すように命じたのも、あなたですね？」

怒りが限界に達したように、反論もせずに睨みつけてくる。

いつも優しく清らかな貴妃から、白刃を突き付けるような気迫が漏れていた。普段はその刃をどこに隠していたのか尋ねたくなるような鋭い気配に、來梨の指先の震えはたちまち大きくなる。

本当に、なんで私がこんな目に遭わないといけないの。怖くて仕方ないわ。玉蘭さまが嘘を言っているようには見えない。もし本当に私が出鱈目を口にしているのだとしたら、もうどんなに謝ったって許してくれないわ。

いつもの臆病風が、弱気な言葉を、露店が開けるほどに並べ始める。

けれど、引くわけにはいかなかった。

怠惰で臆病な貴妃だけれど、愚直に誰かを信じることだけは、他のどの貴妃にも負けない。それが長所であり武器だと、自ら決めたのだ。

「私は確かになんの権力も後ろ盾もない貴妃ですが、よい侍女たちに恵まれました」

それが合図だった。小夏が、來梨の背後で手を水平に上げる。

來梨は精一杯に強がって笑みを浮かべたまま、体を橋の欄干の方に向ける。その視線の先、池を挟んだ対岸に、藤の花を割るようにして明羽が姿を見せた。

柔らかな風が吹き、紫色の花房がいっせいに揺れる。そのおかげで、明羽の隣にもう一人、並んで立っているのが見えた。

明羽の隣には、孔雀宮の侍女・梨円がいた。

二人は表情なく、真っすぐに橋の上を見つめている。玉蘭には、ほんの一瞬、亡者が姿を現したように感じられたかもしれない。

「そう、生きていたのですね」

風が通り過ぎ、辺りを包む藤の花のざわめきが収まった後で、玉蘭は呟いた。

來梨は頷いてから、用意していた台詞(せりふ)を続ける。

「彼女からすべてを聞きました。紅花さまは関わっていなくとも、炎家の者が相伊将軍の用意した陰謀に加担していた。公になれば、南虎と一領三州の確執は確実になる。それを憂いた紅花さまは、自ら舎殿に火をかけた。あなたは、すべてを見越して陰謀を仕組んだのですか？」

「私は、なにも知らないわ。ただ、相伊さまに、紅花さまには早めに後宮から去ってもらいたいとお話をしただけ」

來梨の中に、初めて恐怖とは異なる感情が湧き上がる。

栗色の瞳に怒りを灯すと、翡翠妃に体ごと向き直った。

「玉蘭さま、あなたという人はっ」

「それで、來梨さまは私と相伊さまを糾弾するつもりなのですか？」

來梨の手の内がわかったことで逆に安心したのか、玉蘭の笑みに余裕が戻る。それは、さっきまで怒ってみせていたのはすべて演技だったという証でもあった。

「そのようなつもりはありません。訴えたところで、孔雀宮の侍女の話とお二人の話では重みが違います。ですが――秩宗部に、玉蘭さまと相伊さまの関係を調べられると、それなりに面倒なことになるのではないですか？」

明羽は、梨円から聞いた事実のすべてを、李鷗には話していなかった。炎家により依頼された『九蛇楽団』が関わっていることのみを話し、背後で糸を引いていたのが玉蘭と相伊であることは伝えていない。

それが、明羽が考えた交渉の切り札だった。

「なにを考えていらっしゃるのか知らないけれど、私にはやましいことはなに一つとしてありません。それに、真実を明らかにすることは、紅花さまが隠そうとした炎家の醜態を明らかにすることにもなりますよ。あなたが本当に紅花さまのことを想うなら、そっとしておくのが最良ではないですか？」

「玉蘭さま、私は今日、互いに利のある話をしたくてお呼びしたのです」

「……それが、最初の話に繋がるというわけですね」

「その通りです。翡翠宮のお力で先帝陵の内通者の証言をなかったことにしてくだされば、私は今口にしたことを忘れ、梨円は後宮から姿を消します。炎家の醜態は明るみに出ることはなく、紅花さまを先帝陵に葬ることができる」

「取引のつもりですか？　私はそのような話を引き受けるつもりはございません。いくら調べられたところで、翡翠宮からはなにも出てこないのですから」

「そうだとしても、取引に応じていただいた方が面倒事は少なくて済むはずです。紅花さまはもういない、協力してもあなたの不利益になることはないのではないですか？」

「貴妃としての誇りに傷をつけるよりは、面倒事の方が良いと言っているのです」

來梨は、ほんのわずかに目を閉じる。

昨夜、芙蓉宮で想定し、練習をしていた言葉はここまでだった。紅花は後宮から去った、今さら先帝陵に葬られたところで玉蘭にはなんの不利益にもならない、取引に応じるだろうというのが明羽の予想だった。

けれど、貴妃としての気高さは、明羽の予想を上回っていた。弱みを握られて取引を受けるということは、不利益はなくとも敗北だと考えているのだろう。

「……それだけではありません。私と玉蘭さま、どちらにも等しく大切なことがございます」

玉蘭の瞳には、もう欠片の優しさも残っていなかった。そんなものがあるなら言ってみろ、と試すように見つめている。

來梨は自らの胸に手を当てて、用意していたものではなく、自らの言葉で続ける。

それは、孔雀宮が焼け落ちるのを見たその日から、ずっと感じていたことだった。

「主上が、それを望んでいる」

短い、けれども強い意思のこもった言葉だった。

玉蘭の瞳から、途端に敵意が消えていく。

「そう……そうね。確かに、そうかもしれませんね」

貴妃の会話は、途端に、同じ男の寵愛を求める女同士の会話へと変わる。玉蘭は細く美しい指先を自らの唇に触れさせながら告げた。

「紅花さまが亡くなった夜、主上は翡翠宮へ渡りをされました。ですが、主上は私の体に触れようとしなかった。紅花さまを想いながら私に触れるのは無礼だと、そのようにおっしゃいました。だから、私は隣で手を握って朝まですごしたのです。主上はずっと、紅花さまのことを話しておられました」

來梨は気づくと、さっきまで震えていた拳を強く握り締めていた。

胸の中に湧き上がってきたのは、怒りでも恐れでもなく、嫉妬だった。幼いころから何も望まぬように生きてきた來梨にとって、初めての強い嫉妬の感情だった。

それは、私の役目なのに。主上が辛い時に傍にいるのは、私のはずだったのに。

叫びたくなるのを必死に押し留める。今はそのような私心にこだわっている時ではない。

大きく息を吸うと、藤の甘い香りが気休め程度に心を落ち着けてくれた。

「では、主上のお気持ちはわかるはずです。どうか」

「……わかりました。他ならぬ主上のために、あなたとの取引に応じます。紅花さまにかかる疑いは、すぐに晴れることをお約束します」

玉蘭が告げる。その言葉は、刑門部さえ手中に収めているかのような自信に満ちていた。

「ありがとう、ございます」

「あなたの悔しがる顔も見られたので、これで、おあいこですね」

來梨は、さっきの嫉妬を、玉蘭に見抜かれていたことに気づく。

取引に応じさせたのは、來梨の目論み通りだった。けれども、どうしようもない敗北感が胸を過ぎる。

これまでなら、あとは黙って俯いていた。過ぎ去るのを待っていた。

けれど、最近になって芽生えてきた貴妃の意地が、心を奮い立たせる。

「玉蘭さま、私は後宮に来たばかりの時、あなたの清らかな優しさに憧れました」

真っすぐに、玉蘭を見つめる。奸計を巡らせ、直接ではないにしろ紅花を死へと追いやり、明羽をも殺そうとした。それなのに、瞳に映る貴妃には穢れ一つなく、出会った時と変わらずに、天から遣わされたかのように美しい。

「けれど、あなたは優しかったわけじゃない。どうすれば人の心を捉えることができるか知っていただけ。自らの手は清らかなまま多くの人を不幸にさせて、あまつさえ可哀想だと涙を流すことができる。だから私は、あなたのことが——嫌いです」

玉蘭は、愛の言葉でも囁かれたように、うっとりするような笑みを浮かべる。

それは、來梨の知る清廉潔白な貴妃が、これまでに見せたことのない表情だった。

「私は今日のことで、あなたのことが少しだけ好きになれました」

それだけ告げると、背を向けて立ち去っていく。

去り際に、玉蘭は対岸にいる明羽に視線を向けた。最早その目に敵意はなく、自らを出し抜いた侍女の手腕を称えるようだった。

玉蘭と、その背後に続く二人の侍女の姿が藤の花の向こうに消えると、來梨は途端に力が抜けたように体勢を崩し、橋の欄干に体を預けた。

貴妃の手足は、緊張を思い出したように震えていた。

「がんばりましたね、來梨さま」

背後から、小夏の温かな声がする。

來梨は乳母に縋りつく幼子のように、小柄な侍女に抱き着いた。

「怖かったわ。それに、悔しくてたまらない。もう、こんな思いはたくさんよ」

「芙蓉宮に戻ったら、好きなだけ引き籠ってください。日もちがするお菓子をたっぷり用意していますの」

その言葉に、來梨は抱きしめる両腕にさらに力を込めた。

風が橋を駆け抜け、藤の花の香を運んでくる。

來梨は視線を、対岸へと向ける。そこでは、もう一人の侍女が、泣き笑いのような表情を浮かべていた。

◇◆◇◆◇

明羽は、橋の上で抱き合う二人を見つめながら、取引が上手くいったことを知った。

まだまだ頼りないところはあるし、舎殿に戻ってから当分は引き籠ることになるのだろうけれど、自らの主が見違えるほどに成長した姿に嬉しくなる。

……あの玉蘭さまと張り合うなんて、少し前の來梨さまでは考えられなかった。

思わず笑みがこぼれそうになるのを堪える。それから、隣に立つ、主を失った侍女のほうを振り向いた。

「これで、紅花さまは先帝陵に葬られることになるわ」

梨円は短い間を置いた後、いつもの感情の感じられない声で告げる。

「……ありがとう。お前には、借りができた」

けれど、明羽には、それがいつもとは違うことがわかった。

梨円の目には、涙が溢れていた。

「気にしないで。私も、來梨さまの望みを叶えるためにやっただけよ」

「でも、私はお前を殺そうとした――それなのに」

その言葉に、明羽は、背後に死を感じた瞬間のことを思い出す。

恐怖と共に心に浮かぶのは、我ながらよくもあの場面で口が回ったものだ、という自嘲だった。


雷鳥宮で毒を持って迫る梨円に、明羽は取引を持ちかけた。

「私を殺して、それでどうなるの？　あなたの妹は、半月は命を長らえられるかもしれない。でも、その次は？　その次の次は？　いつか、あなたは失敗する。こんなの、生きているとは言えない」

「お前が心配する必要はない。どんなことをしたって妹を、美杏を守り続ける。そうでないと、紅花さまを裏切ったことが無意味になる」

「一つ、作戦があるの。あなたと妹を助けて、それから、紅花さまを先帝陵へと葬ることができる」

梨円はもう聞くつもりはないというように、毒を持った手を近づける。

体を動かせない明羽に残された戦う術は、言葉だけだった。絶望的なほど追い詰められた状況だけれど、これまで後宮内で過ごしてきた日々のおかげで、言葉は淀みなく滑り出る。

「このままでは、あなたも妹も利用されて切り捨てられて終わるだけ。それなら、賭けをしてみない」

梨円の手が止まる。その隙に、ありったけの想いを込めて語った。

「私が信じられなくても、來梨さまが信じられなくても、紅花さまの言葉なら信じられるはず。自分がなれなかった時は來梨さまを百花皇妃に、紅花さまにそう託された來梨さまに、賭けてみて!」

それは、〝声詠み〟の力で紅花が來梨のために削ったという弓に触れた時に聞いた言葉だった。

『……まさか他州の貴妃に、この紋様を渡すとは思わなかったな。万が一、あたしが百花皇妃になれなかったとしても、こいつなら我慢してやってもいいか』

弓が蓄えていた思念。それは、弓の手入れをしている時に、紅花が考えていた言葉だったのだろう。

それを聞いた瞬間、梨円は動きを止めた。

「……紅花さまが、そんなことを言ったのか？」

「紅花さまから受け取った弓には、はっきりとその想いが刻まれていた。燃え盛る炎と虎の紋様――あなたには、この意味がわかるでしょう？」

短い沈黙の後、梨円は、毒を庭に投げ捨てた。

そして、瞳の奥に青い炎を灯したまま告げる。

「……お前も、お前の主も信じない。でも、私は……紅花さまを信じる」

それから梨円は、相伊を利用して紅花を死へと追いやったのは翡翠妃・玉蘭であったことを語った。

明羽の作戦は、懐に忍ばせていた薬を飲み自ら仮死状態になることだった。死を偽装し、任務を完遂したと騙すことができれば、梨円と妹・美杏は九蛇から解毒薬を受け取ることができる。

そして、人目のつかないところで目覚めた後で密かに李鷗と接触する。梨円から聞いた『九蛇楽団』が根城にしているという妓楼の名を告げれば、李鷗ならば独自に捜索を行うことができる。

目覚めた明羽が李鷗に頼んだのは、この捜索だった。

梨円の証言をもとにした捜索は昨夜のうちに行われ、根城であった妓楼に踏み込んだ禁軍の兵によって九蛇の幹部数人が捕まり、囚われていた妓女たちが救い出された。梨円の妹・美杏もその中に入っていた。

その後、來梨と玉蘭の取引まで明羽が生きていることを隠し、取引の最中のもっとも効果的な時に、梨円と二人で姿を見せたのだった。

風が吹いて、藤の花の甘い香りをかき混ぜていく。

「本当に、お前の言う通りに事が運んだな」

「運がよかっただけよ。それより、あなたはこれからどうするの？」

梨円の望みは叶った。妹が救い出され、紅花は先帝陵に葬られる。

だが、彼女自身の境遇は、安寧とは程遠いものだった。罪人である以上は宮城に保護を求めることもできず、『九蛇楽団』も裏切者を決して許さないだろう。

「死ぬつもり、じゃないよね」

孔雀宮の侍女は、その瞳に主から受け継いだ炎を揺らして答える。

「妹が無事なら、もう私を縛るものはない。紅花さまに、生きのびろと言われた。あの方の遺言だ、死んだりしないさ。ここを出て、生きる場所を探す」

「そう。あなたなら、きっと大丈夫ね」

梨円は頷くと、そのまま背を向けて立ち去っていく。

明羽は、その背が藤の花房に隠れて見えなくなるまで、ずっと見送っていた。


翌日、刑門部の調べにより、先帝陵駐屯軍で捕まった内通者の証言は偽りであることがわかった。いずれも、南虎州への差別主義に傾倒した思想の持ち主であり、孔雀妃を貶めるために嘘の証言をしていた――それが、玉蘭が用意した新しい筋書きだった。

そして、皇后を含む五人の皇妃の推挙により、紅花は復権を果たし、皇族に追封され、先帝陵へ葬られることが決まった。

終幕

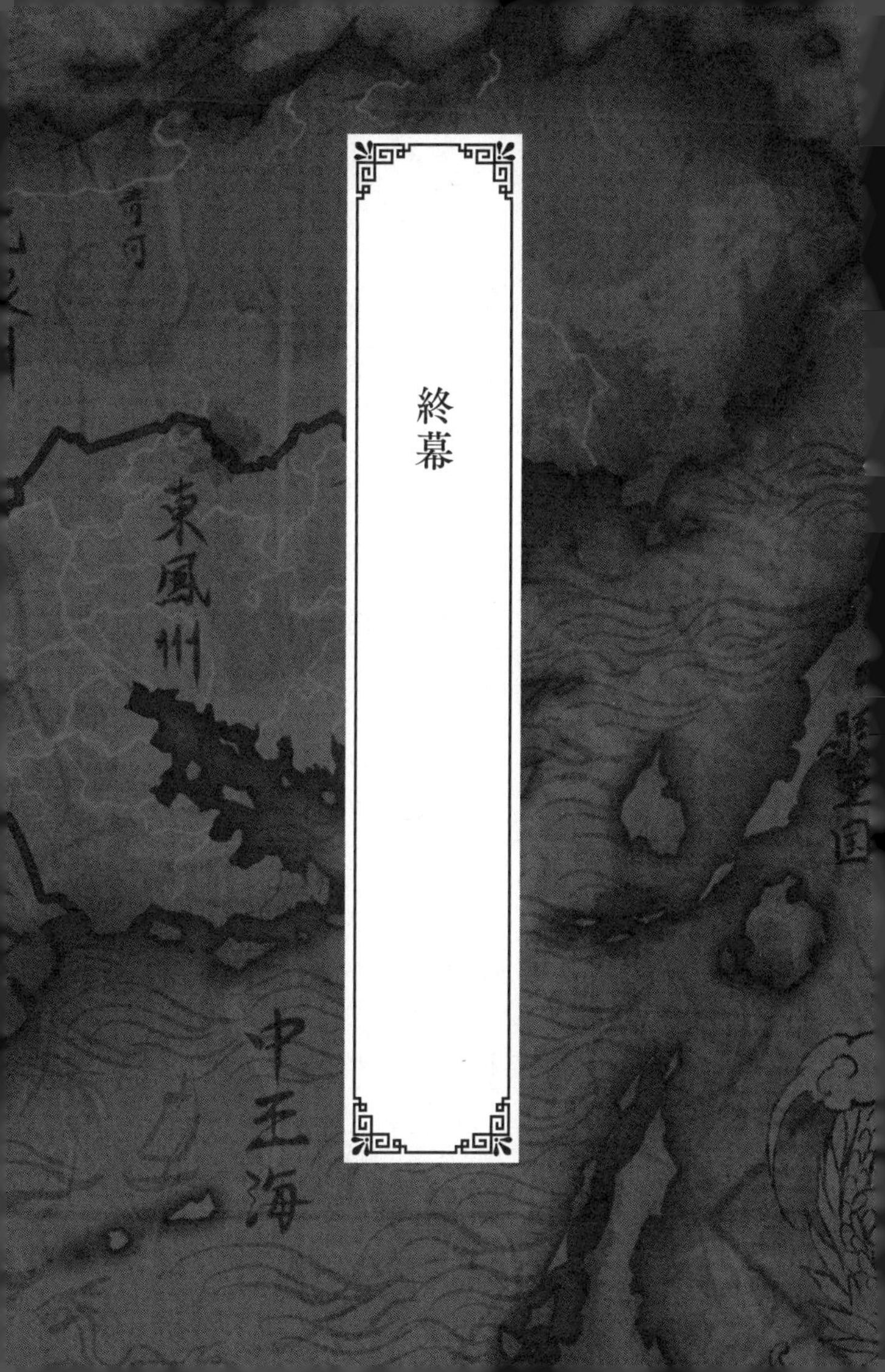

紅花（ホンファ）の葬儀の日は、天帝が彼女のために道を開いたかのような蒼天だった。

突き抜けるような青空の下、皇帝と重臣たち、皇族と皇妃たちは列を作り、先帝祭礼の時と同じように先帝陵へと向かった。

皇墓に入れるのは皇族と墓守だけであったが、皇帝・兎閣（とかく）は、今回の葬儀で皇墓に入るのは皇帝のみとすることを命じた。

皇墓は、帝都・永京を見下ろす丘に掘られた横穴だった。初代黎明（れいめい）帝が狩りを行っていた時、丘陵に広い洞穴を見つけたのが始まりだという。天然の洞穴は拡張、補強され、石造りの巨大な皇墓となり、周囲を囲う城壁ができて先帝陵となった。

穴の内部は土竜（もぐら）の巣のように無数に枝分かれしており、それぞれの通路の最奥に歴代皇帝が眠っている。

新たな帝が誕生するたび、墓守によって皇帝のための横穴が掘られ、当代の皇妃や皇族はそこに陪葬されるのが決まりだった。

最奥に掘られた真新しい通路の先に、紅花の棺が埋められた一角がある。その周りには生前の姿になぞらえた祭壇が飾られていた。孔雀妃の祭壇には、金細工が施され七宝で彩られた虎と孔雀、そして、南虎州の州訓を思わせる炎の装飾がされている。

兎閣は長い時間、祭壇に向かって無言で語り続けた。

百花輪の儀には、皇帝のみに知らされるいくつかの掟（おきて）がある。すべての貴妃の力量がわかるまで貴妃を選んではならない。思慕の情で貴妃を選んではならない。私心にて貴妃を選んではならない。

国難が現れるとき、そこには常に百花輪の儀があり、後宮を統べ民の希望となり国土に安寧をもたらす新しい皇后が選ばれてきた。

迫りくる国難に立ち向かうには、一領四州で最大の軍事力を持つ南虎州、特にその中心である炎（えん）家との結束を強めることが課題であった。そのため、兎閣は、紅花を百花皇妃に選ぶことが最良であると考えていた。紅花にはその器も力も備わっていた。

だが、それゆえに他の貴妃たちに命を狙われた。百花輪の儀において、自らを守れぬ貴妃は敗者に他ならない。

けれど紅花は、死ぬことにより救国の英雄となった。

「……この国を守り抜くことを、君に誓おう」

立ち去る間際、胸に誓いを刻むように、それだけは声に出して告げた。

長い回廊を抜け、皇帝・兎閣が皇墓の外に出ると、黒色の礼服を纏った体格の良い貴族が立っていた。他の重臣たちと離れ、たった一人、出口で皇帝を待ち構えていたようだった。

白髪の交ざる赤髪に髭を蓄えた壮年の男だったが、その体は老いをまったく感じさせない。炎を宿す深紅の瞳は娘に似て力強く、褐色の肌には火山の脈動のような力強さがある。

炎家の当主・炎項耀だった。どれほど皇帝が求めても滅多なことでは帝都を訪れることのなかった傑物が、南虎州より娘の葬儀のために参列していた。

項耀は皇帝に近づくと、周りに人がいないのを確かめて声をかけた。

「我が炎家の者が大変なことをした。あの者は火炙りにして処刑した、どうか許してくれ」

皇帝は頷く。刑門部はすでに、炎家の末席にある角斗が、先帝祭礼の襲撃事件の裏で糸を引いていた事実を摑んでいた。紅花の死を隠れ蓑に、それを内密に処理することで、炎家に大きな貸しを作ったのだ。

「相伊が関わっていたかもしれないとの証言もあったが、今回はやつを裁くだけの証拠は見つからなかった」

「あいつは若い頃に我が炎家で剣を学んでいた。どんな性根の男かは良く知っている。おそらく皇太后も関わっているのだろう。それらは、いずれ、だな」

今度は、項耀が頷く番だった。短いやり取りであったが、それだけで二人の傑物は互いの意思が通じ合うのを感じた。

「紅花は、素晴らしい女性だった」

「当然だ。儂の、娘だからな」

「こうして貴殿と私が深く手を携えることができたのは、彼女のおかげだな」

皇帝のその言葉に、項耀の目が光を吸い込むような深い色に変わる。

百花皇妃となり、華信と南虎を完全な形で一つにすることはできなかった。けれども、その命を燃やすことで、楔を打ち込むような強い結束を生み出した。

項耀は片膝を突くと、皇帝に向けて忠誠を示すために拱手の姿勢を取る。

「これからも、南虎は皇帝・兎閣を主と仰ぎ、華信のために尽くそう」

「牙の大陸の動きは耳にしているな。期待している」

皇帝はそう告げると、項耀を立たせて共に歩き出した。

皇墓の丘を下ると、重臣や近衛兵たちが待機していた。炎家当主と共に歩む皇帝の姿は、皇家と南虎が新たな関係を築いたことを彼らに印象づけた。

兎閣は、この状況を成すために貢献したもう一人の貴妃を想った。

刑門部の調べとは別に、李鷗から芙蓉宮が紅花のために動いたことも耳にしていた。

明羽が李鷗に話さなかった、來梨と玉蘭が取引を行ったことまでは伝わっていないが、芙蓉宮が他の皇妃たちから復権のための推挙を得るために奔走したことは聞いている。

彼女がいなければ、紅花は先帝陵に葬られることはなく、こうして炎家と共に歩くこともなかっただろう。

◇◆◇◆◇

皇墓への立ち入りが許されない貴妃たちは、先帝祭礼の時と同じく離宮で葬儀が終わるまで待つことになっていた。

來梨は、かつて刺客に襲われた場所で寛ぐ気にもなれず、明羽を連絡係として離宮に残し、小夏(シャオシィ)を連れて近くの庭園を散策していた。

皇墓の池を囲む庭園には、盛りを過ぎた牡丹が、残りわずかな命を燃やすように花弁を開いていた。花弁の先は焼け焦げたように色が濃くなり縮んでいるが、それでも精一杯に太陽を見上げている。

赤い色を見ると、どうしても紅花のことを思い出す。

牡丹の花弁に一つ一つ触れながら、この場所に新たに葬られた貴妃のことを考え歩いていると、正面に人影が見えた。

皇帝・兎閣が、数人の近衛兵だけを従えて向かってきていた。

來梨はすぐさま片膝をつき、拱手の姿勢をする。その肩は、緊張でわずかに震えていた。

また、眼中にないかのように無視されるかもしれない。そうなったら、とても立ち直れない。

兎閤とは、孔雀宮が焼け落ちた日から一度も口を利いていない。芙蓉宮への渡りも一切なく、皇墓へと向かう道中で話しかけられることもなかった。

避けられているのは明らかであり、侍女たちに、嫌われてしまったのかもしれない、どうしたらいいかしら、と毎晩のように不安を口にしていた。

皇帝の歩みが、來梨の前で止まる。

そして、來梨の良く知る、訥々とした柔らかい声が降ってきた。

「李鷗から、紅花を先帝陵に葬るために、君が尽力してくれたことを聞いた。ありがとう」

來梨は顔を上げ、愛しい人を見上げた。

皇帝・兎閤は、抱えている苦悩が和らいだかのように晴れやかに微笑んでいた。たったそれだけで、不安でいっぱいだった來梨の胸も軽やかになる。

「君は、俺がもっとも望んでいたことをしてくれた」

「紅花さまが先帝陵へ葬られるならば、もしいつか私がここに葬られることになったら、またお話ができる、そう思ったのです」

当たり前のことを言ったつもりだったが、それを聞いた兎閣は、唐突に笑い出す。最初は控えめに口元を緩めるだけだったが、次第に耐えきれなくなったように笑い声を上げて笑った。

「そんな理由、だったのか」

來梨は、なにかおかしいことを言ったのか、と不思議に思ったが、愛しい人が楽しそうにしているため、それ以上は深く考えるのをやめた。

紅花の死について、兎閣なりに責任を感じ、思いつめていたのだろう。

それと同時に、紫楊殿で玉蘭から夜渡りの日のことを聞き、胸が締め付けられるように痛んだのを思い出した。

立ち上がり、真っすぐに皇帝の瞳を見つめる。

「兎閣さま、私はもう、なにも知らない幼子ではありません。あなたが国のために、さまざまな闇を抱えていらっしゃることは知っています。これからは、どうか私にも、その闇を共に背負わせてくださいませ」

短い沈黙の後、皇帝は長い息を吐いて答えた。

「そうか。君も、あの頃の芙蓉のままではないのだな。俺は君に、変わって欲しくないと思っていた。だから、闇から遠ざけたかった。変わってしまった俺を見せたくなかった。だが……それは、君にとって侮辱だったのかもしれない。君は変わった。あの頃と同じく真っすぐなままに、強くなった」

「兎閣さま、私は百花皇妃になります」

來梨は口にしてすぐ、自分でも、その言葉が自然に出てきたことに驚いていた。

だが、今この瞬間、自分が進む道はそれしかないのだとわかった。

「百花輪の儀は国事だ。俺の寵愛など関係ない。これまで私心を殺し、公に努めてきたからこそ今の華信国がある——登ってこい、自らの足で」

突き放すような皇帝の言葉は、來梨にとってなによりの鼓舞だった。

真っすぐな笑みを浮かべて答える。

「はい。この華信国に、必要とされる女になりましょう」

來梨の胸に、炎のように駆け抜けていった貴妃の姿が浮かぶ。

百花皇妃になれば、やがて死を迎えた後で自らも先帝陵へと葬られることになる。そうすればきっと、彼女と対面したときに、よくやったじゃねぇか、と笑ってくれるだろう。

來梨は愛する人を見つめながら、ふと、そんなことを夢想した。

◇◆◇◆◇

一人離宮に残った明羽は、庭園の傍にある石造りの椅子に腰かけていた。

そこに、騒々しい足音が近づいてくる。

孔雀宮の侍女・朱波（しゅは）だった。彼女が身に纏っているのは、見慣れた赤色の孔雀宮の侍女の襦裙ではなく、動きやすく足を出した旅装束だった。

朱波は、葬儀に訪れた炎家の一団に交ざり、そのまま南虎州へと帰ることになっていた。

「あんたたちには世話になったわね。本当に、紅花さまが先帝陵に葬られることになるとは思わなかった」

「私は、來梨さまのために動いただけよ」

「そうね。でも、ありがとう」

いつも挑発的だった侍女は、すとんと隣に座ると真っすぐに笑いかけてくる。

明羽は、邯尾にいたころ、母が可愛がっていた野良猫のことを思い出した。母が残飯を分け与えると嬉しそうにすり寄ってきた、あの猫と同じ純粋で気まぐれな目だった。

「朱波がいなくなると、寂しくなるね」

「そうでしょう。それより、小夏に言っといて。玲々（リンリン）さまの『後宮恥美譚』の新作が出たら、必ず送ってちょうだいって」

「わかったわかった。それ、何回目よ」

明羽がうざったそうにあしらうと、朱波は気が済んだように立ち上がる。

それから、拳を縦にして突き出してくる。

「ねぇ、北狼州では、約束するときにこうやるんでしょ？」

それは、北胡族に伝わる共になにかを成し遂げようと誓いを立てるときの合図だった。

朱波は少し勘違いをしているようだったが、明羽は気にせずに、同じように縦にした拳を重ねる。

「なにを、約束すればいいの？」

「來梨さまを、百花皇妃にしなさい」

勝手に言って、一方的に拳をぶつける。

「紅花さまがたった一人、認めた貴妃だもの。來梨さまなら、きっと紅花さまも許してくださる」

「うん、わかった」

猫のように目を細めて笑うと、そのまま朱波は背を向けて立ち去って行った。

明羽は、赤い髪が揺れる背中が遠ざかるのをじっと見送った。ぶつけられた拳は、焚火にでも翳したような熱を持っていて、体の芯まで広がっていくようだった。

そっと、腰にぶら下げた眠り狐の相棒に触れる。

「なんだかんだ言って、朱波がいなくなると寂しくなるね」

胸の中の寂しさを誰かと共有したくて、小さく囁いた。

けれど、白眉(はくび)から返ってきたのは、緊張した声だった。

『明羽、振り向かないで。顔を伏せて、できるだけ目立たないようにして』

なぜ、と聞くより先に、背後から軽やかな足音が近づいてくるのに気づいた。

『相伊将軍が、こっちに来る』

その名に、白眉が緊張している理由がわかる。

相伊は、先帝祭礼での事件を裏で操っていた黒幕だった。梨円(りえん)に命じて、明羽を殺そうとした人物でもある。おそらく、明羽が生きていることを知って面白くなかったはずだ。気まぐれにまた命を狙ってくる可能性もある。

『向こうはまだ明羽だと気づいてない。顔を伏せて、やりすごした方がいい。この場でなにかするとは思えないけど——念には念をいれよう』

辺りに人気はない。確かに、凶行に及ぶことも、やろうと思えば可能だった。

明羽は目を瞑って顔を伏せ、疲れた女官が人目を忍んでうたた寝しているのを演じる。

足音が近づき、ふわりと桃の花の香が漂う。

相伊は庭園の端で眠っている娘など気に留める様子はなく、速足で明羽の横を通り過ぎていった。

明羽は薄目を開けて確認する。

将軍麗人と呼ばれる美しい軍人の背が目に入る。

相伊は、そもそもなぜ玉蘭のために謀を行ったのだろう。

何度となく頭に浮かんでいた疑問が過ぎる。西鹿の国境に赴任していたため、玉蘭と面識があったことは誰もが知っている。けれど、朱波の話では、紅花とは義姉弟の間柄だったとも聞いていた。

そこで、小さな鈴の音が響いた。

通り過ぎた相伊将軍が、鈴の付いた帯飾りを落としていた。相伊は気づかず歩み去ろうとしている。

『ほっといた方がいい』

頭の中に白眉の声が響く。けれど、明羽はほんの少し迷った末、帯飾りを拾おうと立ち上がって近づいた。

帯飾りは瑠璃の玉でできていたが、白眉とよく似た眠り狐が彫り込まれていた。ずいぶん古い物のようだ。

しゃがんで指先で触れた瞬間、だった。

明羽の頭の中に、強烈な声が流れ込んできた。

問いかけに答えるのではなく、半ば強制的に叫び声を聞かされたように、一瞬で頭の中を言葉が埋め尽くす。その不気味な声に、明羽は思わず、小さく悲鳴を上げた。

今、明羽が聞いたのは、瑠璃の帯飾りの声ではなく、そこに宿った相伊の思念に違いなかった。

「見つけてくれて、ありがとうございます。危うく気づかずに通り過ぎるところでした。それは、私の宝物なのですよ」

頭上から、澄み切った声がする。

相伊が足音もなく戻ってきて、明羽を見下ろしていた。一夜にして後宮中の女官たちを虜にした美貌には、桃の花弁を散らしているかのような華やかな笑みが浮かんでいる。美貌の奥には圧倒的な武の気配も感じる。明羽はその瞳に、美しく強い、金剛石の輝きを見た。

「わざと落とされたのですね」

「はい。気になる女性がいると、あの手この手で話かけたくなるのは、男の性(さが)というものですから。あなたの噂は聞いています。聡明で主人思いで、他宮からすればよほどやっかいな侍女がいると、ね。いやいや、こうして見ると大変に美しい」

視線を合わせるようにしゃがみ込むと、真っすぐに明羽を見つめてくる。

普通の女官ならば赤面するか緊張で卒倒しただろうが、明羽が感じたのは不気味さと、元来の男嫌いの性格からやってくる嫌悪だけだった。

遅れて、皇族でもある将軍に直接返答をするなどという無礼な態度を取っていたことに気づく。

頭を下げ、拱手をしながら答える。

「もったいないお言葉です」

相伊は、地面に落ちている帯飾りを拾おうと明羽に体を寄せ、それから、さらに顔を近づけて、耳元で囁くように告げた。

「私は明日、宮城を去る。あなたとはいずれ、またどこかで会うでしょう。そんな気が、していますよ」

甘い桃の香りが明羽を包む。けれどそれは、不気味な瘴気（しょうき）に搦（から）めとられているようにしか感じられなかった。

相伊が立ち去ってからも、明羽はしばらく立ち上がることができなかった。

蟒蛇（うわばみ）に気まぐれで見逃された小動物のように、しばらく震えていた。

頭の中には、瑠璃の帯飾りに触れた時に流れ込んできたおぞましい声がこびりつくように流れていた。

『あぁ、玉蘭さま。今日もなんと美しい。まるで天女のようだ。あなたを手に入れるためならば、私はなんだってしましょう。義姉を殺すことも、父母を殺すことも厭わない。玉蘭さま、あぁ、美しい玉蘭さま。いつか私があなたを手に入れます。玉蘭さま。私の玉蘭。玉蘭。愛しの玉蘭。あぁ、欲しい。君が欲しい。玉蘭。玉蘭。玉蘭』

◇◆◇◆◇

紅花の葬儀が行われた夜、宮城の中はその死を悼むように静まっていた。

空には丸い月が浮かび、百花輪の一柱を失った後宮をさめざめと照らす。季節外れの冷たい夜風さえ、この閉ざされた世界から火焔の象徴を失ったせいのように感じる。

翡翠宮の主・玉蘭は、居室にある月洞窓から、夜空を見上げていた。

浮かぶのは満月よりも少し欠けた月だった。窓は栄花泉に面しており、月は後宮の象徴たる泉にもその分身を映している。

侍女が、黛花公主が訪宮したことを告げる。

それは妹の姿を借り、夜に紛れてやってきた相伊将軍だった。

「あぁ、玉蘭さま。そうして月を眺めるあなたも美しい」

「ここには来ないでと、あれほどお願いしたはずですよ」

部屋にやってきた美しい女装の麗人に、玉蘭は月を見上げたまま告げる。

けれど、相伊はまるで気にした様子もなく、むしろさらに熱っぽさを帯びた声で続けた。

「危険なのはよくわかっているのですが、どうしても別れ際にあなたの顔を一目見たくて。予定より延びましたが、明日、新しい赴任地に向かいます。今度は東鳳州ですので、あなたとはまたしばらく会えなくなる」

後宮を去る、という知らせに、わずかに玉蘭の心が動いた。

体は月洞窓に向けたまま、顔だけを相伊に向ける。

「そうですか。道中、お気をつけて」

「それだけでございますか？　この度、私はあなたのために尽力しました。芙蓉宮の侍女は殺し損ねましたが……あれは、あなたが気に掛けるほどの娘ではない。どうか、ご慈悲を。この愚かな男に口づけをくださいませ」

「まるで、私が命じたような言い方ね。この度のことは、すべてあなたが勝手にやったことでしょう」

「ええ、そうです。あなたはただ、困っていると言っただけ。ですが、本心では私に救いを求めていたはずです。紅花さまが百花輪の貴妃として生きていれば、どんな境遇に追いやったとしても、百花皇妃にはあの方が選ばれていた。私だって、今回のことを成すために危ない橋を渡ったのです」

将軍麗人と呼ばれた美貌はたった一人の女性に縋りつくように崩れ、その声は熟れすぎた果実のように甘く香っていた。

「戦場も宮城も思うままのあなたに、危ない橋などないでしょう?」

「それは違います。いくら私でも、刑門部を自由に動かせるものではない。彼らを動かすために、お祖母さまにお願いしました」

「そう……皇太后さまのお力だったのね。やはり、そうだったのですね」

「私は兄上と違って、幼い頃よりあの方には可愛がられてきました。南虎の貴妃を追い詰める策があるとお話ししたら、嬉しそうに力を貸してくださいましたよ。雷鳥宮から引き上げた阿片を使うことも許してくださいました。孔雀宮が燃えた時は、手を叩いて悦ばれたことでしょう」

「刑門部まで自由に動かせるとは、皇太后さまは本当に怖い方ね」

「お祖母さまに借りを作るのが、どれほど恐ろしいことかわかるでしょう? すべてはあなたのためです。どうかそれだけは、おわかりください」

物乞いのように愛を求め、手を伸ばしながら近づいてくる。

玉蘭はそれを、他の侍女や妃嬪に向けるのと同じ、優しい眼差しで見つめた。

後宮中の女官たちが憧れる美しさも、翡翠妃の心を揺らすことはない。西鹿州の民のことだけを思う瞳は穢れを知らず、気高く澄み渡っている。

「そうね、あなたには感謝しています。でも、よかったのですか？　紅花さまは、あなたの義姉だったはずでしょう」

相伊は右手を横に伸ばし、背後に控えていた侍女から剣を受け取る。剣の鞘には炎が、柄には虎が描かれていた。

「これは、紅花さまと義姉弟の契りを交わした時に受け取った剣です。ですが、もう必要ありません。あなたへの愛の前では、義姉弟の契りなど意味のないこと」

相伊は月洞窓に歩み寄ると、その剣を栄花泉へと投げ捨てた。

剣は瞬きの躊躇いも見せず、泉の底深くに沈んでいく。

「あなたが百花皇妃になるために、私はあらゆる助力をいたしましょう。その代わり、約束を覚えておいてください」

相伊は貴妃の前で膝を突くと、甘い声にわずかな棘を混ぜて告げる。

「私はいずれ兄を倒して皇帝になる。その暁には、皇后にあなたを迎えたい。それまで、兄の手があなたに触れることを思うと胸が張り裂けそうに痛みますが――それも、あの男を手にかけるための反骨の力といたしましょう」

不敬な言葉ではあるが、それこそが至上の愛の言葉のように告げる。

玉蘭は眉一つ動かさず、当たり前のように答えた。

「私の目的は一つ。皇后になり、西鹿の民を救うこと。そのためには、夫が誰であろうと関係ありません。あなたが玉座を手にした暁には、あなたのものになります」

「それを聞いて安心しました。これからも、私は玉蘭さまのために尽力いたします」

公主の姿をした麗人は、名残惜しそうに玉蘭を見つめてから、翡翠宮を後にした。

玉蘭は再び月を見上げる。その目には、相伊への思いは欠片も残っていなかった。

相伊は便利な駒だったが、帝都を離れればしばらくは使えない。だが、他にも駒はある。百花皇妃になるためには、あらゆるものを利用しなければならない。

玉蘭は月明かりを浴びながら、これから先も続く他の貴妃たちとの闘いに思案を巡らせた。

◇◆◇◆◇

同じころ、黄金宮にも一人の珍しい客が訪れていた。

黄金妃・星沙（シンシャ）は、その者と共に月明かりに浮かび上がる栄花泉を見つめていた。

人工の池を囲うように百花輪の貴妃たちの住まう舎殿が並んでいたが、その中からは、かつてもっとも目を引いた、燃え上がるような赤い瑠璃瓦の舎殿が消え失せていた。

「玉蘭があそこまでやってのけるとは思わなかったわ。やはり、百花皇妃となるのに一番の敵は、翡翠宮のようね」

星沙はそう呟くと、訪問者は同意するように頷く。

「あの女がやらなかったとしても、私が策を講じていた。それほど、百花輪の儀の趨勢は孔雀宮に傾こうとしていたわ」

「孔雀妃は偉大な御方でしたが、南虎州の諜報力のなさが災いしましたね」

「その通りよ。余計なことを考えず、ただ舎殿に閉じ籠って守りに入っていれば良かった。牙の大陸が統一された今、やがて彼の国が華信に宣戦布告をするのは時間の問題でしょう。そうすれば、南虎州の武力が必要になる。同盟を深めるために、陛下が孔雀妃を選ぶのは必然でしたのに」

星沙の頭の中にはいつも、無数の地図が並べられている。

後宮の地図、帝都の地図、華信国の地図。それらは絶えず変化し、この先どうなっていくかを見通している。その中に、この世界の地図もあった。

華信国のある大陸は、龍が大きく口を開いたような形をしているため龍の大陸と呼ばれていた。華信の国土は、龍の鼻先から上顎の半分ほどまでであり、大陸の六割を占めている。

そして、下顎に位置する部分には、龍の顔から離れて海の中に浮かぶ、尖った牙がある。それが、牙の大陸。長年に渡って内戦が繰り広げられていたが、最近になり、かつて華信国より追放された民族たちを祖先に持つ神凱国が統一を果たしたという話が届いていた。

「情報は力というわけですね。時には、本物の武力さえも凌ぐほどの。そして、情報というものは、お金のあるところに集まる」

「それにしても、鳳凰宮には気をつけなければいけないわね。紅花さまの落花のきっかけになったのは、後宮に出回ったわずかな量の阿片よ。大切にしていた侍女の一人が罠にかけられたことが、情に厚いあの方の判断力をほんのわずかに曇らせた。これをすべて見越して仕掛けていたのだとしたら――やはり、恐ろしい方ね、皇太后さまは」

「ええ。玉蘭さまも、本当は皇太后さまの手のひらの上で踊っていただけかもしれません」

背後から聞こえてくる声が自分の意図を確かに汲んでいることに、星沙は満足そうに頷く。

「それにしても、北狼州の貴妃も思ったよりはやるようになったものね。まぁ、あそこの動きは、あなたがいる限り手に取るようにわかる。気に掛けることはなに一つないのだけれど」

星沙はそこで、やっと背後を振り向く。

そこには、軽薄そうな雰囲気の妃嬪が、媚びるような笑顔を浮かべていた。

「これからも期待しているわよ――寧々（ねいねい）」

「はい。任せてください、星沙さま。芙蓉宮のことは逐一ご報告します。私の望みを叶えてくださるのは、星沙さまだけですから」

そう答えた十三妃の表情には、いつもの溌剌とした笑顔の下に隠されていた、強い意志が滲んでいた。

◇◆◇◆◇

葬儀の翌日、明羽はいつものように昼休憩に竹寂園を訪れていた。

空には夏を思わせる雲が立ち上り、後宮に来てから季節が進むほどの日々が過ぎたことを感じさせる。

「來梨さまが少しずつ成長されているのは嬉しいけどさ。でも、今回のことで、やっぱり他宮との力の差を見せつけられたよね」

明羽は半ば呆れるような声で右手に括りつけた佩玉に話しかける。

玉蘭が相伊将軍を操り、刑門部の調査にまで影響を与えた。おそらく星沙も灰麗も同じように協力者がおり、いざとなればそれぞれに謀略を巡らすことができるのだろう。

『來梨さまには、そもそも自州のまともな後ろ盾さえないしね』

「それを言わないでよ」

『でも、君には秩宗尉という味方がいるじゃないか』

白眉の、わざとらしくからかうような声に明羽は眉を寄せた。

李鷗とは、仮死薬を使って目覚めてすぐに衛士寮で話をしてから、まだ一度も言葉を交わしていない。昨日の葬儀でも、皇帝の傍で忙しそうにしており、声をかけることはできなかった。

衛士寮で話をしたとき、少しは歩み寄れたようにも感じたが、まだ気まずさが残ったままだ。

「白眉は、今も李鷗さまのことが気に入らない？」

『そういうわけじゃない。ただ、そう簡単に認めたくないというのが正直なところかな。君は僕にとって娘のような存在でもあるから』

「なによ、それ」

『ほら、噂をすれば来たみたいだよ』

白眉の声に辺りを見渡すと、竹藪を割って、仮面の三品が姿を現すのが見えた。明羽は慌てて、右手に括りつけていた佩玉を外して腰につける。

片膝をついて拱手をするが、李鷗は、堅苦しい挨拶は抜きだ、というように手を振って、そのまま明羽が座っていた長椅子の隣に腰を下ろす。

「昨日の孔雀妃の葬儀の後、皇帝陛下が俺におっしゃったことがある」

仕方なく、明羽も並んで座った。

「陛下は、來梨さまを侮辱していたというのだ。自らの陰の部分を見せず、遠ざけて飾り物のように安全なところに置いておこうとした。今、目の前にいる彼女を見ていなかったと」

なるほど、と明羽は納得する。

昨日から、どうりで來梨が上機嫌だったわけだ。先帝陵で皇帝と言葉を交わしたのだろう。これは、近いうちにまた渡りがあるかもしれない、宝玉の間を念入りに綺麗にしておかなくては、と考えていると予想外の言葉が続いた。

「俺はそれを聞いて、お前のことを考えた」

「はぁ、私ですか?」

「俺もまた、お前のことを侮辱していたのだな」

李鷗の天藍石のような冷たい瞳が、真っすぐに明羽を見つめる。その中に、しばらく明羽の気持ちを逆撫でしていた、庇護者のような光はまるで感じられなかった。

「お前は、自らの道を進むためにいつも全力だ。俺は、それを見ようとしなかった。お前の意思より、お前を傷つけたくないという自らの感情を優先し、他の女たちと同じように扱おうとした」

その言葉を聞いた途端、明羽はすとんと落ちるように、どうして最近の李鷗の言葉に苛立っていたのかを理解した。

李鷗が他の男と同じように見えたのが気に入らないのだと思っていた。だが、そうではなく、李鷗に他の女と同じように見られたのが気に入らなかったのかもしれない。それが、李鷗なりに心配してくれた結果だったとわかっていても。

「私の方こそ、強がりすぎていたかもしれません。雷鳥宮で死を傍に感じた時、李鷗さまが私のことを心から案じてくださっていたことを思い知りました。ただ、私と李鷗さまでは、歩む道が違います。これから先も、お望みの通りに動くことはできません」

「それはもうわかった。お前を身勝手に縛ろうとしたりしない」

李鷗は後宮で血を流さないようにすることばかりを考えている。

明羽は來梨を百花皇妃にするために動いている。

その目的が重なる時もあれば、反発する時もある。

「俺は、お前をどのように扱えばいいか迷っていた」

「互いの目的のために利用し合う、それがもっとも居心地がよいと存じます」

明羽が言うと、李鷗はどこか呆れたように笑う。

「そうだな。これから先も、頼りにしている。せいぜい利用させてもらおう」

「私も、同じように利用させていただきます」

二人は笑みを浮かべ合う。互いに違いを認めたことで、不思議とまた一つ近づいたような気がした。

「いつか、俺とお前の歩む道が、共に重なればいいいな」

李鷗は静かに、そう付け足す。

明羽には、それに返す言葉は見つからなかった。

李鷗とは立場も身分も違いすぎる。こうして横並びで話しているのさえ貴人の気まぐれの賜物のようなものだ。

竹に囲まれた庭園を風が吹き抜け、二人の座る亭子を抜けて空へと帰っていく。

明羽は見えない風を追いかけるように、視線を空に向ける。

それでも、いつかそんな日が、来ればよいなと思った。

◆この作品はフィクションです。実在の人物、団体等には一切関係ありません。
◆本書は双葉文庫のために書き下ろされました。